Le Faucheur
du Menez-Hom

Cet ouvrage de pure fiction n'a d'autre ambition que de distraire le lecteur. Les événements relatés ainsi que les propos, les sentiments et les comportements des divers protagonistes n'ont aucun lien, ni de près, ni de loin, avec la réalité, et ont été imaginés de toutes pièces pour les besoins de l'intrigue. Toute ressemblance avec des personnes ou des situations existant ou ayant existé serait pure coïncidence.

Françoise LE MER

Le Faucheur du Menez-Hom

Collection

ENQUÊTES & SUSPENSE

Quadri Signe - Editions Alain Bargain
125, Vieille Route de Rosporden - 29000 Quimper
E-mail : editions.alain.bargain@wanadoo.fr

A Bruno, Paul et Faustine.

A la mémoire de Lou-Salomé.

Les petits anges aussi, rient
Et applaudissent de leurs ailes
Lorsque, se penchant au balcon du ciel,
Ils aperçoivent sur les visages aimés
L'esquisse d'une joie déjà regrettée,
- Seconde d'abandon au sombre supplice -.
Alors, s'échappe de leurs ailes ébouriffées
De la poussière séraphique qui tombe, tombe,
Sur les paupières closes au monde
Des parents désolés.
Mais leurs yeux dessillés reconnaissent l'Enfant
Dans les baisers - flocons apportés par le vent.
Ils osent enfin sourire.
Aussi, les petits anges, délivrés de cette peine,
Tout gorgés d'amour, déploient d'immenses ailes,
Rompent la Corde l'Argent, fracassent la voûte du ciel
Et s'élèvent légers, légers, papillons-haleines,
Vers Celui qui les attend.
« Laissez venir à moi les petits anges blancs. »

REMERCIEMENTS :

- Au docteur Luc Guillerm pour ses précieux conseils ;
- A madame Jean-Claude Le Berre de Plogonnec ;
- A Michelle Le Mer et Christiane Fraval ;
- A toute l'équipe de Quadri Signe : Alice, Carl, Pascal et Frédéric.

SAINTE-MARIE DU MENEZ-HOM - ARGOL BREST

✝

Nous avons la grande tristesse de vous faire part du rappel à Dieu de son serviteur :

Grégoire de KERMANTEC

dans sa soixante-quatrième année.

De la part de :

- Jean-Eudes, baron de Kermantec ;
- Adrienne Vern de Kermantec ;

son frère et sa sœur.

- Ghislain Vern de Kermantec et son épouse Brigitte ;
- Quentin Le Gwen ;

ses neveux et nièce.

- toute sa famille et ses amis.

Le convoi funéraire partira de la propriété, où le corps repose, à 15 h 30, ce samedi 23 octobre.

La cérémonie religieuse aura lieu à 15 h 45 en l'église de Sainte-Marie du Menez-Hom.

Ni fleurs ni couronnes mais des messes et prières.

Requiescat in pace.

I

La pluie gouttait contre les carreaux de la haute salle. Pourtant, le ciel pommelé avait cessé de se rompre. L'esprit vacant, Quentin Le Gwen souffla doucement sur la vitre. Puis, du doigt, il remodela les vagues contours du dessin de buée ainsi réalisé, opaque comme un œil touché de glaucome. Une goutte d'eau se détacha du nimbe. Semblable à une prisonnière qui aurait vu, de façon miraculeuse, les portes de sa geôle s'ouvrir devant elle, elle parut tout d'abord désorientée, hésitante quant au chemin à prendre. Mais, bien vite, elle se fraya une voie parmi ses congénères, mornes et indolentes. Sa course vagabonde la laissa peu à peu sans force. Vidée de sa substance, elle mollit, se métamorphosa en un mince filet de lumière d'eau. De l'ongle, l'inspecteur Le Gwen tapota la moribonde à travers le carreau. Cette secousse sismique ébranla le petit monde assoupi. Une grosse goutte déboula, charria dans ses eaux l'élue de l'inspecteur et lui redonna la vie. Quentin Le Gwen en conçut une satisfaction stupide mais réelle.

— C'est un temps de circonstance. Pas vrai ?

Le policier sursauta. Tout à sa rêverie aqueuse, il n'avait pas entendu le maître des lieux pénétrer dans le grand salon.

— Heu, oui... Un vrai temps d'enterrement ! Oh, pardon, mon oncle. Je ne voulais pas...

— Tsst... Tsst... Laisse donc. Aucune importance. Accompagne-moi plutôt dans la bibliothèque. J'ai besoin de prendre un remontant.

Bien que l'on fût aux premières heures de l'après-midi, la pénombre dans laquelle se trouvait plongé le salon ne permettait pas à Quentin de distinguer les yeux rougis de Jean-Eudes de Kermantec.

Quentin savait pourtant que son oncle venait de pleurer.

La bibliothèque, où se tenaient à présent les deux hommes, sans être à proprement parler accueillante, offrait au regard une ascèse moins rigoriste que le grand salon. Un tapis aux teintes de pastel, élimé par endroits, adoucissait les dalles de granit, noircies par le temps et qui tenaient lieu de plancher.

Quentin s'approcha de la haute cheminée de pierre surmontée des armoiries de la famille - une sorte d'épée fantasmatique aux lames multiples et ramifiées figurant les bois d'un cerf - et se réchauffa les mains aux tisons encore rougeoyants.

D'office, Jean-Eudes de Kermantec prépara deux verres de bourbon et en tendit un à son neveu.

— Depuis combien de temps n'es-tu pas venu nous voir ?

Cette simple question, posée sans l'ombre d'une acrimonie, laissa pourtant Quentin confus.

— Il y a sept ans, bafouilla-t-il. C'était à l'occasion du mariage de Ghislain et de Brigitte.

Jean-Eudes de Kermantec fit tourner un glaçon dans son verre.

— Hélas, soupira-t-il, je n'ai pas d'autres neveux à marier. S'il faut attendre une occasion aussi sinistre que celle-ci pour avoir la plaisir de retrouver le fils de ma sœur…

Quentin ne sut que répondre à ce reproche mérité. Il ne pouvait nier que, depuis la mort de sa mère, il avait négligé, par laisser-aller plus que par volonté, sa famille du côté maternel. La venue inopinée de sa tante Adrienne lui sauva la mise.

— Jean-Eudes, les pompes funèbres viennent d'arriver. Ils veulent savoir si, avant de refermer le cercueil, nous tenons ou non à recouvrir le visage de Grégoire d'un mouchoir. Qu'en penses-tu ?

En guise de réponse, Jean-Eudes déposa son verre sur la table de chêne et suivit sa sœur.

Quelques minutes plus tard, le chef de famille invitait toute la maisonnée à venir dire un dernier adieu au frère puîné.

En pénétrant dans la chambre mortuaire, Quentin Le Gwen eut l'impression d'entrer de plain-pied dans un tableau du Caravage. Les cierges allumés autour du lit n'éclairaient que les visages et les mains, laissaient aux ombres le soin de grignoter tout contour, d'absorber les vêtements de deuil. Impressionné malgré lui, l'inspecteur Le Gwen se félicita de ne pas avoir amené sa fille Marine. Il parcourut des yeux la vaste pièce. Comme de bien entendu, les représentants des pompes funèbres se tenaient à l'écart, près de la fenêtre aux volets clos. Les mains croisées l'une sur l'autre, ils affichaient une mine de convention : visage figé dans une impassibilité métissée de componction, regard éteint. Déformation professionnelle. Lorsque le plus jeune d'entre eux, sans doute un novice ne jouissant que d'un contrat à durée déterminée, outrepassa son rôle et tenta un infime soupir accompagné d'un hochement de tête qui se voulait significatif, il fut sévèrement remis à sa place par le plus âgé : ce dernier le gratifia d'un froncement de sourcils.

Quentin Le Gwen détourna la tête et concentra toute son attention sur le visage de son oncle défunt. Il chercha au-delà de ce masque momifié, comme figé dans un bain de cire, des expressions de l'homme qu'avait été Grégoire de Kermantec. En vain. La mort était passée, chosifiant toute vie d'un battement d'aile. Seule, la mémoire parviendrait à l'humaniser à nouveau dès que le cercueil serait fermé à tout jamais.

Adrienne Vern de Kermantec jeta un coup d'œil à son frère Jean-Eudes. Ce dernier lui répondit d'un clignement de paupières. La vieille dame déposa donc sur le visage du cadavre un mouchoir de fine batiste blanche ornée de dentelle. De façon idiote, Quentin Le Gwen se surprit à penser que le linge allait empêcher son oncle de respirer. On ne conçoit la mort qu'avec des mots de vivant...

C'est alors qu'un vieillard aux moustaches chenues, jaunies de nicotine par endroits, s'approcha du corps d'une démarche gauche. Il souleva le mouchoir qu'il déposa sur l'oreiller, prit entre ses deux grosses mains rouges le visage de Grégoire qu'il embrassa comme du bon pain. Sous la violence de cette effusion, la tête du défunt dodelina d'une manière mécanique. Lorsque le vieil homme s'écarta enfin, Quentin Le Gwen observa sur le visage de sa tante un léger tremblement de la lèvre supérieure, signe, chez elle, d'une intense émotion. Comme un papillon de nuit hypnotisé par un fanal, toute son attention semblait captée par la joue désormais lisse de son frère défunt. Une larme incongrue coulait le long de la pommette du cadavre, comme s'il venait de pleurer. Personne n'eut idée d'essuyer ce simulacre de vie bien qu'il rendît encore plus palpable la réalité de la mort.

Revenu dans son coin de pénombre, le vieillard se sécha les yeux du revers de sa manche. Quentin Le Gwen se rappelait l'avoir toujours connu au manoir de Kermantec lorsqu'il était encore enfant et que sa mère les emmenait, lui et son frère jumeau, en visite dans sa famille. Tad Coz - c'est ainsi qu'on le surnommait - était déjà la vigilante sentinelle du domaine. Tout à tour jardinier, palefrenier, homme à tout faire, selon les besoins du moment, Alain Tygréat, alias Tad Coz, avait toujours vécu auprès de la famille de Kermantec : vestige d'une société à présent révolue où les neuf-dixièmes de la population trompaient leur vie au service d'une poignée d'élus. Si Quentin Le Gwen avait accordé quelque crédit à ses souvenirs d'enfant, Tad Coz aurait approché des cent cinquante ans. L'homme avait porté de très bonne heure des cheveux blancs. Il n'en faut pas davantage à un môme pour classer ces individus au rang de fossiles. A présent, le policier pouvait raisonnablement penser qu'Alain Tygréat comptait au nombre des octogénaires encore ingambes.

Auprès de lui, le dépassant d'une bonne tête, se tenait une belle jeune fille brune au visage grave, que Quentin ne connaissait pas. Derrière elle, un homme d'une trentaine d'années, le nouveau médecin d'Argol, sans doute, devisait à voix basse avec Germaine, la plantureuse cuisinière. De l'autre côté du lit, comme pour mieux marquer sa différence, s'était placée la famille proche du défunt. Au premier rang, Jean-Eudes et sa sœur Adrienne et un peu plus à l'écart, Ghislain, le fils de cette dernière et Brigitte sa femme.

Un incident vint troubler le cérémonial de la mise en bière. Le jardinier, Alain Tygréat, en fut l'instigateur. Au moment où les représentants des pompes funèbres allaient fermer le cercueil, le vieil homme aperçut une mouche posée sur la bouche du mort. Gesticulant comme un damné, il saisit d'une poigne terrible le bras de l'officiant.

— Arrêtez, ma Doué ! Vous ne voyez pas ? C'est le signe !

Habitué, sans doute, aux manifestations excessives de certaines familles accablées de douleur, l'homme en noir s'exécuta. Néanmoins, il ne put s'empêcher de donner son point de vue devant tant d'insignifiance.

— Mais monsieur... Ce n'est qu'une mouche !

— Imbécile... grommela Tad Coz qui s'empressa d'aller ouvrir fenêtre et volets.

Adrienne Vern de Kermantec crut bon d'intervenir auprès des services des pompes funèbres.

— Excusez-le, messieurs, murmura-t-elle. Il n'a plus toute sa tête...

Impassible, Tad Coz continuait à fixer, de la fenêtre, un point imaginaire de la lande noyée de brume.

*

Ce ne fut qu'au retour du cimetière que Quentin Le Gwen put assouvir sa curiosité. Sa tante Adrienne avait pris place auprès de lui dans la voiture. Elle tenait à revenir la première au manoir où une collation allait être servie, selon l'usage, pour la famille et les amis qui avaient assisté à l'office religieux.

— L'église était pleine. Tu as vu cette foule ? Grégoire aurait été si heureux...

Le policier se contenta de hocher la tête, taisant le fait que Sainte-Marie du Menez-Hom ressemblait davantage à une chapelle.

— Comment Grégoire est-il mort, exactement ? demanda-t-il à sa tante pour combler le silence.

— Crise cardiaque, répondit-elle, laconique. Tad Coz l'a trouvé avant-hier, mort dans le parc, au pied d'un arbre.

— Au sujet de Tad Coz, quelle mouche l'a piqué tout à l'heure ?

— Tu as le sens de l'à-propos, mon garçon…

Quentin Le Gwen se sentit rougir jusqu'à la racine des cheveux. L'expression malencontreuse lui avait échappé.

Adrienne de Kermantec soupira :

— Ce pauvre Alain… Je le savais superstitieux, mais à ce point ! Je crains qu'il ne devienne gâteux. Le jour de la mort de Grégoire, déjà, il m'a certifié que mon frère avait pressenti sa fin.

— Comment cela ? fit Quentin, intrigué.

— Oh… des bêtises. Selon les dires de Tad Coz, Grégoire se serait confié à lui, il y a une semaine. Mon frère aurait soi-disant entendu la charrette de l'Ankou ! Tu vois le genre…

Quentin Le Gwen éclata de rire. Depuis son enfance, le nom de l'Ankou n'avait guère été prononcé devant lui. Il tenta de se rappeler les contes et légendes de Bretagne récoltés par Anatole Le Braz. L'Ankou ou la personnification de la mort… Vêtu d'une longue cape noire, coiffé d'un chapeau de feutre à larges rebords cachant son visage, et muni d'une faux montée à l'envers, lame tournée vers l'extérieur, ce faucheur de vies avait effrayé bien des générations de Bretons. Il se trouvait encore des gens, surtout de la campagne, pour affirmer qu'un oncle, qu'un voisin avait entendu les essieux mal huilés de la charrette de l'Ankou grincer. C'était là signer son arrêt de mort. Afin d'exorciser ce moissonneur funeste, certaines chapelles ou quelques calvaires le représentaient, figé dans la pierre.

Amusé par ces réminiscences, Quentin Le Gwen se gara au pied du perron du manoir et aida sa tante à sortir du véhicule.

— Et pour la mouche ? Que s'est-il passé ?

Avant de répondre, Adrienne de Kermantec inspecta une jardinière et enleva, d'une main experte, les pétales abîmés de zinnias moribonds.

En se relevant, elle se massa la hanche. Arthrose.

— Ce vieux fada, grimaça-t-elle, croit encore aux superstitions de ses aïeux. Autrefois, dans nos campagnes, on était persuadé que l'âme sortait de la bouche du mort sous la forme d'une mouche. Tad Coz a donc agi très pieusement en ouvrant la fenêtre. Ainsi, ajouta-t-elle, avec une once de malice dans la voix, la mouche, c'est-à-dire l'âme de mon pauvre Grégoire, a pu s'enfuir en quête d'un lieu où il expiera ses péchés. Et je ne serais pas du tout étonnée de voir Tad Coz parcourir la lande à la recherche de sa mouche pour connaître l'endroit de son purgatoire et interroger l'insecte afin de savoir s'il ne peut rien faire pour que mon frère accède au plus vite à la félicité éternelle.

— Je vois… commenta Quentin. Il est complètement frappé.

*

L'inspecteur Le Gwen s'était réfugié dans la bibliothèque, loin du brouhaha de la salle à manger d'où lui parvenaient, malgré tout, le vagabondage des voix d'une cinquantaine de conviés en veine de confidences, d'anecdotes où ils auraient joué un certain rôle dans la vie du défunt, le raclement des chaises contre les dalles en pierre, le tintement de la porcelaine fine sortie pour l'occasion. Tout ce remue-ménage rassurant qui rappelle que vous appartenez, pour un temps encore, au monde des vivants. La mort touche toujours l'Autre.

Quentin Le Gwen avait, au préalable, demandé à sa tante la permission de regarder les vieux albums de photographies de famille. Sous ses yeux défilaient des pans de vie sépia puis noirs et blancs, prélude à l'édification de sa propre construction. Joseph de Kermantec, le grand-père, l'œil sévère et la moustache altière, debout derrière le fauteuil où se perdait sa femme Emilie qui avait l'air de s'excuser d'être née. Elle poussa d'ailleurs la politesse jusqu'à refermer derrière elle la porte de la vie à l'âge de vingt-huit ans. Sans bruit, bien entendu. Puis les quatre orphelins. Jean-Eudes, Adrienne et Grégoire hissés sur des échasses, la mine faraude, aux côtés de leur petite sœur Ninon éblouie par l'adresse de ses aînés... Les années-pension. Jean-Eudes et Grégoire en blouse noire, les cheveux coupés ras. Adrienne la sage qui supplée à l'absence maternelle et gouverne sa nichée. Joseph de Kermantec monté sur son cheval alezan, l'œil toujours furibond, la moustache moins imposante. Le mariage éclair d'Adrienne avec Auguste Vern. Visages désappointés de la couvée. Mais le richissime Auguste aura le bon goût de mourir suite à une méchante pneumonie. Sourires retrouvés de la fratrie, le grand-père Joseph tassé dans un fauteuil roulant, l'œil éteint, la moustache tombante.

Quentin Le Gwen s'attarda sur le portrait de sa mère, Ninon de Kermantec, photographiée le jour de ses vingt ans. A présent, il aurait pu être le père de cette belle jeune fille blonde au regard tendre. Miroir magique, ne vois-tu pas venir la cruauté de la vie ? Sa fille Marine lui ressemblait, plus mutine et volontaire, peut-être.

L'inspecteur Le Gwen fut tiré de sa rêverie par les crissements des graviers du perron. Levant la tête, il aperçut dans le clair-obscur de la nuit naissante deux gendarmes. Ils s'apprêtaient à sonner. Intrigué, le policier sortit de la bibliothèque.

Déjà, Jean-Eudes de Kermantec s'entretenait avec

les deux hommes dans le vestibule, seul endroit du rez-de-chaussée à avoir été carrelé. Lorsque le baron fit les présentations, Quentin remarqua, non sans un certain amusement, l'air agacé de l'un d'eux. Sempiternelle rivalité entre la police et la maréchaussée.

Malgré tout, Quentin Le Gwen ne fut pas tenu à l'écart des conciliabules, sous réserve tacite de ne pas se mêler à l'enquête, chasse gardée de la gendarmerie de Châteaulin. Car il s'agissait bien d'une enquête. Par bribes décousues, Quentin apprit qu'un jeune garçon des environs, Rémi Moreau, avait disparu depuis l'avant-veille, jour du décès de Grégoire de Kermantec. Selon les recoupements faits depuis lors, l'enfant, âgé de dix ans, avait été aperçu pour la dernière fois au lieu-dit de Kermantec, sans que l'on pût savoir de façon indubitable laquelle des quatre maisons avait été visitée en dernier par le garçon. Tout se jouait entre 17 heures et 17 heures 15. Aucun témoin ne pouvait être plus précis. Rémi Moreau était venu de Plomodiern à vélo. Il vendait des billets de tombola pour la kermesse de son école. Depuis lors, il semblait s'être volatilisé. Aucune trace, non plus, de son vélo.

Quentin brûlait d'envie de poser une question. Il se retint toutefois, de crainte de vexer les représentants de l'ordre. Mais son attente fut brève. L'un des gendarmes s'adressa à son oncle Jean-Eudes :

— Monsieur, je suis navré de vous déranger en un moment pareil, mais pouvez-vous nous dire si vous, ou quelqu'un de votre famille, avez acheté à l'enfant un billet de tombola ?

— Oui… Bien sûr. Personnellement je lui en ai pris un. Voulez-vous le voir ? Il doit être dans la poche de la veste que je portais avant-hier. Attendez un moment, je vous prie.

Avant que le baron ne monte l'escalier, le gendarme exprima le souhait d'interroger les autres membres de la maisonnée, famille et domestiques, sur le même sujet.

Il fut donc décidé que Quentin avertirait les personnes concernées dans la salle à manger et les convierait, une à une pour plus de discrétion, à rejoindre les gendarmes dans la bibliothèque.

Un quart d'heure plus tard, la situation s'était un peu éclaircie. L'emploi du temps de l'enfant avait pu être partiellement reconstitué lors de son bref passage au manoir.

Seuls, Jean-Eudes, Tad Coz et Quentin Le Gwen entouraient à présent les gendarmes.

— Résumons-nous, fit le brigadier en se raclant la gorge. Il tenait entre les doigts quatre papiers roses et les faisait glisser d'une main à l'autre. Avant-hier, aux environs de 17 heures, le jeune Rémi Moreau sonne au manoir. Madame Germaine Le Page, cuisinière et femme de ménage, lui ouvre la porte. L'enfant tente de lui vendre un billet de tombola ; sans succès. Survient alors votre sœur dans le vestibule…

Quentin Le Gwen remarqua, non sans sourire, que le lieutenant s'adressait exclusivement à son oncle Jean-Eudes, et feignait de l'ignorer, lui, le policier.

— Madame de Kermantec, reprit-il, a pitié de l'enfant et lui prend un billet. Celui-ci, numéro 047.

Le gendarme déposa le petit papier rose sur la table basse.

— Le jeune garçon vous voit alors dans la cour, monsieur, et réitère sa demande.

— C'est cela, précisa Jean-Eudes de Kermantec. Mais comme je n'avais pas de monnaie sur moi, j'ai interpellé ma sœur. Elle n'avait pas encore refermé la porte et m'a prêté dix francs.

— Voici donc votre billet, monsieur. Numéro 048.

Le second papier rose vint rejoindre sa réplique sur la table.

— Que s'est-il passé, ensuite, monsieur de Kermantec ?

— Le garçon m'a demandé si quelqu'un d'autre du manoir était susceptible de lui acheter un billet. Je l'ai donc conduit jusqu'aux écuries où Rose-May Simpson pansait Zaza, l'une de nos juments.

— Qui donc est cette fille ? s'enquit l'autre gendarme.

— Une jeune Anglaise. Je lui loue une chambre depuis un mois. Elle prépare un doctorat à la faculté de Brest. Comme elle n'aime pas la ville et qu'elle adore s'occuper des chevaux, elle vit ici.

Quentin Le Gwen put mettre alors un nom sur le

beau visage grave aperçu quelques heures plus tôt dans la chambre funéraire : Rose-May Simpson.

— Avez-vous assisté à leur conversation ? demanda le brigadier.

— Non, j'avais à faire. Une gouttière percée. J'ai laissé là le garçon et je ne l'ai plus revu par la suite.

Le brigadier soupira et déposa sur la table un troisième billet portant le numéro 049, acheté par la jeune Anglaise. Il s'adressa ensuite à Tad Coz, resté debout, et qui, embarrassé, pétrissait son béret comme du beurre de baratte.

— Monsieur Tygréat, je crois… Quand avez-vous rencontré Rémi Moreau ?

— Il retraversait la cour pour s'en aller, m'sieur l'officier. J'revenais de la coopérative agricole de Châteaulin, rapport à l'avoine des bêtes. C'est madame Brigitte qui m'avait conduit en auto. Le p'tit gars m'a causé quand elle est partie se garer.

— Et vous lui avez pris un billet ?

— Oui dame ! Un brave p'tit mousse. J'avais cent douze francs cinquante sur moi. Un billet de cent francs tout rafistolé et des pièces. La monnaie pour l'avoine. J'ai de la mémoire, vous savez ! ajouta-t-il avec malice. Alors, j'ai prélevé dix francs. J'suis tout de suite parti dans ma chambre récupérer l'ap-point et j'suis allé rendre le tout à m'sieur le baron qu'était affairé sur le pignon sud.

— Personne ne vous accuse de malhonnêteté, monsieur Tygréat, répondit le lieutenant, amusé par tant de verve. Il savait d'expérience que la peur du gendarme déliait les langues autant qu'elle pouvait les couper.

— Donc, voici votre ticket de tombola, ajouta-t-il redevenu sérieux. Vous ne remarquez rien ?

Trois paires d'yeux se penchèrent sur l'anodin petit papier rose. Quentin Le Gwen réagit aussitôt.

— Il porte le numéro 051. Il manque donc un billet, le numéro 050, fit-il d'une voix neutre.

Le brigadier parut un peu désappointé d'avoir été si vite deviné. Il n'insista pas sur l'effet qu'il aurait désiré produire.

Il semblait clair pour tout le monde qu'une autre personne résidant au manoir avait acheté un billet à l'enfant, entre le moment où celui-ci sortait des écuries et où il rencontrait Tad Coz dans la cour.

— Votre neveu se trouvait-il là au moment des faits, monsieur de Kermantec ?

— Non... Ghislain est architecte à Quimper. Il ne rentre tous les soirs qu'à 19 h 30, et encore... au plus tôt ! Oh ! Attendez une minute... J'ai une idée.

Jean-Eudes de Kermantec sortit de la bibliothèque sans plus ample explication. Lorsqu'il revint, il tenait entre les doigts la fameuse coupure rose. Pressé par le lieutenant, le baron répondit qu'il avait déniché le billet de tombola dans la poche de la veste de son frère Grégoire.

Le gendarme se caressa le menton, perdu dans ses pensées.

— A quelle heure votre frère est-il mort ? fit-il d'une voix pateline.

— Tad Coz l'a trouvé dans le bois vers 19 heures. D'après le médecin, Grégoire serait décédé d'une crise cardiaque aux environs de 18 h 30.

— Curieux... répondit, laconique, son vis-à-vis.

Quentin Le Gwen se sentit mal à l'aise. Son instinct de flic l'avertissait d'un danger confus. Il était clair que le gendarme établissait une corrélation entre la mort de son oncle et la disparition de l'enfant. Rien de tangible, pourtant, ne permettait d'étayer cette thèse. Aussi, décida-t-il de prendre les devants.

— Avez-vous rendu visite aux voisins ? Aucun d'entre eux n'a acheté de billet ?

Un long mutisme accueillit ces questions. Le lieutenant feignait d'ignorer l'intervention de Quentin. Seul le besoin soudain de se réchauffer les mains devant la cheminée sembla capital pour le gendarme. Les crépitements de la flambée ponctuaient le silence de la pièce. On n'avait pas jugé bon d'éclairer la bibliothèque, aussi les ombres du feu projetaient-elles sur les murs, çà et là, les langoureuses arabesques des corps d'almées ou le sabbat frénétique d'une ronde de succubes, comme autant de chimères oubliées. Au loin, dans la cour d'une ferme, un chien aboya.

— Vous nous prenez pour des bleus ? Nous sommes, à la gendarmerie, aussi bien formés que vous, dans la police. Mieux, peut-être...

— Loin de moi l'idée de…

Le lieutenant écarta d'un geste de la main l'excuse bredouillée de Quentin Le Gwen et s'adressa à Jean-Eudes de Kermantec qui, pourtant, n'avait rien demandé.

— Bien sûr, nous avons interrogé vos voisins ce matin. Si certains n'ont pas voulu acheter de billets, d'autres étaient absents de chez eux au moment où Rémi Moreau a dû passer.

Le maître des lieux s'éclaircit la gorge.

— Vous semblez craindre le pire, monsieur. Ne serait-il pas plus raisonnable de penser que l'enfant a tout bonnement fait une fugue ?

— Tout à fait possible. Nous ne négligeons aucune piste. Reste alors à connaître les raisons de cette escapade. La famille Moreau semble unie. L'enfant est l'un des meilleurs élèves de sa classe et, d'après sa maîtresse, une histoire de racket n'a jamais été signalée au sein de l'école. Voici donc écartés les trois motifs principaux de la fuite d'un gosse.

L'heure n'était qu'aux supputations. Fugue, accident, enlèvement, meurtre, tout fut évoqué en trois mots devant un verre de vin chaud que ne refusèrent pas les gendarmes. Jean-Eudes de Kermantec et Tad Coz se proposèrent pour participer à la battue organisée le lendemain par les parents et amis de l'enfant.

Bien après le départ des gendarmes, Quentin Le Gwen prit congé, lui aussi, de son oncle et de sa tante. A les sentir si démunis devant la mort de leur frère, une idée lui vint. Sa fille Marine devait passer les vacances de Toussaint chez sa mère. Lui-même se trouvant dans l'obligation de récupérer quelques jours de repos, il soumit à Jean-Eudes et à Adrienne son projet de venir passer une semaine avec eux au manoir comme au temps de l'enfance. Cette perspective sembla les enchanter.

En adressant un dernier signe de la main à ses parents, le policier n'imaginait pas à quel point cette semaine-là, qu'il augurait calme, allait tourner au cauchemar…

II

Avant de quitter Brest, ce samedi 30 octobre, Quentin Le Gwen passa au commissariat déposer un dossier. Il venait de conduire Marine au train et se sentait l'âme d'un père célibataire. Dans son bureau, l'attendait l'inspecteur Le Fur, bougon.

— Alors, t'es décidé ? Tu m'lâches ?

— Il ne me souvient pas, Michel, de t'avoir déclaré ma flamme ni encore moins de t'avoir épousé…

Les deux inspecteurs avaient eu l'intention première de prendre ensemble quelques jours de congé. Michel Le Fur aurait aimé initier son copain aux plaisirs de la pêche. Malheureusement pour lui, le décès brutal de l'oncle de Quentin Le Gwen avait bouleversé les plans des deux hommes.

— Je vais me sentir aussi seul qu'un ténia, soupira le petit moustachu. J'avais besoin de changer d'air…

— Si tes jumeaux continuent à bramer toutes les nuits, ta femme, elle aussi, va devoir s'oxygéner. Profite de cette semaine pour l'emmener se reposer quelque part !

— Ça va pas, non ! Qui s'occuperait de Jules et d'Hercule ?

Jamais Quentin Le Gwen n'avait pu se résoudre à appeler les fils de Michel Le Fur par leur prénom. Les pauvres enfants faisaient les gorges chaudes du commissariat, à musse-pot de leur père, cela va sans dire. Entre deux portes, on prenait des nouvelles de Maigret et de Poirot. Déformation professionnelle…

L'inspecteur Le Gwen invita son acolyte à partager avec lui un petit-déjeuner au café du coin.

Après son sixième croissant, Michel Le Fur retrouva un peu de sa bonne humeur. Aussi, Quentin se permit-il de le plaisanter au sujet d'une stagiaire peu farouche, et qui avait pour l'inspecteur bedonnant, les yeux d'une Chimène ballonnée.

— Propose donc à Simone de t'accompagner à la pêche ! Je suis sûr qu'elle sera ravie…

— T'es pas bien ! éructa l'animal. Elle a du culot, le cul bas et un QI de majorette ! Rédhibitoire !

L'inspecteur Le Gwen dut promettre à son coéquipier de l'appeler durant son séjour au manoir de Kermantec. Le phénomène tenta bien de se faire inviter mais Quentin n'osait pas même concevoir l'éventualité d'un tête-à-tête entre lui et son oncle. Autant faire se rencontrer un curiste et la veuve Cliquot, ou imaginer la Thénardier allant boire le thé chez la duchesse de Guermantes.

*

L'esprit musard, en cette matinée ensoleillée, Quentin délaissa la voie express pour prendre le chemin des écoliers ; Le Faou, Térénez, Argol. Savoir la mer à proximité l'avait toujours rassuré.

Adrienne de Kermantec le prit au saut de voiture. Pouvait-il l'accompagner au cimetière ? En cette avant-veille de Toussaint, c'était le dernier jour autorisé pour nettoyer les tombes. Quentin accepta volontiers. Curieusement, il aimait flâner dans les cimetières durant cette période. Les Bretons ont un culte particulier pour les morts. Dans leurs nécropoles, les fleurs poussent à même le granit, tant ils sont attentifs à ne pas laisser les défunts avoir honte de la nudité de leur pierre. Ni les commères de cancaner non plus, il faut le dire… C'était alors une surenchère de pots de chrysanthèmes. A qui obtiendrait les plus gros, donc les plus beaux. Et les pauvres fleurs suralimentées de laisser pendre leurs têtes obèses au gré du vent.

Armées de brosses, de seaux, d'huile de vaseline et de courage, la cohorte de ménagères avaient déjà investi les lieux. Quentin Le Gwen et sa tante Adrienne s'arrêtèrent au bout de l'allée centrale, devant le caveau familial ceint d'une grille de fer forgé. La stèle monumentale, au marbre de Carrare, où plusieurs générations de Kermantec avaient leurs noms gravés, en lettres d'or, pour l'éternité, côtoyait une tombe, creusée à même le sol, simple tumulus de terre orné d'une croix de bois dont la peinture, jadis blanche, s'écaillait. Le locataire perpétuel avait poussé la discrétion jusqu'à omettre de laisser son nom. Vie de chien, mort de chien. Tandis que sa tante s'affairait à racler les mousses indésirables, Quentin s'amusait à deviner le statut social des propriétaires de ces « dernières demeures », tant cette périphrase lui semblait justifiée. A quelques pâtés de tombes de là, une femme astiquait une dalle de granit rose poli, où deux colombes polychromes n'en finiraient jamais de prendre leur envol. Dans le vase assorti, marqué aux initiales de la famille, s'élançait un somptueux bouquet de fleurs en tissu. Sur les bas-côtés, dans un alignement impeccable, les deux inévitables pots de choux-fleurs jaunes.

« Fonctionnaire des impôts... Sécurité sociale, peut-être... Urssaf ? », se dit Quentin.

— Pardon, ma tante. Connaissez-vous cette dame, là-bas ?

Adrienne de Kermantec releva la tête.

— Tu veux parler de madame Le Mignon ? La pauvre... Son mari, patron-pêcheur, est décédé l'année dernière.

Raté, songea Quentin qui ne se découragea pas pour autant et inspecta une autre tombe.

Celle-ci donnait dans la sobriété. Une pierre de granit brut surmontée d'une plaque d'ardoise. Seul, un coussin de roses thé agrémentait l'ensemble.

Médecin, notaire... pourquoi pas vétérinaire ?

Intrigué, Quentin Le Gwen dérangea une fois encore sa tante.

— C'est la tombe de Jean Lasorgues. Tu ne le

connais pas de nom ? Lasorgues… l'artiste peintre… Mais, ajouta-t-elle, finaude, tu joues à « dis-moi où est ta tombe, je te dirai qui tu es » ou quoi ? Tu ne crois pas que tu pourrais tout aussi bien me donner un coup de main ?

Vexé d'avoir été ainsi deviné, Quentin s'exécuta. La tante Adrienne : une femme redoutable…

Alors que la baronne Vern de Kermantec repoussait la grille de son château funéraire, son neveu voulut récupérer quelques fleurs boudées par elle, pour les déposer sur la tombe de terre nue.

— Laisse-les. Elles ne sont pas suffisamment fraîches. Tad Coz viendra dans la soirée fleurir les tombes oubliées. Il le fait tous les ans avec d'autres. C'est la coutume ici.

Tandis qu'ils s'apprêtaient à quitter le cimetière, sous un soleil froid mais radieux, une femme héla Adrienne qui s'arrêta pour lui parler. Autour d'eux les langues allaient bon train ; les mains n'étaient pas en reste non plus. Une ménagère en sarrau racontait à qui voulait l'entendre ses déboires conjugaux. Et patati… Elle prit son élan pour flanquer sur la tombe un seau d'eau savonneuse… et patata. Sa voisine lui rétorqua qu'il était inutile de bichonner à ce point un mari volage et buveur… Un simple bouquet de fleurs artificielles ferait l'affaire…

Quentin Le Gwen, les chaussures trempées, fit un repli stratégique. Devant lui, une inspirée du chiffon, à genoux sur sa dalle, astiquait un crucifix avec une ardeur toute maternelle. Elle s'était même munie de cotons-tiges pour récurer les oreilles et le cou de bronze. De sa place, Quentin pouvait apercevoir les deux gros mollets blancs tressauter au rythme de la toilette mystique, sous un vigoureux fessier de jument de labour.

Pour couper court à une conversation inépuisée mais épuisante, Adrienne de Kermantec prit d'autorité le bras de son neveu et l'entraîna vers l'allée centrale. La commère poursuivit les fuyards de son arme fatale : la langue, jusqu'au moment où, faute de combattant, le dialogue se fit monologue.

— Ouf… On l'a échappé belle ! Sortons vite avant de…

Adrienne ne termina pas sa phrase. Soudain, devenue pâle, elle pressa un peu plus fort le bras de son neveu et s'immobilisa, les yeux fixes.

— Ça ne va pas, ma tante ? s'inquiéta Quentin. On dirait que vous avez vu un revenant !

— Tu ne crois pas si bien dire, balbutia-t-elle. Regarde qui se recueille sur notre tombe…

Quentin Le Gwen dut cligner les yeux. Le soleil le gênait. Sa tante jouissait sûrement d'une vue perçante. Quand il se fut habitué à la lumière blessante, il aperçut, au loin, la silhouette d'une femme, auburn, la quarantaine épanouie, svelte, élégante.

— Qui est-ce ? Je ne la connais pas.

— Pour un policier, tu n'es guère physionomiste. Viens ! Partons. Je ne tiens pas à la voir.

Poussé par sa tante au pas de charge, Quentin tourna néanmoins la tête. La femme en noir s'agenouillait pour déposer, derrière les grilles, une rose.

— Et surtout, pas un mot de cette rencontre à ton oncle, ordonna Adrienne. Il serait bouleversé.

— Mais enfin ! Expliquez-moi ! Qui donc est cette femme ?

— Ta tante Anna.

Le nom, lâché comme à regret par Adrienne de Kermantec, ne produisit sur son neveu aucun effet.

Anna… Anna… chercha-t-il. Puis, un éclair se fit dans son esprit brumeux. Anna ! Bien sûr, Anna ! Même si Quentin l'avait en fait très peu connue, comment avait-il pu oublier cette superbe jeune femme ? Il tenta de rembobiner le fil d'Ariane. Cela devait faire vingt-cinq ans que personne ne l'avait revue. Anna… l'épouse fugitive de Jean-Eudes de Kermantec. Combien de temps avaient-ils vécu ensemble ? Deux ans… peut-être trois ? Que s'était-il passé entre eux ? Quentin, curieux, interrogea sa tante Adrienne.

— Voilà ce qui arrive, commenta-t-elle, lorsque l'on épouse, sur le tard, une femme de quinze ans sa cadette… Au bout d'un certain temps, elle jouera les filles de l'air…

— Elle a quitté mon oncle pour quelqu'un ?

— Je ne saurais l'affirmer, réfléchit Adrienne. Pour être honnête, je ne l'ai jamais vue papillonner autour d'un autre homme. Mais on ne sait jamais…

— Que s'est-il passé, alors ?

— Un beau matin, elle a fait ses valises, c'est tout.

Quentin ouvrit la portière de la voiture à sa tante et prit place à ses côtés.

Cette histoire matrimoniale l'intriguait. Cependant, afin de ne pas agacer Adrienne, il tenait à distiller ses questions à dose homéopathique. Cette précaution clinique fit son effet. Au bout de cinq minutes, ce fut elle qui relança le sujet. Quentin roulait doucement afin de recueillir plus amples confidences. Il savait que dès qu'ils apercevraient le toit du manoir derrière les pins, sa tante se tairait.

— Après le départ d'Anna, ni Grégoire ni moi n'avons osé interroger Jean-Eudes. Il est de ces hommes qui savent imposer leurs distances. Aussi secret que ne l'était Anna…

— Savez-vous ce qu'elle est devenue par la suite ?

— Elle a immigré aux Etats-Unis où elle a refait sa vie. Enfin… je crois. Elle avait entre les mains un bon métier : styliste de mode.

— Mais, songea Quentin tout à coup, elle est toujours l'épouse légitime de mon oncle, non ?

— Bien sûr ! Quelle question, répliqua Adrienne, ahurie. Chez les de Kermantec, on ne divorce pas ! C'est-à-dire, lorsqu'on nous demande notre avis sur la question…

« Et pan ! Prends ça pour toi, mon garçon ! », songea Quentin.

L'idée de demander à son oncle et à sa tante la

permission de divorcer de la mère de Marine, ne lui avait, de toute façon, jamais effleuré l'esprit. Quentin ne voulut pas donner l'impression d'être pris en faute comme un gamin. Aussi, se mit-il à siffloter avec la spontanéité d'un nouvel impétrant à l'Académie française lisant son discours d'intronisation devant ses pairs. Sourire en coin de sa tante.

Toutefois, Adrienne de Kermantec reprit son air sérieux lorsque Quentin quitta la départementale… pour s'engager dans un chemin caillouteux. Ils arrivaient au manoir…

— Une chose me chiffonne, malgré tout… Que vient faire ici Anna après tant d'années d'absence ? Et comment a-t-elle appris le décès de Grégoire ?

— Quelqu'un l'aura prévenue, répondit Quentin. Oncle Grégoire et elle étaient très amis ?

— Oui… Enfin, ils partageaient les mêmes goûts. Parfois, je me suis demandée si Grégoire n'avait pas un petit faible pour elle… Chut ! Plus un mot de cette histoire à présent. Nous y sommes.

Dans la vaste cour régnait une animation inhabituelle. Sacs à dos et valises s'égaillaient sur le sol de terre battue. Une douzaine d'enfants excités couraient de tous côtés, se lançaient les bardas, tentaient de les rattraper au vol ou tombaient, déstabilisés par un poids trop lourd. Et tout ce petit monde hurlait, jaspinait, piaulait sur le terrain de rugby improvisé, sous le regard amusé de Jean-Eudes, atterré de Tad Coz et furibond d'un inconnu, sans doute l'accompagnateur des monstres. Le pauvre désespéré, monté sur ses ergots, rouge de honte, volait de groupe en groupe avec autant de succès qu'un coq de basse-cour coursant une bande de poules ménopausées.

Il eut enfin l'idée de se servir de son sifflet. Le calme revint. Un peu. Assez, cependant pour rabattre le caquet des plus dociles et limiter les gloussements dans les rangs.

— J'ai oublié de te prévenir, Quentin. Durant les vacances scolaires, nous accueillons des groupes d'enfants. Nous avons besoin d'argent pour réparer le toit. Cela ne te gêne pas, au moins !

— Du tout, ma tante… Mais dites-moi, ils dorment au manoir ? ajouta le policier, vaguement inquiet.

— Non, rassure-toi. Ils occupent avec leurs moniteurs les anciennes écuries, transformées en gîte. Le matin, ils s'initient au cheval. Ils passent l'après-midi à Morgat où un club de voile les prend en charge.

Quentin et sa tante rejoignirent Jean-Eudes de Kermantec sur le perron. Le baron discutait à présent avec un jeune homme dégingandé d'une quinzaine d'années. Sa poignée de main molle, ses cheveux gras et surtout son regard fuyant déplurent aussitôt à Quentin.

— Qui est ce garçon, s'enquit-il dès qu'ils eurent pénétré dans la demeure.

— Kévin Le Drézen. Un jeune de Plomodiern. Il

nous donne un coup de main, moyennant finance, lorsque les enfants débarquent en vacances. C'est lui qui leur apprend les rudiments de l'équitation. Viens, je te montre ta chambre. Nous déjeunerons vers 13 heures.

De revoir, après toutes ces années, la chambre de jeune fille de sa mère, Quentin Le Gwen se sentit plus ému qu'il ne l'aurait cru. La pièce avait gardé son charme désuet d'autrefois. Aucune modification majeure n'avait été apportée. Même papier peint, aux violettes naïves dont la couleur, altérée par le temps, avait curieusement pris la nuance des yeux de l'ancienne maîtresse des lieux, comme si les choses, moins éphémères que les êtres, voulaient retrouver une trace de leur connivence passée. Peu de meubles habitaient cette pièce. Une table de merisier faisant office de bureau, deux chaises, une armoire aux portes pleines et l'inévitable prie-Dieu, commun à toutes les chambres, placé près du lit. Celui-ci, imposant par ses formes généreuses, incitait à la sieste. Quentin ne put s'empêcher de s'y étendre un moment, le temps d'engouffrer son nez dans la tendresse de l'édredon mafflu et rose, et de goûter à l'affection de l'oreiller dodu comme un rêve d'enfance…

*

La cloche du déjeuner le sortit de sa léthargie. Il avait dormi ! Le temps d'un coup de peigne dans ses cheveux indisciplinés, il fut en bas.

La table des commensaux accueillait quatre hôtes ce jour-là : Tad Coz, Rose-May, la jeune étudiante, Kévin Le Drézen et lui-même. Bien que le repas fût frugal, la table était apprêtée comme un déjeuner de fête. Quentin, déconfit, n'eut pas le loisir d'utiliser les multiples couverts en argent qui attendaient son bon vouloir de part et d'autre de son assiette de porcelaine. Lorsque Germaine Le Page, la cuisinière, lui proposa la corbeille de fruits, il jeta un coup d'œil sur son oncle Jean-Eudes, en bout de table. Celui-ci pelait une poire à l'aide d'une fourchette et d'un couteau, sans une ombre d'afféterie. Le policier opta donc pour une clémentine. Mais il se surprit à fantasmer sur un bœuf en daube en compagnie de Michel Le Fur…

La conversation porta surtout sur Rémi Moreau, l'enfant disparu. Les différentes battues organisées pour rechercher le gosse n'avaient rien donné. Chacun exposait son point de vue. Jean-Eudes, Adrienne et Tad Coz inclinaient à croire que le garçon avait fugué. S'il avait été fauché à vélo par un automobiliste, n'aurait-on pas retrouvé sa trace ? Or, les fossés de la départementale 887, depuis l'embranchement du lieu-dit de Kermantec jusqu'à Plomodiern avaient été fouillés de fond en comble. Volubile, Brigitte, la belle-fille d'Adrienne, campait sur ses positions : un enlèvement perpétré par une femme en mal d'enfant. On eut beau lui riposter qu'une kidnappeuse de ce type choisirait de préférence un bébé à un gaillard de dix ans, rien n'y fit.

« Un peu sosotte, la cousine », songea Quentin.

— Moi, insista-t-elle en se croisant les bras sur les seins, si j'avais rencontré un si joli petit garçon et s'il m'avait regardé avec ses yeux… je ne dis pas.

« Complètement idiote », se ravisa Quentin.

— Commencez donc, ma chère Brigitte, par être enceinte, lui rétorqua Adrienne, légèrement agacée. Lorsque votre bébé prononcera le mot “Maman” avec sa bouche, nous en reparlerons.

Afin de réprimer un fou rire, Quentin toussa dans sa serviette. Brigitte Vern de Kermantec ne parut pas vexée de la remarque de sa belle-mère.

« Bon caractère, en tout cas », songea le policier. Ou alors, comme le dirait Michel Le Fur : « On a oublié de lui couler de la paraffine sur son pot de confiture… ».

*

Sitôt le repas terminé, chacun vaqua à ses occupations. Quentin se proposait d'aller marcher sur le Menez-Hom - les belles journées étant rares en cette saison - quand Adrienne de Kermantec lui demanda un service. C'était le second de la journée mais l'inspecteur n'osa pas se dérober. Il s'agissait d'aider sa tante à trier les vêtements et objets personnels de Grégoire, de mettre de côté les affaires qui pourraient convenir à ses œuvres caritatives.

— Tu comprends, s'excusa-t-elle, je n'ai pas le courage de le faire seule. Brigitte est gentille et pleine de bonne volonté, mais l'idée de passer tout un après-midi en tête-à-tête avec elle me démoralise encore plus…

Quentin, hypocrite, se contenta de faire l'étonné.

*

La chambre de Grégoire de Kermantec était un véritable capharnaüm.

Cet homme, que l'inspecteur Le Gwen connaissait mal en fait, devait avoir la manie des collections. A même le plancher de chêne qui, comme du reste dans toute la maison, n'avait jamais été ciré ou verni mais lavé périodiquement à grande eau, s'empilaient deux bons mètres de disques de jazz. Quentin prit, au hasard, quelques 78 tours au charme désuet. Admiratif, il siffla.

— Vous savez, ma tante, que Grégoire possède ici une véritable fortune ! Beaucoup de ces disques sont introuvables aujourd'hui. Certains enregistrements sont mêmes inconnus du grand public. Il faudrait…

— Oui, je sais. Laisse les disques en tas, comme ils se trouvent. J'ai fait appel à un expert. Il passera la semaine prochaine. Les plus rares seront vendus aux enchères. J'escompte en tirer une jolie somme qui servira à notre projet d'école au Burkina Faso.

Adrienne Vern de Kermantec, comme beaucoup

de nobles désargentés, passait le plus clair de sa vie au service des plus démunis. Restau du Cœur, dispensaire en Guyane, création de puits dans les villages africains. La baronne ne ménageait ni sa peine, ni son temps. Cette opiniâtreté à se dépenser sans compter pour des œuvres caritatives pouvait faire sourire plus d'un sceptique ou d'un cynique qui la surnommaient parfois « la bête à bon Dieu ». Adrienne n'en avait cure. Pour avoir autrefois écouté sa mère parler, Quentin Le Gwen, même s'il se sentait étranger à ces valeurs inculquées depuis des siècles, les comprenait tout du moins. Il savait que chez cette femme et ses pairs, aux différentes mémoires que tout un chacun peut prétendre, s'ajoutait une autre, historique celle-là. Un ancêtre du XVIIe siècle leur était aussi familier qu'un cousin germain. Tout au plus l'avaient-ils perdu de vue. Aussi, l'ambition personnelle d'une vie évoquée dans son unicité ne revêtait-elle que peu d'importance. Ce qui comptait, c'était l'accomplissement de la lignée tout entière, l'être n'étant plus qu'un maillon d'une chaîne ciselée par Dieu. « Elus » par le Maître du Monde dans des temps reculés où ils guerroyaient et étaient « choisis » pour protéger terres et hommes, ils se devaient aujourd'hui de perpétuer leur œuvre en aidant les faibles. Noblesse oblige.

— Décidément, mon pauvre neveu, tu es un doux rêveur… Comme ta mère, d'ailleurs. Vas-tu te décider à m'aider à déplacer ce carton ? Il est trop lourd…

Pendant plus de deux heures, la tante et le neveu s'activèrent à trier, classer, ranger ou mettre au rebut les livres, timbres, bibelots, insectes naturalisés, porte-clefs, boîtes d'allumettes, colligés pendant près de quarante ans par un fou furieux. Telle était à ce moment-là l'opinion peu amène d'un Quentin exaspéré qui, les mains noires de poussière, regardait parfois par la fenêtre le soleil narquois jouer avec l'onde de la baie, au loin…

— Regarde ce que j'ai trouvé, scotché au dos de ce tableau…

Heureux de cet entracte, Quentin délaissa ses cartons et s'approcha de sa tante.

— Ne serait-ce pas la clef du tiroir de l'armoire ? Vous n'avez pas réussi à l'ouvrir tout à l'heure.

Adrienne Vern de Kermantec fit sauter l'objet métallique au creux de sa paume.

— Nous allons voir.

La petite clef tourna sans grincer dans la serrure. Quentin Le Gwen devait se rappeler, longtemps par la suite, les lourds secrets qu'elle allait révéler.

— C'est curieux… On dirait une correspondance. Pourtant, Grégoire recevait si peu de courrier…

En enlevant la centaine d'enveloppes de leur cachette, Adrienne s'aperçut que son frère n'était pas le destinataire de ces lettres mais l'auteur. Seul, un prénom en guise de suscription, figurait sur tous les plis. La sœur du défunt en décacheta une au hasard.

— Nom de Dieu... Ce n'est pas possible...

Jamais encore Quentin Le Gwen n'avait entendu jurer sa tante. Elle devait être en proie à une émotion si violente qu'elle n'avait pas réussi à se contrôler. D'ailleurs, le léger frémissement de sa lèvre supérieure l'attestait. Tout en lisant la lettre qui tremblait un peu au bout de ses doigts, elle alla s'asseoir sur le rebord du lit, comme l'aurait fait un enfant. Ses jambes se balancèrent légèrement d'avant en arrière.

Quentin mourait de curiosité. Cependant, il n'osait interrompre la lecture de sa tante ni s'emparer de l'une de ces missives sans en avoir obtenu, au préalable, la permission.

Adrienne Vern de Kermantec ouvrit une autre lettre d'une main fébrile. Elle tendit la première à son neveu, sans toutefois le regarder. La colle avait jauni sous l'enveloppe gommée. Ce pli n'était sûrement pas de toute jeunesse. D'ailleurs, la date, au haut du premier feuillet confirma la déduction de Quentin : Kermantec, le 04/06/78. L'écriture de Grégoire, fine et harmonieuse, révélait un caractère sensible. L'équilibre des lettres formées ne dénotait toutefois aucune trace d'une personnalité au psychisme exalté. La longue cambrure des “e” en fin de mots conférait au personnage une grande générosité. En outre, les syllabes détachées les unes des autres augurait beaucoup d'intuition.

Nonobstant, pour qui connaissait Grégoire de Kermantec, le contenu de sa correspondance semblait édifiant. Témoin, le visage à présent décomposé de sa sœur Adrienne. Elle balbutia :

— Mais ceci n'a pas de sens… Il était complètement fou ! Mon pauvre frère…

Avant de répondre à la plainte formulée par sa tante, Quentin lut la lettre en diagonale.

— Non pas fou… tout simplement amoureux fou… Le doux rêveur de la famille, c'est lui, ma tante.

Adrienne hocha la tête. Elle paraissait désespérée.

— Mais enfin ! Tu as bien lu ? Ce voyage à Sienne. Cette promenade nocturne sur la Piazza del Campo… La nuit passée à l'hôtel San Domenico… Du vent, tout cela ! Grégoire n'a jamais mis les pieds en Toscane ! Jamais il n'a quitté Kermantec ! Encore moins en compagnie de cette… cette… femme !

Quentin Le Gwen s'approcha de sa tante et, l'enlaçant, tenta de calmer les mouvements convulsifs de ses mains. Puis il lui parla avec douceur.

— Qu'auriez-vous donc fait à sa place ? Grégoire éprouve un amour infini pour Anna, sa jeune belle-sœur. Un beau jour, elle s'en va, sans un mot. En quittant son mari, elle le quitte, lui aussi. A qui voulez-vous qu'il puisse confier sa peine ? Sûrement pas à son frère… A vous, alors ? L'auriez-vous compris ?

Adrienne de Kermantec hocha la tête. Quentin ne sut pas de quelle façon interpréter ce signe.

— Je crois, poursuivit-il, que cet amour fut pour Grégoire une véritable passion, au sens évangélique du terme, j'entends... Dans votre milieu, rappelez-vous ma tante, le mot « adultère » est banni du vocabulaire. On laisse aux bourgeois le plaisir du marivaudage. Le seul fait de convoiter la femme d'autrui est déjà un délit. Mais on n'est pas toujours maître de ses sentiments... Alors, afin de moins souffrir, Grégoire s'est construit une carapace de papier. Il a vécu, à travers cette correspondance qui n'arriverait jamais à sa destinataire, tous ses désirs inassouvis. C'est mieux que rien, non ?

En guise de réponse, Adrienne essuya ses yeux rougis, puis se moucha.

— Tu as peut-être raison... Regarde celle-là. Décembre 1978. Grégoire s'inquiète à propos d'une prétendue grippe qu'Anna aurait contractée... C'est lui qui a été bien malade à cette époque. Je m'en souviens encore. A la suite d'une pleurésie, les médecins venaient de lui diagnostiquer une grande faiblesse cardiaque...

Quentin Le Gwen se leva et tenta de prendre un ton badin.

— Allons, ma tante ! Laissons cela pour l'instant. Si nous descendions à la cuisine nous préparer une bonne tasse de thé ?

Adrienne de Kermantec se laissa guider par l'énergie de non neveu. Avant de quitter la pièce, elle rassembla toutes les lettres dans un sac de plastique.

— Je les emporte. Si tu veux bien aller faire chauffer l'eau pour le thé, je vais tout de suite les cacher dans ma chambre. Je n'ose imaginer la réaction de Jean-Eudes s'il tombait sur cette correspondance !

III

Les premiers rayons de l'aurore venaient à peine de farder le ciel de son encre rose, que Laurent Riou refermait la barrière blanche de son enclos. Malgré une précaution infinie pour ne pas faire de bruit, il entendit derrière lui des jappements aigus et des abois profonds, prélude à une symphonie canine. De mauvaise foi, il en imputa la faute à son compagnon.

— Chut ! Bambou ! Si tu continues à te vanter auprès des copains, je te laisse avec eux.

La petite chienne ne comprit pas le reproche et regarda son maître de ses bons yeux tendres. Désolée pour le coup, elle se mit à couiner.

— C'est bon, ma belle… Allons chercher Tad Coz. Je ne t'accuse de rien. Ils ont senti mes vêtements de chasse.

Les traces de son accent méridional, témoins de son ancienne vie passée dans l'Aude, rassurèrent le labrador. Elle descendit le sentier caillouteux, reniflant çà et là des touffes d'herbe perlées de rosée et attendit son maître au bout du chemin.

Lorsque Laurent Riou l'eut rejointe, elle se laissait flatter l'encolure par la main noueuse d'Alain

Tygréat, déjà sur le pied de guerre devant la porte de son penty. Si le vieil homme passait le plus clair de son temps au manoir où il avait une chambre, il tenait à dormir dans cette maisonnette, seul héritage laissé par ses parents, domestiques eux aussi chez les « maîtres de la lande ».

— Entre boire un jus, Laurent. J'vais prendre ma musette.

Bien que Tad Coz mesurât à peine un mètre soixante, il devait se baisser pour passer le seuil de sa porte. L'unique pièce de sa maison, blanchie à la chaux, sans être coquette, dénotait de la part de son propriétaire un souci de propreté. Sur l'antique cuisinière en fonte dont les entrailles, alimentées de bois, parvenaient fort bien à réchauffer la pièce, ronronnait une cafetière en fer, peinte de couleurs vives.

— Va t'en servir, Laurent. Comme qui dirait : « café bouillu, café foutu ! ».

En goûtant le breuvage, Laurent Riou vérifia le bien-fondé de cet adage. Il esquissa une grimace mais but le contenu de son bol, refusant toutefois la « rincette pour la route ».

Il faisait partie de cette intelligentsia post soixante-huitarde qui avait prôné le retour aux sources, à la terre matrice. Si bon nombre de ses congénères avaient immigré sur les plateaux du Larzac, un rouet en kit sous le bras, riches d'un fol espoir en serrant contre leur cœur la recette de leur arrière grand-mère,

« le fromage de chèvre à ma façon », sous l'œil goguenard des paysans du coin qui se demandaient si ces chevelus n'allaient pas traire leurs boucs, Laurent Riou, quant à lui, avait continué plus au sud, dans les vignes de l'Aude. Aimer la terre est une chose. Que celle-ci vous le rende, en est une autre. Si ses débuts de vigneron néophyte furent prometteurs, trois étés successifs d'orages et de grêle eurent raison de son courage et de ses économies. Avant de sombrer dans le cycle infernal du surendettement, il eut la sagesse de vendre ses arpents de vigne au meilleur prix. Une étudiante bretonne, venue pour les vendanges et dont il était tombé amoureux, décida du reste. Il repartit vers son crachin natal. Depuis douze années, à présent, il élevait des labradors et des terre-neuve. Avec succès.

Les deux hommes remontaient la sente du lieu-dit de Kermantec. Lorsqu'il passèrent devant le chenil et la maison de Laurent Riou, ils se turent, de connivence. Ne pas alerter les chiens. Le petit matin dominical frémissait sous le dôme bleu du ciel, tapissé de nuages roses en robe de traîne violette. Les bottes des chasseurs foulaient les hautes herbes des bas-côtés, insensibles au chaos qu'elles produisaient dans l'entrelacs des fils arachnéens tissés durant la nuit comme autant de colliers de perles fines. Quand ils eurent dépassé les bois de pins, ils atteignirent, sur leur droite, les murs d'enceinte du manoir. Le chemin de terre s'élargissait ici. Deux voitures, en faisant attention, pouvaient se croiser. Face à l'imposante bâtisse, sur la gauche, un homme jeune, dans la cour de sa ferme, observait la montée des marcheurs.

— Ça va comme tu veux, Ronan ? héla Tad Coz.

— Ouais. J'attends qu'une de mes vaches se décide à vêler.

— Ton père n'est pas avec toi ?

— Parti se reposer un moment. On a bien cru, sur les coups de quatre heures, que c'était bon. Ma foi, j'appellerai peut-être le véto si elle n'y arrive pas toute seule. Et vous ? La perdrix ?

— Pas assez froid, mon gars. Jeannot Lapin !

Ronan Gannec suivit des yeux l'ascension des deux chasseurs jusqu'au coude du chemin. A présent, ils devaient passer devant chez l'Allemand, dernière maison du lieu-dit de Kermantec, puis ils traverseraient la départementale 887 pour entamer l'escalade du Menez-Hom. L'homme ne les enviait pas pour autant. Il détestait la chasse. Du moins, ce genre de chasse...

Ronan Gannec cracha par terre son mégot mâchouillé et se dirigea vers l'étable. Il pressa le pas lorsque, dans la cour, il entendit Ginette pousser. Il avait beau être habitué aux vêlages, le travail d'une vache l'impressionnait toujours, tant la raucité de ses râles traduisait l'effort.

La bête, couchée sur le flanc, transpirait. Elle tenta de relever la tête quand Ronan l'épongea. Langue pendante, elle regardait l'homme s'occuper d'elle.

Des filets de bave mêlée d'écume lui barbouillaient les naseaux. Ronan fit le tour de l'animal et jura.

— Eh merde ! Oublié mon portable. Pas le temps d'aller réveiller le père. Va falloir nous faire ça, tous les deux, ma Ginette.

Avec promptitude, l'homme alluma un spot placé à cet effet sur la poutre maîtresse, attacha la corde à un anneau scellé au mur, vérifia la solidité de son nœud et enfila des gants en caoutchouc. Il allait plonger les mains dans le vagin de l'animal lorsque la poche des eaux se rompit, l'éclaboussant tout entier. Il ne prit pas garde à cette cataracte de liquide chaud qui lui dégoulinait des yeux et s'insinuait sous sa chemise entre les omoplates. La fade odeur exhalée ne le gêna pas outre mesure. Il devait faire vite à présent. Le veau risquait de se noyer. Aussi, replongea-t-il les avant-bras dans la matrice de l'animal dont les beuglements de souffrance lui faisaient peine. Il réussit à se saisir des pattes avant du petit mais ses gants glissèrent sur les sabots couverts de glaires. D'une main, il les rattrapa, de l'autre il agrippa le second bout de la corde qu'il lia aux sabots. Alors, Ronan se leva et tira de toutes ses forces sur la corde. La tête du veau fut expulsée, comme il le fallait, couchée sur les pattes antérieures.

— Encore un effort, ma belle ! haleta-t-il pour encourager sa vache. T'as fait le plus dur. Maintenant, le bassin doit passer ou il va te déchirer. Alors, pousse, ma poupée !

Le veau naquit enfin. Aussitôt, Ronan le porta à sa mère pour lui présenter le fruit de ses entrailles. Mais d'un coup de tête, Ginette repoussa son petit. L'homme tapota alors l'encolure de sa vache et lui parla doucement.

— Je sais que tu as souffert, mignonne... et que c'est la première fois que tu mets bas. Tu n'as pas compris ce qui t'arrivait... hein ? Mais tu dois accepter ton petit. Que va-t-il se passer si tu l'empêches de téter ? Tu peux me le dire ?

Insensible à ces arguments, Ginette refusait toujours son fils. Aussi, Ronan alla-t-il chercher la boîte de gros sel et enduisit-il le museau du nouveau né de cette gourmandise. Il représenta le rejeton à sa mère qui, pour le coup, le lécha. L'affaire était entendue.

Ronan retirait ses gants quand il entendit le pas lourd de son père. Eugène Gannec, depuis toujours, avait ce curieux tic de frotter les semelles de ses bottes contre le sol avant de pénétrer dans l'étable.

— Terminé ?

— Terminé...

— De la casse ?

— Non...

— Bon. Ta mère t'attend dans la cuisine. Elle t'a préparé le jus.

C'est ainsi que se termina le dialogue laconique entre le père et le fils, l'essentiel étant dit.

Avant de s'attabler devant un copieux petit-déjeuner, Ronan Gannec prit une douche.

Le regard farouche de son enfant, sous son épaisse tignasse noire, encore toute mouillée, alerta Thérèse Gannec.

— Quelque chose ne va pas comme tu voudrais ?

L'homme haussa les épaules.

— On est dimanche aujourd'hui, insista-t-elle. Tu ne peux pas recevoir de lettres. D'ailleurs, c'est un peu tôt...

— Lâche-moi avec ça ! Compris ?

Puis s'avisant qu'il avait haussé le ton plus que de nécessaire, il bredouilla une vague excuse.

Thérèse Gannec soupira en s'essuyant les mains dans son tablier. La tristesse sauvage de son fils unique lui causait souci. Elle le regarda à la dérobée. Elle le trouvait pourtant joli garçon. Qu'avaient-elles, toutes ces filles, à faire les fines bouches ? Bien bâti comme il l'était, travailleur infatigable, il saurait faire le bonheur de n'importe laquelle de ces mijaurées... A soixante-huit ans, il lui tardait d'être enfin grand-mère. Et puis, Eugène et elle n'étaient pas éternels... Comment se débrouillerait Ronan, après eux, pour tenir seul la ferme ?

Agitée par ces sempiternelles préoccupations, Thérèse Gannec finissait de ranger la vaisselle de la veille. Peut-être n'aurait-elle pas dû envoyer, de son propre chef, une petite annonce au *Chasseur Français ?* Il était tombé des nues, un matin, en recevant une lettre dans laquelle une gourde inconnue lui parlait de ses mensurations. Après ses explications gênées, il avait éclaté de rire. Mon Dieu, comme ce rire l'avait récompensée de tout le mal donné - et il avait semblé se piquer au jeu... Mais depuis quinze jours, il retournait à sa mélancolie... Non, c'était différent pourtant... Son instinct de mère l'avertissait d'un danger.

— Ça ne te gêne pas si j'allume la radio ?

— Mais non, mon garçon. Au contraire. Ça nous fera une distraction !

Ces simples mots, prononcés avec une sorte de contentement humble, piquèrent le cœur de Ronan. Il savait à quoi pensait sa mère. Il ne pouvait tout de même pas, pour lui faire plaisir, passer ses week-ends en boîte de nuit ! D'une part, il n'aimait pas danser ; d'autre part, à trente-cinq ans, il commençait à être considéré comme un patriarche dans ce genre d'endroits.

— J'ai vu passer Tad Coz et Laurent ce matin. Si tu n'as pas besoin de moi, j'irai peut-être les rejoindre sur le Menez-Hom. Histoire de voir ce qu'ils ont pris...

— Tu recherches souvent la compagnie de Tad Coz en ce moment... Tu trouves vraiment ce vieillard distrayant pour un garçon de ton âge ?

Bien que sa mère ne mît aucune malice dans ses paroles, Ronan se sentit rougir jusqu'à la racine des cheveux. Afin de cacher son trouble, il alla décrocher sa veste de velours suspendue à la patère et sortit.

L'air vif lui picota les yeux. Curieusement il faisait

plus frais qu'au petit matin. Il siffla Gitane, un labrador que lui avait offert Laurent Riou trois ans auparavant et, flanqué de sa chienne, il s'engagea dans le chemin de terre.

Sa mère aurait eu matière à se ronger les sangs si elle avait su pour quelle raison il était resté planté dans la cour, entre l'étable et la maison, une bonne partie de la nuit. Bien sûr, le vêlage lui fournissait un bon prétexte, mais de là à jouer les vigies… Tout en marchant, Ronan se roula une cigarette. Ce cérémonial, censé lui permettre de moins fumer, était devenu, avec le temps, un véritable prélude épicurien. Il inhala une bouffée avec délice. Aussitôt, le beau visage lui apparut, comme s'il avait frotté la lampe d'Aladin et qu'une volute de fumée s'était métamorphosée en ce sublime avatar… si cruel aussi…

S'il continuait, il allait perdre la raison. Cela n'avait aucun sens commun. Passer ses journées à l'épier… Il se serait giflé. De rage, il envoya valdinguer un caillou du chemin. Cette fille ne l'avait même jamais regardé !

— Bien fait ! cria-t-il aux jeunes pousses de chênes qui croissaient au petit bonheur de la chance sur la berme. On n'a pas idée d'être aussi con !

Où pouvait-elle aller à minuit et demi ? Il avait reconnu, au bruit du moteur, la Clio rouge. Il aurait voulu s'allonger sur le chemin pour qu'elle s'arrête et s'explique… comme dans ses rêveries nocturnes, lorsque la douce tiédeur des draps est capable d'accueillir la passion la plus brûlante. Que de fois, dans ces moments privilégiés, ne s'étaient-ils raconté mille petits riens en riant ? Mutine, elle se lovait ensuite contre lui… le suppliant en lui mordillant l'oreille. Alors, il rendait les armes et lui faisait l'amour quinze fois dans la nuit…

— Bonjour ! Beau temps, hein ?

La voix d'Helmut Müller l'arracha à sa bienheureuse torpeur. Il bredouilla un quelconque salut puis se rembrunit. Ronan venait de comprendre… ou, tout du moins, l'intuition dont jouissent les grands amoureux éclairait-elle sa raison sans qu'il voulût l'admettre.

Le jeune Allemand ouvrait ses volets et déjà, ne se préoccupait plus de ce promeneur ombrageux. Continuant sa marche vers la départementale, Ronan tenta de calmer les battement de son cœur et s'exerça au difficile travail de l'objectivité. Certes, Helmut Müller était un beau spécimen d'homme. Il ne pouvait le nier. Grand, svelte, aussi blond que lui était brun, il devait s'attirer les filles. En tout cas, il lui plaisait à elle… Indubitable ! Une image que son subconscient s'était empressé d'avaler revenait éclater à la surface, telle une bulle d'eau croupie. L'avant-veille, il avait aperçu la Clio rouge s'arrêter devant la maison de l'Allemand. Le jeune homme, appuyé contre la carrosserie devisait avec la conductrice à travers la vitre entrouverte. Elle riait. Mauvais signe…

A présent, la lande du Menez-Hom se dressait devant lui, comme un obstacle insurmontable. Pourtant, il avait l'habitude de fouler ses bruyères et ses ajoncs qui, à la belle saison, exhalaient leur parfum suave semblable à celui de la noix de coco, offraient aux guêpes l'opportunité de puiser dans les calices d'or le suc divin ou en interdisaient l'accès par autant de piquants, fers de lance de cette fantasque.

Mais aujourd'hui le violet mystique de la bruyère et le jaune victorieux du genêt et de l'ajonc avaient fui la lande, sévèrement automnale dans sa robe de bure. Rouillées, les fougères envahissaient le bas du mont, entremêlant leurs frondes décharnées dans les funérailles de leur carnation, alors que, loin dans la plaine, flamboyaient, pour un temps encore, les arbres triomphants.

L'âme celte de Ronan se confondit à l'humilité de la lande. Il renonça. Jamais il ne séduirait cette fille. Il la chasserait même - oh, gentiment ! - de ses chimères nocturnes. Quand elle reviendrait peupler l'attente de ses draps, il lui expliquerait qu'il n'était pas fait pour elle… D'ailleurs, même les filles de la campagne ne voulaient pas d'un paysan comme lui. Alors… Peut-être pleurerait-elle un peu… Que ferait-il ?

Ronan Gannec s'arrêta de marcher, soudain bouleversé. Non… une fée ne doit pas pleurer… Il la prendrait dans ses bras comme un grand frère et, en la berçant, il la consolerait…

Fier de cette résolution, Ronan reprit d'un pas plus alerte l'ascension du Menez-Hom. Un tendre sourire errait sur ses lèvres.

*

Une centaine de mètres plus haut, un coup de feu venait d'éclater, suivi d'un juron.

— C'est ta faute, Laurent ! Tu attends que Jeannot vienne te manger dans la main avant de tirer !

Bredouille, l'éleveur de chiens grommela une vague explication sur son tir, une fois de plus loupé.

Alain Tygréat ne s'en laissait pas conter. Dans son regard madré, il fixait sans miséricorde son potache du dimanche. Hochant la tête d'un air supérieur, il poussa même l'outrecuidance jusqu'à tapoter sa propre gibecière boursouflée comme la panse d'un sumo.

— Pas compliqué, tout de même ! T'as juste qu'à suivre mes conseils !

— Oh ! Ça va, Tad Coz ! Si tu t'énerves comme cela, j'irai chasser tout seul désormais !

Cette menace eut le don de dégonfler l'ego dilaté du vieil homme. Ayant très peu fréquenté les bancs de classe, il prenait une revanche sur la vie en étant instituteur à l'école buissonnière. Encore fallait-il avoir des élèves… Celui-là lui convenait tout à fait : calme et… admiratif ! Aussi, prit-il un ton aussi sucré qu'une liqueur de banane pour lui répondre.

— Remarque… On ne peut pas dire… Tu progresses… Si, si… Tu as failli ne pas le rater ! Au prochain coup, Jeannot n'a qu'à bien se tenir…

Lard aux figues ou cochon aux raisins ? Laurent Riou jeta un coup d'œil sur la mine déconfite de son pédagogue et prit le parti de la bonne humeur.

— Qu'il se tienne… oui. Et au garde-à-vous ! J'aurai peut-être une chance, alors !

Réconciliés, les deux hommes poursuivirent leur progression, vers l'Est.

La peau de la Montagne Noire se faisait plus rugueuse. Quelques touffes d'herbe ocre oscillaient sur de maigres plaques de pelouse maritime. Dans ce paysage à la beauté sévère, la pierre dictait sa loi.

— Fais attention aux cailloux, petit ! Adroit comme tu es, tu risquerais de te tordre une cheville.

— Merci pour ce rappel à ma gaucherie, Tad Coz ! dut crier Laurent Riou contre le vent afin de se faire entendre du vieillard.

Nonobstant, à quelques années de la cinquantaine, il fut ravi de se faire appeler “petit”.

— Monte vers moi ! On va s'arrêter ici un moment. Les chiens sont fatigués.

— Les chiens… Tu parles d'un hypocrite ! bougonna l'éleveur à part lui.

Lorsqu'il arriva, un peu essoufflé, à la hauteur de Tad Coz, celui-ci tranchait, à l'aide de son canif, un pain de campagne. Il tartina quatre parts égales de graisse salée sortie de sa musette. Les deux chiens eurent droit aux premiers morceaux. Laurent Riou huma l'air.

— On ne va pas s'asseoir ici ! Ça pue.

— Ça pue ! Non mais… Regarde-moi cette *mamm ar reuz !* postillonna Tad Coz, la bouche pleine. J'sens rien, moi… Les chiens non plus, d'ailleurs.

Pourtant, après avoir englouti sa friandise et quémandé en vain une autre gâterie, Bambou, le labrador de Laurent Riou, halena la lande. Moustique, le fox-terrier d'Alain Tygréat, l'imita. La pause casse-croûte étant terminée pour eux, la chasse reprenait. Les chiens flairant toujours le sol, s'éloignèrent des hommes pour s'arrêter, à une cinquantaine de mètres de là, près d'un hallier d'aubépines. Ce fut alors un concert d'aboiements

— La paix, les chiens ! Revenez ici ! hurla Tad Coz.

— Qu'est-ce qu'ils ont senti, tu crois ?

— Un jeannot crevé, probab'. Donne-moi un coup de rouge.

Les bêtes n'obéirent pas à l'ordre intimé. Au contraire. Moustique gratta la terre de ses pattes avant, puis s'avança dans les buissons. Il disparut de la vue des deux chasseurs.

— Quel con, ce clebs ! vociféra Tad Coz. Y'a des fondrières par ici. S'il croit que je vais aller m'égratigner pour le rechercher, il peut toujours courir.

Mais le ton légèrement inquiet du vieil homme démentait ses propos. Laurent Riou n'était pas dupe.

Il savait que Tad Coz se serait fait écorcher afin de sauver son chien.

Il n'eut pas à jouer les matassins cascadeurs. Au bout de quelques minutes, la tête de Moustique réapparut, alors que les deux hommes marchaient dans sa direction. Le petit fox-terrier tenait quelque chose de jaune dans la gueule. Fier de sa trouvaille, il courait à présent vers son maître tandis que le labrador marquait toujours l'arrêt devant le hallier.

Tad Coz réfléchissait à la punition qu'il avait l'intention d'infliger à son chien pour lui avoir désobéi devant un étranger, quand il fronça le sourcil. Doté de bons yeux, il venait d'identifier l'objet que mâchouillait l'animal.

— Allez ! Aux pieds, mignon ! Apporte à papa !

Plus sensible aux flatteries qu'aux excès d'humeur, Moustique, tout frétillant, obtempéra.

Tad Coz, l'air sombre tout à coup, retira de la gueule de son chien une écharpe jaune. Il renifla le morceau de tissu et fit la grimace.

— Allons voir là-bas, Laurent… dit-il d'une voix altérée.

— Qu'y a-t-il ?

— Je craignais le pire… Et il vient d'arriver.

Malgré ses quatre-vingts ans, Tad Coz marchait aussi vite que Laurent Riou. Quand ils atteignirent les buissons, l'éleveur de chiens eut un haut-le-cœur.

— Cette odeur de pourriture est insupportable, hoqueta-t-il. Je crois que je vais vomir.

— Eh bien ! Ecarte-toi et mets-toi contre le vent. Moi, je vais voir.

Toutefois, avant de sonder les buissons touffus, difficilement praticables à cause de l'enchevêtrement des branches épineuses, Tad Coz prit la précaution de se protéger le nez d'un mouchoir. Puis méthodique, foulant du pied les rameaux les plus gênants, en coupant d'autres qui risquaient de le blesser au visage, il descendit peu à peu dans une légère excavation. Les halliers d'églantiers formaient une couronne autour de cette trouée. De ce fait, il faisait clair au milieu des buissons. Tad Coz ne regarda pas tout de suite le corps contre lequel ses pieds venaient de buter. Il leva les yeux vers le pan bleu du ciel, chercha en vain quelque augure favorable en marmonnant une prière à sa façon, puis se résigna à voir la mort en face. Son intuition ne l'avait, hélas, pas trompé. Malgré l'état de décomposition avancée du cadavre, il le reconnut sans l'ombre d'un doute. La tête de l'enfant, tournée dans une posture curieuse, reposait sur un gros caillou maculé de taches brunes. Au-dessus du corps, un vélo, retenu par des branchages, pendait dans le vide. Tad Coz ne le toucha pas, non pas parce qu'il craignait une réaction ultérieure des gendarmes, mais par respect pour le petit qui risquait de recevoir l'engin sur le torse si le vieillard était maladroit.

Une sacoche en bandoulière gisait à côté de l'enfant. Sans pouvoir expliquer son geste, Tad Coz l'ouvrit. Il en sortit un trousseau de clefs, une minuscule toupie bleue, un billet de cent francs, des pièces de dix et de cinq francs, une barre de chocolat et un carnet de billets de tombola.

— Ça va, Tad Coz ? Tu as trouvé quelque chose ?

— Oui, oui, j'arrive…

Avant de remettre ces menus trésors à leur place, le vieil homme feuilleta le carnet de souches.

Lorsqu'il sortit des buissons, son extrême pâleur alerta Laurent Riou. Titubant, Alain Tygréat écarta son ami d'un geste de la main et partit vomir.

— Qu'est-ce que je peux faire… ?

— Si tu as ton portable sur toi, appelle les gendarmes, répondit Tad Coz en s'essuyant la bouche du revers de la manche. Dis-leur qu'on vient de trouver le corps du petit Rémi Moreau…

*

* *

Ce soir-là, les enfants de la colonie résidant au manoir avaient organisé une fête et convié tous les habitants du lieu-dit de Kermantec. Depuis la veille, ils étaient si galvanisés à l'idée d'épouvanter leurs invités, qu'aucun adulte n'avait jugé bon de suspendre les festivités. En cette nuit de Halloween, les gosses ignoraient donc qu'un de leurs semblables avait été retrouvé mort dans la matinée, sur le Menez-Hom.

Vers vingt et une heures, tout le monde se retrouva sous le hangar du manoir où une estrade bringuebalante, éclairée de citrouilles évidées et de bougies, avait été arrangée à la va-vite.

Si les rires étouffés des enfants s'excitant à l'avance de l'effet que produiraient leurs gags indisposaient plus ou moins le maigre public, ce dernier toutefois, n'eut pas le cœur de montrer qui sa stupéfaction, qui son désarroi ou sa colère, face au récent drame.

Par décence, Jean-Eudes de Kermantec avait juste remplacé les quelques bouteilles de champagne prévues par du vin de pays. Tous les adultes présents venaient, à nouveau, d'être interrogés par les gendarmes. Aussi, le besoin tacite de se retrouver afin d'échanger ses impressions soudait-il, pour un temps, le petit groupe.

Seul, Eugène Gannec, le plus proche voisin de la famille de Kermantec, manquait à l'appel. Chacun connaissait l'inimitié du paysan contre les « gens du château » mais nul n'aurait été capable d'en expliquer la raison. Le principal concerné peut-être pas davantage, du reste.

Sa femme Thérèse et son fils Ronan devisaient pourtant avec Jean-Eudes et Adrienne de Kermantec en toute sympathie quand l'arrivée d'une Clio rouge dans la cour détourna l'attention du jeune agriculteur. L'un des moniteurs, d'une voix enjouée, annonça le début de la séance récréative. Tous les spectateurs, pressés d'en finir, se ruèrent sur les bancs disposés devant l'estrade. Ravi de cette manifestation d'enthousiasme, un enfant, acteur d'un soir, applaudit son public avant de se faire rabrouer par son moniteur.

La retardataire s'assit à la seule place restante, auprès de Ronan Gannec.

Un peu à l'écart, Quentin le Gwen observait d'un œil les enfants, de l'autre le public. Le premier sketch révéla le talent d'improvisation d'un jeune garçon de onze ans dont la voix commençait à muer. Revêtu des oripeaux d'une sorcière, il brassait le bouillon d'un chaudron - en l'occurrence une caisse de pommes de terre - dans lequel étaient censés cuire deux korrigans braillards. Il commença par ânonner sa recette de cuisine puis, ayant oublié les ingrédients de sa soupe à la grimace, les inventa, en aède inspiré par des muses gastro-intestinales qui ne s'étaient pas élevées au-delà du stade anal. L'auteur de ce morceau de bravoure, une monitrice rougissante, dut interrompre la logorrhée de ce gâte-sauce…

Applaudissements nourris du public. Quentin Le Gwen regarda sa montre. Ce prélude apéritif augurait du reste… Inquiet, il relut le programme. Il y avait au menu encore quatre sketches avant d'attaquer, en chœur, la chanson-dessert. Le policier parcourut des yeux l'auditoire. Si jamais un boy-scout en retour d'âge avait eu la bonne idée d'apporter sa guitare, il faudrait alors se résigner au pousse-café. Gagné ! Sur le banc de gauche, un inconnu tenait entre ses mains un accordéon diatonique. Au moins, songea Quentin, on échappait au pire... *Prendre un enfant par la main*, détrônant autour d'un bon feu l'infatigable *Jeux interdits,* trouverait-il des accents latino-américain grâce à cet instrument ?

Pendant qu'un autre groupe de gamins se préparait à monter sur la scène improvisée, Quentin Le Gwen eut le loisir d'examiner les inconnus du parterre. Il s'essaya à l'un de ses jeux favoris : deviner qui est qui.

L'homme à l'accordéon, dont les mains calleuses agitées de mouvement fébriles dénotaient une grande nervosité, attira tout d'abord son attention. Quentin crut lire sur son visage tendu, une sorte de souffrance. Ses yeux noirs, mobiles comme ceux d'une bête traquée, trahissaient un caractère farouche. Les traits au repos, il devait être assez séduisant. Il était clair que cet homme, encore jeune, évitait tout contact avec sa voisine de droite, Rose-May, la jolie étudiante anglaise. C'est à peine s'il ne détournait pas la tête quand elle lui disait deux mots. A ses côtés, une femme d'un certain âge, aux mains abîmées. D'après une légère ressemblance dans la cambrure du nez et la forme de la bouche, il pouvait s'agir de la mère et du fils. Thérèse et Ronan Gannec... songea Quentin.

Un grand blond se déplaça pour venir parler à l'oreille de Rose-May. Aussitôt, l'homme à l'accordéon se leva et proposa sa place au Viking. Son empressement à vider les lieux était tel, qu'il pouvait paraître grossier. D'ailleurs, la jeune fille ne s'y trompa pas. Dès que l'homme, sans attendre de réponse, eut le dos tourné, la jeune fille déclara à son nouveau voisin des mots que Quentin réussit à lire sur ses lèvres :

— Quel rustre, ce type !

Mais le spectacle reprenait son cours. Il s'agissait, cette fois-ci, d'un mélodrame. Trois enfants, revêtus d'un justaucorps noir, la tête recouverte d'une cagoule, minaient une scène terrifiante, pour eux… Avec les moyens du bord, les moniteurs avaient collé sur leurs vêtements des os de carton blanc, censés reconstituer l'ossature complète. Lorsque le plus dodu de ces squelettes perdit un tibia dans une ronde frénétique, le public éclata de rire. Très vite, cependant, il reprit son sérieux devant l'air dépité du jeune enfant qui tentait de recoller son os. Quentin Le Gwen se mordit la lèvre. C'était navrant de bonne volonté…

Les sketches finirent, enfin… sous une salve d'applaudissements. Les douze enfants, se donnant la main, revinrent plusieurs fois de suite recevoir leurs bravos comme de vrais professionnels. Rouges d'orgueil, ils bombaient encore le torse et continuaient leurs pitreries alors qu'on ne les regardait plus. Ils apprendraient plus tard que lorsqu'un buffet est annoncé, les adultes ne sont plus des êtres raisonnables mais des crève-la-faim.

L'ex-squelette grassouillet, les commissures des lèvres rosies de grenadine, s'approcha de Quentin. Ses yeux brillaient d'un espoir non dissimulé.

— Vous avez eu peur ?

— Très... J'ai tremblé plus d'une fois !

Le garçon repartit aussitôt et héla ses copains.

— Eh ! Les gars ! Même le flic a eu la trouille ! C'est dire qu'on a été forts !

Les invités, égrenés en petits groupes, pouvaient à présent parler de l'affaire. Quentin se dirigea vers Tad Coz. Il buvait à petites gorgées un verre de vin en compagnie d'un autre homme qui se présenta aussitôt.

— Laurent Riou. J'élève des chiens, un peu plus bas.

Quentin Le Gwen lui serra la main.

— Je suis l'un des neveux de Jean-Eudes.

— Je sais...

Le policier avait passé le plus clair de son temps en ville et avait oublié qu'à la campagne, chacun connaissait tout, de tout le monde. D'ailleurs, l'homme, au visage sympathique, n'ignorait rien de sa profession quand il ajouta.

— Il serait intéressant de connaître l'opinion d'un spécialiste dans cette histoire. A votre avis... Meurtre ou accident ?

Prudent, le policier resta sur son quant-à-soi.

— Difficile de se prononcer. Je n'ai pas vu le corps. Il faudra attendre le rapport du légiste. Les gendarmes ont une idée sur la question ? ajouta-t-il, matois.

— Devant nous, ils n'étaient pas loquaces. Seul, un pompier a laissé échapper que le gosse avait dû tomber dans le trou, heurter une pierre et se fracasser le crâne.

— Ça n'explique pas le vélo... l'interrompit Tad Coz, l'air sombre. Que fichait-il avec un vélo à cet endroit ?

— Le vélo ? fit Quentin, intéressé par ce détail.

— Dam'oui... reprit Tad Coz. Faut-être drôlement sportif pour escalader le Menez-Hom sur cet engin... Vous avez déjà essayé, vous, de faire du vélo sur une lande ?

La remarque du vieux ne manquait pas de logique.

— Les gendarmes, rectifia Laurent Riou, ont précisé qu'il s'agissait d'un vélo tout-terrain.

Tad Coz haussa les épaules et marmotta :

— Et même... Tente le coup pour voir ! Tu vas comprendre ta douleur !

Ne sachant que penser, Quentin Le Gwen fit mentalement le point. Ce gosse, pour une raison X, pouvait avoir emprunté une sente du mont. Ayant aperçu quelque chose sur la lande, il se serait approché, à pied, de l'endroit, en tenant son vélo. Restait à connaître la motivation de l'enfant. Ne s'agissait-il pas d'un rendez-vous ? Soudain, mu par une idée, le policier interrogea Alain Tygréat, à brûle-pourpoint.

— Lorsque vous avez découvert le corps, n'avez-vous pas eu la curiosité de fouiller les poches de l'enfant ? De jeter un œil sur son carnet de souches ?

Sitôt la question posée, Quentin avait vu le visage du vieil homme se fermer comme une huître. Il se serait giflé... Pourquoi diable, avait-il prononcé les mots « curiosité » et « fouiller » ? Tentant de rattraper sa bourde, il se justifia :

— A votre place, moi, je l'aurais fait...

— Vous peut-être ! lança le vieux. C'est votre métier. Mais personne ne dira que Tad Coz n'a pas le respect des morts !...

L'affaire était entendue. Dommage... Jamais plus le vieil homme n'avouerait avoir commis une indiscrétion... Car sur ce point, l'opinion de Quentin était établie.

Le grand jeune homme blond rejoignit le petit groupe et tendit un verre au policier.

— Helmut Müller, se présenta-t-il en toute simplicité. Je ne crois pas vous avoir déjà vu... Vous êtes le neveu de Jean-Eudes, n'est-ce pas ?

Le léger accent germanique de l'homme, joint à son regard clair et à une aisance certaine, conféraient beaucoup de charme au personnage. A part lui, Quentin Le Gwen songeait que ce bel étranger devait plaire aux femmes. D'ailleurs, Rose-May, la jeune étudiante, qui discutait à présent avec les deux moniteurs de la colonie, ne le quittait pas des yeux.

La conversation tourna autour de la vie économique de la région.

— Et vous ? demanda Quentin. Vous arrivez à tirer votre épingle du jeu, en dehors de la période estivale ? Placé là où vous êtes, ce ne doit pas être évident tous les jours… A part les korrigans qui descendent du Menez-Hom pour acheter des jouets à Noël…

— Vous savez, répondit Helmut Müller, je travaille sur commandes. J'ai des clients dans toute la CEE. Les jouets en bois, depuis quelques années, connaissent un nouvel essor. Alors, tant qu'à faire, je préfère vivre ici qu'à Kiel, ma ville d'origine.

Un air doux s'éleva dans la grange. A la demande des enfants, Ronan Gannec avait pris son accordéon diatonique. Quentin ne put s'empêcher de moduler quelques notes de la mélodie. C'était une valse suédoise que sa mère avait l'habitude de fredonner en s'accompagnant au piano. Emu, le policier se rendit compte qu'il n'avait pas entendu cet air depuis près de vingt ans. C'était idiot, mais il avait l'impression d'une résurrection ; comme si cette valse et sa mère, si intimement liées dans son esprit, étaient mortes en même temps. D'ailleurs, l'expression soudain rêveuse d'Adrienne et de Jean-Eudes de Kermantec légitima cette sensation de bonheur endolori. Il regarda le musicien amateur d'un œil neuf. On ne pouvait certes pas parler de lui comme d'un virtuose, mais cet homme possédait un réel talent. Son interprétation faisait montre d'une sensibilité aiguisée qui étonna Quentin. Façonnés par sa musique, les traits du jeune cultivateur avaient perdu toute trace de rudesse farouche. L'auditoire, charmé, écoutait sans mot dire cet homme étrange.

Lorsque les applaudissements accueillirent les dernières notes du morceau, il parut étonné et, gauche, ne sut comment réagir. Alors, baissant la tête, il s'essuya les mains contre son pantalon, aboya un « Bonsoir » et sortit de la grange.

— Le pauvre... Il est si timide, murmura Adrienne de Kermantec à l'oreille de son neveu.

— Dommage pour lui... répondit Quentin. Il est vraiment capable du meilleur.

— Du pire aussi, c'est à craindre... Je n'aimerais pas me trouver en face de lui quand il se transforme en loup.

— C'est déjà arrivé ? demanda Quentin, surpris par cette évocation.

— L'année dernière, à Pâques. L'un des jeunes de la colonie, un vaurien, sans doute, s'était amusé à martyriser son chien. Ronan a surpris l'enfant et, au lieu de le sermonner, l'a empoigné et s'est mis à le battre. Il a fallu que Jean-Eudes et Tad Coz interviennent tous les deux pour le faire lâcher prise. Heureusement, ni les moniteurs ni les parents du gosse n'ont porté plainte. Sinon, nous étions dans de beaux draps !

— Hum... et le chien ? s'enquit le policier.

— Il est mort le lendemain, de peur, je crois.

— Alors, conclut Quentin, ce morveux a mérité sa correction.

Et il s'éloigna sans écouter les protestations de sa tante, ulcérée par les méthodes si peu pédagogiques de son neveu...

*

La soirée s'étiolait. Les moniteurs rassemblaient leurs petits histrions afin qu'ils aillent se coucher. Ce n'était pas une mince affaire. Il en manquait toujours un à l'appel. Le temps d'aller le rechercher, deux autres avaient déguerpi.

Quentin prit congé des derniers hôtes. Alors qu'il traversait la cour pour rejoindre le manoir, il surprit quelques bribes d'une conversation entre le jeune palefrenier Kévin Le Drézen et l'un des enfants que la monitrice tentait de mettre sous scellés. A la faveur de la nuit, les deux conspirateurs se croyaient à l'abri des regards indiscrets.

— J'te dis que c'est tout bénéf pour toi... chuchotait Kévin Le Drézen ! T'as pas envie d'un nouveau CD ?

— Ouais... mais quand même, c'est dégueulasse...

— T'as pratiquement rien à faire... Pendant ce temps-là t'auras qu'à te raconter dans ta tête une histoire drôle. Ça aide à faire passer la pilule... Chut ! Tais-toi... Y'a quelqu'un...

En passant devant eux, Quentin Le Gwen retrouva la désagréable impression que lui avait faite, la veille, Kévin Le Drézen. Ce dernier, toisant Quentin, discutait à présent avec le jeune garçon de choses anodines… Pas franc du collier, celui-là, songea l'inspecteur. J'ignore le coup qu'ils mijotent, mais je ne serais pas étonné si, un jour où l'autre, on signalait un vol. Ce fut dans cet esprit de suspicion que Quentin le Gwen monta se coucher.

IV

Il dormit mal cette nuit-là. Sans doute, la découverte du jeune cadavre agissait-elle dans son subconscient comme une bombe à retardement. Il se retrouvait tout petit dans un champ de blé immense aux horizons effacés. Les nuages noirs menaçaient de rompre. Un éclair métallique envahit le ciel. Soudain, il se mit à tomber des milliers et des milliers de vélos. L'un d'eux le frappa à la nuque…

— Entrez ! fit-il en sursautant.

— Excuse-moi de te réveiller. J'ai frappé plusieurs fois… Pourrais-tu nous rejoindre rapidement dans la salle à manger avant que les autres ne descendent ? Ton oncle et moi avons à te parler…

Quentin aurait aimé auparavant se laver de ses terreurs nocturnes et prendre une douche, mais le ton inquiet de sa tante l'invitait à se presser. Maniaque, quant à l'hygiène, il fit la grimace en endossant sa chemise de la veille. Toutefois, il aurait moins supporté encore de revêtir une liquette propre sans s'être douché au préalable.

Assis en bout de table, Jean-Eudes de Kermantec, devant sa tasse de thé, avait un teint de papier mâché.

De belle prestance d'ordinaire, il paraissait avoir vieilli de dix ans. Il froissait entre ses doigts une lettre.

« Aïe ! se dit Quentin en s'approchant de lui pour le saluer. Il a trouvé la correspondance de son frère... Mauvais, tout ça... ».

— Regarde ce qu'il y avait ce matin dans la boîte à lettre, fit le baron d'une voix altérée, en guise de bonjour.

L'esprit encore embrumé, Quentin prit connaissance de la lettre.

Incrédule, il relut le bref message : « C'est toi qui l'as tué ».

— Mais c'est absurde... réussit-il à articuler.

— Absurde ! C'est tout ce que tu trouves à dire ? C'est innommable, oui... Abject... Si je retrouve l'enfant de salaud qui...

— Allons, calme-toi, Jean-Eudes... intervint Adrienne en pressant une main maternelle sur l'épaule de son frère.

Mais Jean-Eudes de Kermantec, irrité, refusa ce geste de compassion et, écartant sa sœur, se leva pour faire les cent pas.

— Je vais demander au juge l'exhumation de son corps. Oui... c'est cela, poursuivit le baron en réfléchissant tout haut. Et il verra bien, ce corbeau de malheur...

Interloqué, Quentin riposta :

— Mais pourquoi, mon oncle, voulez-vous lui

demander d'exhumer un corps qui n'a même pas été enterré ? L'autopsie suffira.

Ce fut au tour du baron de regarder son neveu comme s'il était doté d'un QI à un chiffre.

— Comment ça ! Pas enterré ! Tu te moques de moi ou quoi…

Quentin se rendit compte tout à coup du quiproquo dans lequel les deux hommes s'enferraient.

— Mais enfin, mon oncle… de quel crime, à votre avis, vous accuse-t-on ?

— Eh bien ! De celui de Grégoire, parbleu !

— Non… pas du tout, rétorqua Quentin sans réfléchir. Il s'agit du jeune Rémi Moreau ! Ce ne peut être que lui.

Sous le choc, Jean-Eudes de Kermantec vacilla. Il dut s'agripper au rebord de sa chaise pour ne pas tomber.

— C'est pire que tout… murmura-t-il. Et dire que je n'avais même pas songé à ce pauvre garçon…

Energique, Adrienne obligea son frère à s'asseoir et lui fit boire, de force, un petit verre de cognac. La révélation de son neveu semblait avoir anéanti le baron. Pourtant, sous l'effet du cordial, il reprit peu à peu ses esprits.

— Pourquoi as-tu pensé aussitôt au petit ? demanda-t-il d'un ton redevenu calme.

— C'est logique, mon oncle… Je peux prendre du café plutôt ?… Nous sommes aujourd'hui le premier novembre, jour de Toussaint, et donc férié. A ce propos, d'ailleurs, pourquoi avez-vous regardé dans la boîte aux lettres ce matin ?

— C'est moi, concéda Adrienne. Machinalement… Je pensais y trouver le quotidien qu'on nous livre chaque jour. J'avais oublié…

Quentin Le Gwen balaya d'un geste de la main les explications scrupuleuses de sa tante. Peu importait, du reste… L'essentiel résidait dans ce message anonyme. Retrouvant sa seconde nature de flic, Quentin demanda à voir l'enveloppe. Un seul nom, tapé comme la lettre, à la machine, y figurait : celui de son oncle. Ni cachet de la poste, ni timbre.

— Hum… Quelqu'un a profité de notre petite soirée d'hier pour faire sa livraison à domicile.

— Tu ne penses tout de même pas que l'un de nos invités… s'insurgea Jean-Eudes.

— Si, bien sûr… ou alors un habitué de la maison. Imaginez qu'un étranger se soit immiscé cette nuit dans la cour… Les chiens auraient aboyé, non ?

— Mais pourquoi ne pas avoir posté la lettre ? s'étonna Adrienne.

— Parce que, raisonna Quentin, l'expéditeur de ce torchon était trop excité à l'idée de votre réaction, mon oncle. Le corps de Rémi Moreau a été découvert hier, dimanche, jour férié comme aujourd'hui. Notre corbeau a sûrement rédigé sa prose le jour-même de cette morbide révélation. S'il avait posté la lettre, vous ne l'auriez reçue que mercredi. Nous pouvons donc conclure qu'il s'agit d'une personne, homme ou femme, qui vous en veut particulièrement. Voyez-vous quelqu'un ?

Jean-Eudes de Kermantec haussa les épaules, découragé. Il entretenait de bons rapports avec tous les habitants du lieu-dit, à l'exception, toutefois, d'Eugène Gannec, le père de Ronan. Lorsque Quentin demanda à son oncle les raisons de cette inimitié, le baron fit une moue dubitative.

— Déjà enfants, nous nous chamaillions tout le temps. J'ai l'impression qu'il était jaloux de moi… Je me souviens encore du dernier Noël, avant la déclaration de la guerre. Très fier, j'étais allé montrer la charrette traînée par le cheval en bois que le petit Jésus avait mis dans mon sabot. Les gamins sont cruels, sans le savoir. Je n'échappais pas à la règle. Alors que mes camarades s'extasiaient devant ce jouet extraordinaire, Eugène Gannec m'a jeté en pleine figure l'orange qu'il venait de recevoir en étrennes. Sous le choc, je suis tombé en lâchant mon jouet. Il a profité de ce moment-là pour le piétiner. Je le revois encore, rouge de colère, crier en breton : « *O Jesus bihan, zo un toul rer evit bugale a re pinvidig** ».

Dubitatif, Quentin ne savait que penser de cette vieille histoire. Certes, des rivalités enfantines pouvaient parfois entraîner des actes répréhensibles à l'âge adulte, mais rien ne laissait supposer qu'Eugène

*Ton petit Jésus, c'est rien qu'un salaud pour les enfants de riches !

Gannec fût l'auteur de la lettre anonyme. Qui plus est, il était le seul à avoir décliné l'invitation au manoir, la veille. Mais là encore, ce fait ne prouvait pas non plus son innocence. Il pouvait avoir confié la lettre à sa femme ou à son fils…

— Une chose est claire, mon oncle. Notre corbeau a peut-être des doutes sur votre culpabilité mais il n'est sûr de rien…

La riposte offusquée de Jean-Eudes de Kermantec ne se fit pas attendre. Comment osait-on penser que, de près ou de loin, il pût être mêlé à pareille ineptie ? Mais Quentin, souriant, lui demanda la permission de continuer.

— Rémi Moreau a disparu le jeudi 21 octobre. Cela fait onze jours ! Nous sommes en droit de penser que le pauvre garçon est mort en fin d'après-midi de ce même jeudi. Admettez une seconde, mon oncle, et sans vous fâcher, l'hypothèse suivante : si vous aviez tué l'enfant et que quelqu'un vous avait vu, il n'aurait pas attendu onze jours pour vous expédier sa lettre.

— Où veux-tu en venir, Quentin ? Je ne saisis pas très bien…

— A ceci. Le corbeau ignorait, comme tout le monde, ce qui était arrivé à Rémi Moreau. Peut-être l'enfant avait-il fugué… Peut-être allait-on le retrouver vivant dans les prochaines heures… J'en conclus donc que « votre homme de lettres » a profité de la découverte du cadavre pour vous faire endosser la paternité d'un crime qui, peut-être n'a jamais eu lieu…

— Mais dans quel but ? s'insurgea Jean-Eudes.

— Pour vous créer des soucis, ou même des ennuis. Votre réaction première ne serait-elle pas de confier aux gendarmes le soin de résoudre cette énigme ?

— Telle est, en effet, mon intention, répondit Jean-Eudes avec fermeté.

— Je vous en dissuade vivement… rétorqua son neveu. Je suis de la partie, ne l'oubliez pas. Lorsqu'il nous arrive de recevoir ce type de lettres, nous nous intéressons en premier, au bien-fondé des accusations. S'il s'agissait véritablement d'un meurtre, vous imaginez-vous le pétrin dans lequel…

Quentin Le Gwen ne termina pas sa phrase. Son cousin Ghislain Vern de Kermantec, accompagné de sa femme Brigitte venaient de faire irruption dans la salle à manger.

— Quel lève-tôt ! s'exclama le nouvel arrivant à l'adresse de Quentin. Si j'avais la chance d'être en vacances, moi…

En passant à son fils la panière garnie de tranches de pain d'épices réservé pour les jours de fête, Adrienne déclara :

— En ce lundi de Toussaint, nous avons tous intérêt à être prêts assez tôt si nous voulons trouver des places assises à l'église…

La bouche pleine, Ghislain s'excusa :

— Si vous le permettez, maman, je ne vous accompagnerai pas à la messe, ce matin. J'ai eu une semaine fatigante. J'ai besoin de faire mon jogging pour me détendre.

Mécontente, Adrienne Vern de Kermantec objecta à son fils qu'il venait de perdre son oncle et qu'il serait convenable qu'il fît un effort. Ghislain trouva un avocat en la personne de sa femme. Celle-ci prit la main de son mari et plaida sa cause. Mis à part les dimanches, il jouissait de peu de moments de liberté, tant son métier d'architecte était prenant. De plus, il commençait à prendre de l'embonpoint. Un peu de sport lui ferait le plus grand bien !

Haussant les épaules, Adrienne capitula.

Distrait par cet intermède, Jean-Eudes crut bon d'ajouter à l'intention de Quentin :

— Ghislain est le seul homme que je connaisse qui ne rentre pas trempé de sueur au bout de trois heures de course…

— Que voulez-vous insinuer ? se rebella l'intéressé.

— Mais rien… Ne prends pas la mouche comme cela ! Simplement, ajouta-t-il en riant, je ne suis pas sûr que tu coures autant que tu le prétends. A mon avis, tu dois t'asseoir de temps à autre et rêver devant la mer.

La moue vexée de Ghislain amusa Quentin. Bien que cousins germains, les deux hommes ne se ressemblaient guère, physiquement. Sans être grossiers, les traits empâtés de Ghislain reflétaient une certaine indolence de caractère. Une calvitie assez importante le faisait paraître plus âgé qu'il ne l'était.

En fait, Quentin connaissait mal ce compagnon d'enfance. Même petits, lorsqu'ils se retrouvaient dans les réunions familiales, ils ne s'intéressaient pas aux mêmes jeux. Que dire à présent ! Le policier éprouva une envie soudaine de profiter de sa présence au manoir pour mieux apprécier la personnalité de Ghislain. L'accompagner durant son jogging serait l'opportunité rêvée mais, d'une part, il craignait de se montrer indiscret, et, d'autre part, jouer lui aussi les pâles au sacro-saint office religieux risquait de provoquer un incident diplomatique avec sa tante. Il renonça donc à son projet, se promettant de le remettre à plus tard.

*

Au même moment, dans la cour, la jeune étudiante tentait sans grand bonheur de faire partir sa voiture. Au comble de l'énervement, elle insistait tant sur le démarreur que celui-ci, à bout de souffle, râlait à la manière d'un vieillard cacochyme.

— Holà ! Tout doux ! Elle me fait pitié, votre auto ! Vous l'avez noyée… Ben, mazette, moi qui croyais que vous étiez habituée aux chevaux quinteux !

Rose-May sortit furieuse de sa voiture, claqua la portière et administra un coup de pied au pneu avant.

— Shit ! What a bitch for a car !

Tad Coz, qui se rendait à l'écurie pour nourrir les chevaux, crut bon de faire de l'humour.

— Montez dans mon carrosse, si vous n'avez pas l'intention d'aller trop loin, proposa le vieil homme en lui désignant la brouette qu'il poussait.

Les bras croisés, Rose-May haussa les épaules, puis devant le regard malicieux du palefrenier, sa mauvaise humeur fondit comme les économies de Perrette.

— Je ne comprends pas ! Elle ne m'a encore jamais fait ça.

— Ecoutez, fit Tad Coz en se grattant le béret, moi, ces bêtes-là qui tâtent pas à l'avoine, j'y pige rien. Par contre, je peux aller chercher Ronan. C'est un chef en la matière. Pour sûr, il connaît les dessous de son tracteur mieux que les frous-frous d'une danseuse. Si vous avez cinq minutes…

Rose-May regarda sa montre.

— Je suis en retard, mais de toute façon, je ne peux pas me déplacer sans cette fichue bagnole. Alors… si votre « homme des bois » veut bien me donner un coup de main…

— Pourquoi l'appelez-vous comme ça ? demanda Tad Coz, surpris.

— C'est un butor… c'est bien comme cela que vous dites, en français, non ? Il me fait presque peur, ce type…

Tad Coz hocha la tête.

— Vous le connaissez mal. Il n'est pas du tout le mot que vous avez prononcé, même si je ne sais pas bien ce que cela veut dire... A votre visage, j'ai compris que c'était un gros mot.

Rose-May se mordit la lèvre. L'air peiné de Tad Coz la navrait. Etait-il vexé d'avoir été pris en flagrant délit d'ignorance lexicale ou tout bonnement chagriné que l'on pût clabauder à propos d'un ami ? Elle n'aurait su se prononcer. Néanmoins, elle se promit d'être, à l'avenir, plus circonspecte lorsqu'il lui arriverait de bavarder avec ce charmant vieillard.

*

Vingt minutes plus tard, le moteur de la Clio rouge ronronnait sous les caresses rugueuses de Ronan Gannec. Prévenu par Tad Coz alors qu'il revenait de la salle de traite, le jeune homme avait aussitôt emboîté le pas du palefrenier. Comme il arrivait devant les grilles du manoir, il avait dû rebrousser chemin : il avait oublié de prendre sa caisse à outils.

— Ce n'était rien, mademoiselle... Mais il faudra songer à remplacer la courroie d'alternateur. Elle pompe trop sur la batterie...

Alors que Ronan Gannec lui fournissait des explication auxquelles Rose-May ne comprenait rien, la jeune fille cherchait à capter le regard de l'homme pour lui montrer sa gratitude. Impossible. Tout en lui parlant, l'agriculteur semblait absorbé dans la contemplation de la voiture, ou du toit du manoir, ou de Tad Coz. Eût-elle été transparente, le résultat aurait été identique. Sans doute, une forme atténuée d'autisme… pensa-t-elle. En dépit de cause, l'étudiante se contenta d'un « Merci ». Elle fouillait dans son sac à main à la recherche d'un pourboire à donner à son garagiste improvisé, quand Tad Coz l'arrêta d'un geste péremptoire.

— Maintenant que vous êtes en retard, Rose-May, vous avez le temps… Venez dans ma chambre. Nous allons faire un bon café à Ronan pour le remercier. J'vais apporter la pitance aux chevaux et je vous rejoins. La clef est au clou. Vous trouverez tout ce qu'il faut dans le meuble en formica. Ouvrez la boîte de galettes… J'arrive.

Inutile de chercher à se dérober. Soucieuse de se racheter aux yeux de Tad Coz, la jeune fille obtempéra. Elle espérait cependant que le vieux ne tarderait pas trop. Quel sujet de conversation pouvait-on entretenir avec un ours ? Pour plus de sécurité, elle laisserait la porte de la pièce grand ouverte…

Attenante aux écuries, la chambre réservée au palefrenier dévoilait fort peu de choses sur les goûts de son occupant. Dénué de toute marque personnelle, l'ancien box rénové ne devait pas souvent accueillir les visites de Tad Coz. La table, placée à côté du réchaud suffisait presque à meubler le lieu. Contre le mur, un lit pliant attestait un confort spartiate.

Rose-May s'était installée dos à l'entrée. Le léger courant d'air qui pénétrait par la porte entrebâillée, la faisait frissonner mais la rassurait en même temps.

— Vous avez l'air d'avoir froid, mademoiselle. vous devriez fermer la porte…

— Non, non… C'est inutile… Je suis un peu claustrophobe…

Mal à l'aise, Rose-May passait en revue les badinages possibles entre elle et son vis-à-vis. Les cultures ? Elle n'y connaissait rien… Les chevaux ? Il n'en possédait pas… Le temps ?

De son interlocuteur potentiel, elle n'apercevait qu'une tignasse noire, le visage de l'homme semblant ne faire qu'un avec son bol de café.

— Vous aimez la littérature anglaise ?

A peine eut-elle prononcé les premiers mots qui lui étaient venus à l'esprit, qu'elle se sentit rougir de honte. Quelle idiote ! Autant parler des nouveaux progrès de la contraception à Jeanne-d'Arc… Elle allait bafouiller une phrase d'excuse quand la tignasse brune se détacha un peu du bol, laissant entrevoir un front haut et mat.

— Je connais mal les auteurs contemporains, mademoiselle. Mais j'ai beaucoup d'admiration pour Mary Webb. Ses descriptions du Shropshire sont si belles qu'une page sur un paysage de lande est aussi captivante qu'un passage dramatique. Son écriture, bien que démodée, est envoûtante… Vous ne trouvez pas ? Comme ses personnages féminins, d'ailleurs… Ses héroïnes ont toutes un défaut physique qui cache, aux infirmes du cœur, la beauté de leur âme…

Interloquée, Rose-May considéra l'homme assis en face d'elle comme un phénomène de foire. Ainsi donc, cet ours mal léché pouvait produire d'autres sons que des grognements entrecoupés d'onomatopées ! Jamais, sans doute n'avait-il parlé aussi longtemps… Elle se ravisa. Cet homme était intelligent et cultivé. Malheureusement pour lui, il devait être atteint d'affection mentale… Inhibition névrotique ?

Rose-May Simpson n'était pas encore revenue de sa stupéfaction que Tad Coz entra dans la pièce. Il donna à ses conviés des nouvelles des chevaux et la conversation redevint naturelle. Sans vouloir dévisager Ronan Gannec, la jeune fille l'observait à la dérobée. L'agriculteur avait retrouvé une figure humaine… loin de son bol. Il parvenait même, sans peine, à plonger son regard dans celui du vieillard… Bizarre… Autiste ? Sûrement pas. Misogyne atrabilaire ?…

*

Quand, un peu plus tard, Tad Coz retraversa la cour, il héla le baron de Kermantec qui, accompagné des membres de sa famille, s'apprêtait à se rendre à l'église.

— Je peux te parler une seconde, Jean-Eudes ?

Alain Tygréat était l'un des rares à tutoyer le baron qu'il côtoyait depuis l'enfance. Lorsque le père de Jean-Eudes, très rigide, voulait corriger son fils, celui-ci se réfugiait auprès de Tad Coz et lui demandait d'intercéder en sa faveur auprès du *pater familias*. Que de coups de ceinture avaient ainsi été évités grâce à cet homme probe qui ne craignait que Dieu, les farfadets et l'Ankou !

— Tu désires nous accompagner à l'office, Tad Coz ?

— Heu… Non. Pas le temps, ce matin. J'irai aux vêpres tantôt si j'ai l'occasion d'une auto. Voilà… C'est rapport à un mot… Ça veut dire quoi, un homme bucor ?

— Bucor ! répéta le baron, étonné… Mais rien, je suppose…

Joyeux, Tad Coz s'éloigna en sifflotant. Ah ! Ces étudiantes qui croyaient tout savoir !

*

Vers seize heures, Quentin redescendait vers le manoir, encore abasourdi du spectacle qu'il venait de voir. Riant tout seul, ne sachant que penser, il foulait les dernières touffes d'herbe ocre avant d'atteindre la nationale. Cette promenade tant attendue, sur le Menez-Hom lui avait procuré un bien fou. Il ne marchait pas suffisamment. Durant son escapade, son instinct de flic l'avait conduit à passer près du lieu où le corps de Rémi Moreau avait été retrouvé. Il ne s'attendait pas à ce que les gendarmes eussent oublié un quelconque indice aux abords des halliers, mais on pouvait toujours espérer…

C'est à cet endroit que la vision biblique lui était apparue. Agenouillé, les bras en croix, la tête se détachant d'un ciel anthracite, il avait l'air de Moïse sur le mont Sinaï. Il psalmodiait des paroles confuses ; du Breton, sans doute. Quentin ne le voyait que de dos mais, devant l'homme, un filet de fumée s'élançait vers la Jérusalem céleste. Certes, il n'était pas question ici de Buisson Ardent ; néanmoins Quentin se servit de ce prétexte pour engager la conversation avec le prophète.

— Il n'est pas dangereux de faire du feu dans la lande ?

Tad Coz sursauta. Absorbé par sa cuisine mystique, il n'avait pas entendu arriver l'inopportun.

— Vous m'avez fait peur… Si, c'est interdit. Mais comme vous pouvez le constater, j'ai mon matériel.

Dans un grand cendrier de fer blanc, posé à même le sol, achevaient de se consumer des herbes odorantes.

— Qu'est-ce que c'est ?

Tad Coz haussa les épaules et regarda l'intrus.

— Un mélange de plantes. J'peux pas vous en dire plus. De toute façon, vous ne comprendriez pas.

Puis, avare d'explication, le vieux se pencha vers son cendrier et souffla doucement sur les brindilles menacées d'extinction. A le voir ainsi, dans cette position, un passant aurait songé à quelque mahométan égaré.

— Je ne vous dérange pas, au moins ? demanda Quentin, hypocrite.

— Maintenant que c'est fait, ce n'est plus important…

Le policier décida de ne pas s'offusquer de la réponse sibylline. Il s'assit en tailleur à côté du vieux, se tut un instant et observa la beauté veuve de la lande, privée de ses teintes estivales. Une corneille déchira le ciel et vint se poser - gracile appui - sur les ramilles d'une aubépine.

Soudain, mû par une idée, Quentin questionna le vieil homme.

— C'est pour le petit Rémi Moreau que vous faites… heu… cela ?

Il eut été incapable d'expliciter davantage sa pensée. Les agissements de Tad Coz restaient occultes pour lui. Mais d'un naturel optimiste, Quentin ne demandait qu'à apprendre.

— Pour lui, oui… Pour tous les autres aussi, qui nous ont quittés.

Tad Coz leva alors ses yeux bleu délavé sur Quentin. Il ajouta d'une voix lente :

— C'est la Toussaint, aujourd'hui. Le grand rassemblement des âmes égarées. D'accord, elles ne connaîtront pas l'odeur du soufre, mais elles titubent trop encore pour prendre leur envol. Vous ne savez rien de cette terre. Ici, c'est le pays de l'Ahan…

Ouvrez les yeux, les mains, les oreilles. Vous les percevrez peut-être comme moi. Mes prières et mes herbes aident ces âmes à couper le fil d'argent qui les retient encore à leur vie terrestre…

L'opinion de Quentin venait d'être forgée : Totalement égaré, le pauvre Tad Coz… Il se rappela une conversation avec sa tante, à propos de Tad Coz et d'une mouche. Il espéra ne pas avoir écrasé l'un de ces insectes en s'asseyant. Si, le cas échéant, le vieux fou s'en apercevait, de quoi serait-il capable ? Malgré tout, le policier voulut montrer bonne figure à son compagnon.

— Il paraîtrait que, non loin d'ici, a été enterré le roi Marc'h. La légende rapporte que, lorsque le Menez-Hom aura été suffisamment érodé et qu'il pourra voir, de sa tombe, le clocher de Sainte-Marie, il ressuscitera…

Tad Coz le dévisagea comme s'il eût été un demeuré. Effet manqué…

— N'allez pas me dire que vous croyez à ces sornettes, à ces superstitions de bonnes femmes ! Là, vous me décevez.

*

Tout encore sous le charme de cette conversation insolite, Quentin Le Gwen traversa la départementale. Il avait laissé là-haut le vieillard finir le ménage du purgatoire. Le boulot ne lui manquerait pas…

En passant devant la maison d'Helmut Müller, il aperçut la voiture des gendarmes garée devant sa porte. Il aurait donné cher pour connaître la raison de cette visite mais se rendre chez l'artiste à ce moment-là n'eût pas été du goût de la maréchaussée. Le policier regarda sa montre. Il avait encore le temps d'aller faire un tour à Locronan. Dans cette bourgade touristique, les magasins seraient sûrement ouverts et il avait promis à sa fille Marine de lui offrir un pull irlandais pour son anniversaire.

*

Rose-May laissa retomber le rideau de voile. Le neveu du baron passait devant la maison... Quelques semaines encore dans ce pays et elle deviendrait une parfaite commère. Pleine d'indulgence pour elle-même, elle sourit à son reflet en passant devant une glace et inspecta du regard cette pièce dans laquelle elle n'avait jamais encore mis les pieds. Helmut possédait un goût sûr. Harmonie de blanc et de noir. Style design. Décor masculin. Un tantinet froid, peut-être. Il manquait à ce parfait accord des formes et des couleurs, un soupçon d'inconvenance, genre : l'inévitable potiche offerte par l'inéluctable tante Mary. Tout le monde a une tante Mary. Où donc avait-il planqué l'immonde vase ?

La jeune fille soupira. Allait-elle faire le légume longtemps encore ? Quel légume... déjà ? Ah, oui ! Le poireau... Un bourdonnement de voix lui parvenait de l'autre côté de la cloison. Helmut lui avait dit d'attendre là lorsqu'il avait vu la voiture des gendarmes s'arrêter devant l'atelier. Que pouvaient-ils vouloir à ce charmant garçon ?

Sur la pointe des pieds, elle s'approcha de la cloison et, humant déjà le parfum du fruit défendu, elle se fit un devoir de passer son examen de concierge, l'oreille collée au mur…

— …Vous persistez à nier que Rémi Moreau vous ait rendu visite cet après-midi là, monsieur Müller ?

— Je me tue à vous le répéter… Cet enfant n'a jamais mis les pieds ici. Je ne connais son visage que d'après les photos des journaux.

— Dans ce cas, comment expliquez-vous cet objet dans la sacoche du mort ?

Rose-May mesura la perplexité du jeune homme à l'attente de sa réponse. Inquiète, elle se mordit la lèvre. De l'autre côté de la cloison, Helmut Müller, abasourdi, faisait tourner une petite toupie bleue au creux de sa main.

— C'est tout à fait incompréhensible… Bien sûr, j'ai fabriqué une série de toupies bleues il y a quinze jours… Ce sont bien mes initiales… Mais je vous jure, je n'en ai jamais vendu une seule à un particulier. L'ensemble de ma production part en France ou à l'étranger par colis postaux. Je ne travaille que sur commande.

Un seul gendarme interrogeait Helmut Müller. L'autre, comme si la conversation ne l'intéressait pas, déambulant dans l'atelier, semblait intrigué par les machines-outils au centre de la pièce, revenait aux multiples étagères où étaient alignés, par séries, les jouets en bois. Il apprécia l'ordre qui régnait là. Même les copeaux de bois qui jonchaient le sol par endroits, comme des boucles de cheveux blonds ne parvenaient pas à déranger cette impression ambiante de discipline.

Soumis au regard pénétrant du lieutenant, Helmut Müller, mal à l'aise, risqua une explication.

— Je ne vois qu'une chose possible, messieurs. L'enfant est bien entré dans mon atelier, sans que le sache. Je ne ferme jamais la porte, et assez souvent dans la journée, il m'arrive de retourner à la cuisine pour me préparer une tasse de café. Le petit ne m'a sûrement pas appelé : je l'aurais entendu. Il a dû profiter de mon absence pour me barboter une toupie.

— Cette solution, en effet, est envisageable, répondit le lieutenant d'un ton qui ne laissait rien paraître de ses convictions. Monsieur Müller, êtes-vous en France depuis longtemps ? Vous connaissez très bien notre langue et vous n'avez presque pas d'accent…

Helmut Müller dévisagea son interlocuteur. Quel rapport avec cette histoire ? Où voulait-il en venir ? Le jeune homme bredouilla une réponse.

— Je vis en France depuis une dizaine d'années.

— Pourquoi avez-vous choisi de vous établir dans un endroit aussi perdu ?

— Mon père était officier, ici, pendant la guerre. Il aimait beaucoup la région. Alors, j'ai voulu connaître ce pays contre lequel il avait été forcé de se battre.

— Votre père ? s'étonna le gendarme. Mais dites-moi, quel âge avez-vous donc ?

— Trente-cinq ans… Je suis né à Kiel, en 1964. Mon père s'est marié très tard, à l'âge de cinquante deux ans… Il a épousé ma mère, de vingt-trois ans sa cadette, si vous voulez tout savoir.

— Pourrais-je voir vos bons de commande, monsieur Müller ? s'enquit le gendarme, sans autre commentaire.

La faculté de l'officier de gendarmerie à passer du coq-à-l'âne déroutait le jeune Allemand. Un peu désarçonné, il prit, sur l'étagère, deux classeurs en croûte de cuir noir. Sans un mot, le gendarme compulsa les dossiers. Au bout de quelques minutes, pesantes comme une chape de plomb, il s'adressa à son collègue.

— C'est bon… On y va.

Alors que le lieutenant franchissait le pas de la porte, il se retourna vers l'artisan.

— Je vous félicite pour votre ordre, Monsieur… Nous serons sûrement appelés à nous revoir. Le hic, dans cette histoire, c'est le numéro 052…

— Excusez-moi… Je ne comprends pas.

Mais le gendarme ne fournit à l'Allemand aucune explication.

*

En cette fin d'après-midi, les derniers rayons du

soleil embrasaient la petite place de Locronan, galvanisaient les hautes façades de granit, enfiévraient jusqu'aux pavés, pierres précieuses serties dans l'Histoire. La cité tout entière, joyau de la Renaissance, se consumait dans cet autodafé, incarnait, à cette heure du diable rouge, la sorcière-phénix. Les demeures des anciens maîtres tisserands dansaient une ultime pavane avec l'opulente lumière, laissaient leurs vitraux jaunes et ocres se faire courtiser par l'éclat crépusculaire. La cloche du Pénity sonna la fin du ballet flamboyant. Peu à peu, les ombres austères régirent les maisons qui, naguère, folles de leurs pierres, retrouvèrent leur identité de bourgeoises cossues. Aux fenêtres, les résilles enserrèrent davantage les vitraux, leur imposant la règle d'humilité. Seul, à l'autre bout de la place, un pan de lumière rose nimbait encore une partie de la maison du sculpteur. Plus tendre à présent, cette lueur éclairait les figures en bois des saints et saintes du pays, sagement alignés sur une poutre scellée au mur. Elles semblaient rappeler à la cité courtisane que la débauche solaire dans laquelle elle venait de se vautrer, ne survivrait pas à la douceur de la clarté mystique.

Peu de touristes en cette saison. Cependant, les lampes des commerces clignaient de l'œil aux quelques chalands ; invite nécessaire pour inciter la pratique à pénétrer dans les antres du négoce, les demeures classées étant dépourvues de vitrines.

Avant de se décider pour telle ou telle boutique,

Quentin Le Gwen flâna dans les étroites ruelles du bourg. C'est en regagnant la place qu'il l'aperçut. Elle entrait dans l'hôtel-restaurant, d'un pas alerte.

Aussitôt, Quentin lui emboîta le pas. Intrigué par cette femme, il voulut profiter de l'opportunité offerte pour l'aborder. Que lui dirait-il ? Il improviserait... Le temps lui manquait pour élaborer un plan d'approche. A la manière assurée dont elle avait pénétré dans l'établissement, Quentin supputait qu'elle connaissait bien les lieux. Fort de cette induction, il demanda au serveur du bar la chambre de madame de Kermantec.

— Je suis désolé, Monsieur, nous n'avons pas de cliente à ce nom.

C'était à prévoir. Pourquoi aurait-elle répondu à une identité qu'elle cherchait à oublier depuis plus de vingt ans ?

— Excusez-moi Monsieur d'insister. Je recherche une dame auburn, quarante-cinq ans environ, très élégante. Elle est entrée ici tout à l'heure. C'est une ancienne amie que j'ai perdue de vue, balbutia-t-il sur le ton de la confidence.

— Ah ! Vous voulez parler de madame Rostand ? fit le serveur d'un air entendu. Elle est assise à une table, à l'autre bout du bar.

Tout le village semblait s'être donné rendez-vous là. Quentin dut jouer des coudes pour traverser la salle et la voir, en effet, installée devant une tasse de thé, dans l'encoignure de la pièce.

A présent, les souvenirs du policier se précisaient. Ainsi donc, elle avait repris son nom de jeune fille.

— Anna ?... osa-t-il en lui tendant la main.

La belle dame devait être du genre méfiant. Elle inhala sa fumée de cigarette en direction de l'étranger trop familier à son goût.

— Je ne pense pas vous avoir été présentée, Monsieur ? répondit-elle avec une pointe d'accent américain, preuve d'un long séjour sur le nouveau continent.

Quentin ne se laissa pas démonter pour autant. Il prit un air très dégagé en ajoutant :

— Vous ne devez pas vous souvenir de moi... Quentin Le Gwen, le fils de Ninon de Kermantec. Bien que vous soyez très jeune, je suis votre neveu.

L'espace d'un instant, Anna de Kermantec parut se départir de sa superbe. Troublée, elle demanda aussitôt :

— Jean-Eudes sait que je suis ici ?

Quentin la rassura. Il s'étonnait toutefois de la réaction immédiate d'Anna. Etait-elle effrayée à ce point par son ancien mari ? Non, tout bien réfléchi, ce n'était pas la peur qui avait altéré sa voix, mais un autre sentiment. Lequel ? Il ne le savait pas.

Durant une vingtaine de minutes, ils s'entretinrent de leur vie respective. Peu à peu, le ton de la conversation devint presque chaleureux. Elle lui parla du Canada où elle avait refait sa vie - et non aux Etats-Unis, comme l'avait cru Quentin - puis revint sur Ninon. Apparemment, elle avait de l'estime pour la mère du policier.

— As-tu des enfants ? demanda Quentin à brûle-pourpoint.

Anna parut gênée à cette simple question.

— Comme tu dois le savoir, je ne suis pas divorcée. Jean-Eudes ne l'aurait jamais consenti à l'époque. Mais grâce à John, l'homme avec qui je vis, j'ai eu deux grands gaillards : Edward, dix-sept ans et Ronald, mon bébé de quatorze ans.

Un léger silence s'établit à la suite de cet aveu. Quentin mourait d'envie de connaître la raison pour laquelle la jeune Anna avait fui un jour son mari et son pays, mais il n'osait pas lui poser cette question indiscrète. Aussi, biaisa-t-il.

— Je dois t'avouer que je ne t'ai pas reconnue immédiatement sur la place. Avant-hier j'étais au cimetière avec Adrienne. Tu te recueillais sur la tombe de Grégoire.

Quentin n'aurait jamais imaginé l'émoi d'Anna à l'évocation du prénom de son oncle. Les grands yeux noirs s'embuèrent. Sa bouche trembla un peu. Afin de se redonner une contenance, elle chercha dans son sac le paquet de cigarettes qui, pourtant, se trouvait sur la table, à portée de main.

— Quelle a été la réaction d'Adrienne en me voyant ? questionna-t-elle, la voix changée.

— Tout d'abord, elle trouve que tu es restée la même… Ensuite, elle s'est demandé pour quelle raison tu étais revenue dans la région et qui t'avait prévenue de la mort de Grégoire…

La perche ainsi tendue par Quentin ne fut pas saisie. Anna de Kermantec feignit d'ignorer la propre interrogation de son neveu par alliance.

— Sais-tu s'il a beaucoup souffert ?

— Qui ? Grégoire ? Oh… non. Il est mort sur le coup, terrassé par une crise cardiaque.

Quentin observait le visage de sa tante. Ses traits, pourtant presque inconnus, lui semblaient malgré tout familiers. Qui lui rappelait-elle ? Il n'aurait pu répondre à cela. Un certain type de femmes, peut-être. Bien qu'elle fumât beaucoup, sa peau restait veloutée. Les fines ridules au coin des yeux adoucissaient son regard noir. A quarante-neuf ans, elle aurait pu encore damer le pion à plus d'une jeune fille.

« Andromaque, je pense à vous… », se surprit à réciter mentalement Quentin. Pourquoi diantre ces vers de Baudelaire lui venaient-ils à l'esprit ? Il ne sut pourquoi, il ajouta :

— Grégoire t'aimait beaucoup…

Onde du puits d'ombre… Des yeux sombres, une larme coula. Anna hocha simplement la tête en signe d'acquiescement. La révélation de Quentin n'avait rien de surprenant pour elle.

— Le connaissais-tu avant d'épouser Jean-Eudes ?

— Non, bien sûr, sinon…

Le policier aurait pu terminer la phrase d'Anna,

restée en suspens. Le brusque départ de la jeune mariée qu'elle avait été ne trouvait-il pas son sens ici ?

« Que de vies gâchées ! », ne put s'empêcher de penser Quentin. La sienne, celle de Grégoire, mais aussi celle de Jean-Eudes. A qui profitait le sacrifice ? A personne. Jean-Eudes vivait seul. Quant à Grégoire, il avait emporté dans sa tombe son pitoyable secret. Bien qu'elle eût refait sa vie, Anna pleurait encore l'homme qu'elle avait aimé vingt-cinq ans auparavant. Beau constat d'échec... Qu'en aurait-il été s'ils avaient vécu leur passion au lieu de la rêver ? La situation était-elle d'ailleurs envisageable ? Non ; pas dans cette famille, songea Quentin. Grégoire n'aurait jamais trahi son frère, eût-il dû en crever. Et ces non-dits avaient poussé la jeune femme à la fuite.

Le passé de Grégoire, tout entier tourné vers Anna, lui appartenait à présent. Aussi, Quentin lui parla-t-il des lettres retrouvées par hasard. Cette indiscrétion le mit à mal. Anna désirait récupérer la totalité de la correspondance et chargeait son neveu de fouiller dans les affaires d'Adrienne. Quentin refusa net ! Quelque lettres ; cela passait encore ! Mais il était l'hôte de Jean-Eudes et d'Adrienne et il ne pouvait se permettre vis-à-vis d'eux un tel manque de tact. Au bout de quelques minutes de discussion, Anna parut se ranger à l'avis du policier.

En reprenant sa voiture, il se sentait furieux contre

lui-même. Certes, cette femme au destin trahi, l'avait touché. Mais pourquoi diable lui avait-il parlé de cette fichue correspondance ? Dans quel pétrin s'était-il encore fourré ? La résignation d'Anna, trop facilement consentie, le perturbait. Quentin aurait mis sa main à couper qu'elle avait un plan en tête. Avait-elle l'intention de se rendre elle-même au manoir et de réclamer à Adrienne les lettres de Grégoire ? Aucun obstacle ne résisterait devant cette femme passionnée. De cela, Quentin était certain. Il éprouvait une angoisse confuse et sans objet.

V

— Tiens-toi plus droit, Johan ! Ne serre pas tant les rênes… Laisse-les flotter. Tu gênes Zaza.

Peu convaincu, le gamin s'accrochait à son bidet comme un octogénaire à son Viagra. Du haut de sa monture, il boudait conseils et ordres.

— Je veux descendre, Kévin ! Fais-moi descendre !

— Non ! Si tu n'essaies pas de vaincre ta peur maintenant, jamais plus tu ne remonteras à cheval. Alors, tu vas te calmer. Je te jure que tu ne risques rien. Zaza est la plus douce de nos juments.

Tout autour de l'arène, c'était à qui manifesterait le plus haut ses encouragements ou ses quolibets.

— Eh ! Johan ! Allonge-toi tout à fait ! héla un petit rouquin. T'inventeras sans le savoir une nouvelle figure équestre ! Ça s'appellera « le coucher de Zorro, un soir de cuite ».

Gloussements des jeunes spectateurs. Exalté par ces marques de compérage, l'amuseur patenté s'enhardit et poussa la chansonnette : « Un cavalier qui roupille le long de la nuit / Court vers l'aventure au pageot / Son nom, il le signe de la pointe de l'épée / Lopette, qui veut dire Zéro… ».

Le petit rouquin vit sa carrière de chanteur s'arrêter là. Un coup de pied dans le derrière le ramena aux saines réalités de l'existence.

— Et que je te reprenne à te moquer de l'un de tes camarades, Jean-Philippe ! admonesta Bernard, le moniteur. Nous allons d'ailleurs voir tout de suite de quoi tu es capable.

Puis, s'adressant à Kévin Le Drézen :

— Veux-tu faire descendre Johan, s'il te plaît ? Jean-Philippe désire nous montrer ce qu'est un double saut périlleux arrière.

Amusé, Quentin suivait, auprès de Tad Coz, les exercices équestres des enfants de la colonie.

Un épais brouillard s'était levé aux prémices de la matinée, rendant impossible toute activité nautique. Il fallait donc occuper le mieux possible ces enfants turbulents.

Quentin, à son corps défendant, dut admettre la réelle compétence de Kévin Le Drézen en matière de chevaux. Jamais le jeune homme ne s'énervait contre un gamin rétif. Au contraire, il anticipait ses craintes et, d'une voix douce mais ferme, l'encourageait.

Le policier tenta d'analyser son antipathie première à l'égard de ce garçon de quinze ans. La mollesse de la poignée de main, le fait qu'il ne regardait jamais droit dans les yeux, ses cheveux longs et gras ; des détails, somme toute, peu significatifs.

Lorsque Kévin Le Drézen aida le petit Johan à mettre pied à terre, un billet, roulé en boule, tomba de la poche de l'enfant. Machinalement, le moniteur de la colonie le ramassa. Il allait le redonner à son propriétaire quand il s'exclama :

— Johan ! Viens me voir tout de suite ! Peux-tu me dire qui t'a donné ce billet de 500 francs !

— C'est mes parents, m'sieur... bredouilla le garçon, soudain devenu pâle.

— Tu sais pourtant, et tes parents également, que l'argent de poche vous est strictement interdit. 50 francs, passe encore, mais 500 francs ! C'est bon... Je réglerai cela avec eux dès notre retour.

Penaud, Johan tenta malgré tout de récupérer son billet. Il dut y renoncer, devant l'intransigeance du moniteur. C'est alors que Quentin intercepta un échange de regards entre Kévin Le Drézen et le gosse. Ce dernier semblait demander conseil au palefrenier dont l'ébauche d'une mimique des yeux parut répondre : « Laisse tomber ».

Soudain, le policier se rappela le soir de la fête au manoir, lorsque, traversant la cour, il avait surpris une conversation entre le jeune homme et cet enfant à qui il pouvait, à présent, donner un prénom. N'était-il pas déjà question d'argent entre eux ? A quel trafic se livraient-ils tous deux ? Quentin sentit revenir son ancienne animosité à l'égard du moniteur équestre. Le manège des garçons, si fugace fût-il, n'avait pas non plus échappé à la sagacité de Tad Coz. Le vieil homme eut un murmure désapprobateur et cracha à terre, selon son habitude. Puis maronnant pour lui-même, il quitta les lieux, les épaules voûtées.

Quentin lui emboîtait le pas quand il fut accosté par Rose-May.

— Si vous n'avez rien de mieux à faire, cela vous dirait-il de m'accompagner à la plage ?

Le ton un peu précipité de la jeune étudiante alerta le policier quand bien-même son invitation parut spontanée. Il avait eu l'intention première d'écrire un mot à sa fille mais les grands yeux verts de la jeune Anglaise en décidèrent autrement. Remettant à plus tard sa correspondance, il monta dans la Clio rouge sous l'œil goguenard de Tad Coz.

— Cela ne vous gêne pas, au moins, que l'on vous voie avec moi ?

— Au contraire, mademoiselle. Il est toujours flatteur, pour un barbon de mon espèce, d'être chaperonné par une belle et jeune créature telle que vous.

— A voir… répondit-elle, laconique.

Un bon point pour elle… songea Quentin qui avait toujours aimé les femmes peu sensibles à la flagornerie masculine.

Rose-May conduisait de façon très sportive. Moins de cinq minutes plus tard, ayant emprunté les chemins de traverse, elle se garait sur le parking de la plage de Pentrez.

— Vous venez vous baigner ? proposa-t-elle en se déshabillant sans gêne aucune devant le policier aussi étonné par son naturel primesautier que sa bravade à vouloir concurrencer les phoques de la mer Baltique.

— Non merci... jamais le mardi. Mais allez-y, vous... A cette époque de l'année, elle doit faire au moins 14 degrés.

— Oui, je sais. Je me baigne ici tous les jours. Elle est merveilleusement vivifiante, ajouta la naïade en courant vers l'horizon.

Qui plus est, la marée était basse. Remontant le col de son pardessus, Quentin décida de marcher pour se réchauffer. Le soleil parvenait un peu, par endroits, à percer la brume océane, nimbant ciel et mer d'une lumière ouatée, laissant deviner, dans une symphonie de gris, le grondement lointain de l'anthracite marin. Les dunes, frangées de villas aux volets clos, rappelaient aux rares promeneurs la morte saison. Seuls, des détritus rejetés par la mer, pris au piège par les tentacules desséchés des laminaires fourvoyées, gardaient en mémoire le faste de l'été. Quentin ramassa un tube de crème solaire recouvert de mazout, pour le balancer, plus loin, dans une poubelle. Les plages de la baie de Douarnenez avaient toutes un air de famille : longues, plates, si souvent battues par les marées que le grain de leur peau ocrée, d'une finesse incomparable, filait entre les doigts quand l'eau n'avait pas réussi à le capturer. Délaissé par les flots, par contre, leur épiderme boucané comme le cuir d'un vieux loup de mer, se gerçait et se creusait de rides profondes.

Quentin s'accroupit pour observer l'errance d'un minuscule crabe vert. Le monde microcosmique le fascinait. Pour le crustacé, la mer s'était retirée, soulevant des dunes de sable à perte de vue, créant des lacs artificiels dans lesquels se reflétait une chiche lumière grisée. Le crabe, oublié des eaux, poursuivait son interminable course vers l'océan. On eût dit une caravane peinant à travers les steppes de Tozeur, contournant le Chott el Djerid inondé.

— Vous attendez qu'une telline sorte de son trou pour la cueillir ?

Quentin sursauta, un peu vexé d'avoir été surpris en flagrant délit de rêverie.

— Vous feriez mieux d'aller vous sécher avant d'être transformée en croquette de poisson surgelé, bougonna-t-il.

Ils longeaient à présent la mer, lui, boutonné jusqu'à la glotte, elle, en simple pull de coton.

— Vous devriez essayer de vous baigner tous les jours. Vous seriez moins sensible au froid.

— Je suppose, Rose-May, que je ne vous ai pas accompagnée sur la plage pour m'entendre prescrire une cure thermale ? Si vous me racontiez un peu ce qui vous tracasse ?

La jeune fille releva un menton volontaire en signe de défi.

— Qui vous dit que quelque chose me préoccupe ?

— L'habitude… Quand une jolie fille m'invite à

passer un moment avec elle, c'est toujours pour jouer le rôle de confident.

— Vous n'avez pourtant rien d'un repoussoir ! s'exclama l'étudiante étonnée.

Quentin ne releva pas l'hommage juvénile. Il observait Rose-May du coin de l'œil ; elle hésitait à se confier. L'expérience lui conseilla de ne pas lui poser de questions. La jeune fille, tôt ou tard, finirait par se livrer. Ils marchèrent en silence, côte à côte ; elle, perdue dans ses pensées, lui, ravi de sa promenade. Devant eux, un couple de goélands se disputait, à coups d'ailes et de bec, les reliefs d'un poisson échoué. Une mouette-rieuse profita de cette algarade pour plonger sur le festin et l'emporter dans son vol. Aussitôt, les belligérants de naguère pactisèrent pour se lancer à la poursuite de l'éhontée.

— Quelle impression vous a faite Helmut Müller ? demanda soudain Rose-May, l'air aussi faussement détaché qu'un chien montant la garde devant un gigot...

« Nous y voilà, pensa Quentin. Le beau teuton a séduit la fille d'Albion ».

— Et à vous-même ? se contenta de répondre Quentin.

Le teint de Rose-May se colora un peu.

— C'est un garçon très sympathique et je ne crois pas du tout qu'il soit mêlé, de près ou de loin, à cette horrible histoire.

Ce fut au tour de Quentin d'être étonné. A quoi,

diable, pouvait-elle faire allusion ? Soudain, il se souvint avoir aperçu, la veille, la voiture de la gendarmerie garée devant la maison de l'artisan allemand.

— Vous étiez chez Helmut, lorsque les gendarmes lui ont rendu visite ? demanda-t-il.

Après s'être assuré que la police n'avait aucune accointance avec la gendarmerie, Rose-May raconta à Quentin sa visite à Helmut et la conversation qu'elle avait entendue à travers la cloison, sans toutefois préciser que son oreille était restée collée au mur.

— Vous comprenez, c'est cette toupie bleue qui nous tracasse, Helmut et moi… Nous en avons parlé ensemble après le départ des gendarmes. Si le jouet a été retrouvé sur le corps de l'enfant, c'est que Rémi Moreau l'a volé le jour où il est passé vendre ses billets de tombola. Il n'y a pas d'autre solution.

— Si… répondit Quentin d'une voix calme. Helmut Müller peut mentir. Peut-être a-t-il offert lui-même la toupie au gosse.

Un cri de protestation accueillit l'hypothèse de Quentin. Indignée, la jeune fille, regrettant de s'être confiée, voulut planter là ce sale flic et repartir seule au manoir. Quentin prit Rose-May par le bras et en le serrant un peu :

— Si vous voulez jouer les détectives et aider votre ami, vous devez être prête à tout entendre, même ce qui vous dérange !

Adoucie, l'étudiante haussa les épaules. Quentin devait comprendre sa réaction impulsive. Les gendarmes soupçonnaient Helmut d'être responsable de la mort du gamin. C'était aussi certain qu'ab-surde. D'autant plus, qu'en partant, ils avaient fait allusion à un billet portant le numéro 052. Sûrement pour déstabiliser Helmut ! En discutant tous deux après le départ des gendarmes, ils étaient convenus qu'il s'agissait sûrement d'un nouveau billet de tombola.

A ce moment-là, l'attention somnolente de Quentin fut aiguillée. Il arrêta sa marche.

— C'est donc cela… murmura-t-il pour lui-même. Ils ont, bien entendu, retrouvé le carnet de souches du petit. Réfléchissons… La dernière personne censée avoir acheté un billet de tombola est Tad Coz. Son billet, je m'en souviens, portait le numéro 051. Or, d'après la réflexion des gendarmes, un autre billet, le numéro 052 aurait été vendu par la suite… Une personne du lieu-dit de Kermantec a donc menti.

— Et les flics sont persuadés qu'il s'agit d'Helmut.

— Ils ne sont sûrs de rien, corrigea Quentin. Sinon ils l'auraient embarqué. Quelque chose leur échappe. Je pense que Rémi Moreau a vendu un dernier billet, mais qu'il a omis de noter, sur son carnet de souches, le nom du bénéficiaire…

— Il reste donc Helmut, les Gannec et les Riou…

— Ce n'est pas si simple, ajouta Quentin avec un

sourire en coin. Qu'est-ce qui me prouve que vous, par exemple, Rose-May, n'avez pas acheté un second billet à Rémi Moreau ?

*

Rose-May partie se baigner en compagnie du neveu du patron et Kévin Le Drézen occupé avec les mômes, il ne restait plus que lui pour décorer la charrette et pomponner Bijou, une jument au caractère facile. Tad Coz, entre autres tâches, aimait celle-là. Des fiancés, désirant se marier en costume traditionnel breton, avaient loué pour la journée le char à banc et les services de Bijou. Si la noce se terminait tard, pensa Tad Coz, les jeunes gens pourraient garder Bijou pour la nuit… Ils s'y connaissaient en chevaux. Régulièrement, ils venaient monter au manège de Kermantec. Tout en frictionnant Bijou à l'aide d'un bouchon de paille, Tad Coz pensait à ses affaires, c'est-à-dire à celles de Jean-Eudes. Bon an, mal an, ils s'en tiraient assez bien. Les randonnées équestres, les leçons données aux débutants par lui-même, aux cavaliers confirmés par Jean-Eudes lorsqu'ils désiraient s'initier au saut d'obstacles, toutes ces activités leur permettaient de vivre, sinon avec largesse, du moins honnêtement.

— Dommage… soupira Tad Coz. Après nous, personne ne prendra la relève. Le Ghislain est architecte… M'étonnerait que…

— Tu parles tout haut, Tad Coz ? Fais attention !

Alzheimer te guette ! Dis donc, tu n'aurais pas par hasard sur toi, la monnaie de 500 francs ? Je ne sais pas ce qu'ils ont tous ce matin avec leurs gros billets !

Tad Coz fouillait son portefeuille lorsqu'il arrêta son geste. L'innocente phrase de Jean-Eudes venait de prendre corps dans son cerveau. C'était comme si les mots, martelés et façonnés à la manière des pièces d'un puzzle en métal, trouvaient leur sens ensemble. Le visage de Rémi Moreau s'emboîta à celui de Johan… Il venait de tout comprendre.

— Tu ne te sens pas bien, Tad Coz ? Tu me fixes comme si tu ne me voyais pas… C'est encore ton cœur, hein ? Où sont tes pilules roses ?

Inquiet, Jean-Eudes fouillait dans les poches du vieux palefrenier à la recherche de ses médicaments. C'est alors que Tad Coz parut recouvrer ses esprits. Il lui fallait réfléchir, vite et seul. La sollicitude de Jean-Eudes l'empêchait de se concentrer.

— Ça va, ça va… Tu ne vas pas continuer à me tenir la main, non ! De quoi a-t-on l'air ! bougonna-t-il.

— Tu m'as fait peur, p'tit père… tu es devenu si blanc !

Plus que tout autre discours, le fait que Jean-Eudes l'appelle « p'tit père », mot doux échappé de la lointaine enfance, attestait l'affection du baron pour lui. Afin qu'il le laisse tranquille, Tad Coz accepta de croquer l'une de ses fichues pilules.

Resté seul avec Bijou dans le box de la jument, le vieux s'assit sur la botte de paille qu'il s'apprêtait à délier avant la venue de Jean-Eudes. Jamais il n'était parvenu à réaliser deux choses en même temps. Penser était pour lui une occupation à part entière. A présent, il devait faire le point. La révélation qui venait de le submerger l'anéantissait. De l'ordre dans tout ce fatras ! Seule certitude : il connaissait l'assassin du petit Rémi Moreau. Tout au moins son meurtrier... Rien ne laissait, en effet, préjuger du caractère prémédité de l'affaire.

— Raisonnons... murmura-t-il en caressant d'une main machinale le chanfrein de Bijou, vexée de l'indifférence subite de son palefrenier. A ton avis, ma belle, comment s'y est-il pris ?

Et le vieux continua de ruminer auprès de sa jument. A présent que sa curiosité intellectuelle était assouvie, il éprouvait de la peine métissée de révolte. Il les connaissait tous au lieu-dit et les aimait bien ! Tous ! Même cette tête de cochon de Eugène Gannec ! Il les avait tous vu naître, sauf Helmut Müller et Laurent Riou... Quelle sorte de démon l'habitait ? Encore qu'à cette question, il pouvait répondre... Lui seul, le vieux, savait le mal qu'on lui avait fait...

De la manche de sa veste, il s'essuya les yeux. A présent, il faudrait qu'« il » lui explique les circonstances du drame. Foi de Tad Coz, il aurait un entretien avec « lui », face à face, d'homme à homme. Après cela, il aviserait sur la conduite à tenir...

Fier de sa résolution, Tad Coz sortit de l'écurie, la fourche sur l'épaule, le regard aussi farouche que celui de ses ancêtres partis en guerre contre l'injustice.

*

*   *

— Mon oncle, n'auriez-vous pas vu Tad Coz ? Une cliente l'attend pour sa leçon dans la cour depuis dix minutes.

Un peu agacé, Jean-Eudes répondit :

— Ah ! Celui-là et ses airs de mystère ! Il était encore là il y a une demi-heure à peine ! J'ignore où il a filé, mais il devait absolument rencontrer quelqu'un… C'est bon, je le remplace pour l'instant, mais dès qu'il arrive, tu seras gentil de lui dire de me rejoindre au manège. J'ai encore la comptabilité à faire !

Mais Quentin n'avait nulle envie de servir de duègne à Tad Coz en cette fin d'après-midi morose. C'était l'heure où les loups l'emportaient sur les chiens. Une brouillasse sirupeuse chargée d'embruns poissait la peau et les cheveux, gommait tout contour à plus de vingt mètres. On eût dit que la nature s'était enrhumée, et qu'elle jouait les pâles. Afin de ne pas céder à la mélancolie, Quentin décida d'aller au cinéma à Quimper, après le dîner. Auparavant, il écrirait à sa fille.

*

Le repas fut morne. Cliquetis des couverts contre les assiettes de porcelaine. Autant de signes de ponctuation du silence. Une manière d'indolence alanguissait toute conversation comme si la nuit, étouffée sous l'étoupe de sa brume, avait pénétré dans cette salle à manger. Quentin observait les conviés. Face à lui, Tad Coz plongeait le visage dans son assiette de soupe. Peu enclin aux bonnes manières, il semblait le seul à se délecter de son brouet. A la façon des enfants, il avait attaché sa serviette autour du cou pour ne pas se salir. Personne n'avait l'air de se soucier des bruits de succion qui accompagnaient chacune de ses cuillerées. Malgré son appétit, Quentin trouvait le vieil homme préoccupé, tout du moins, lorsqu'il daignait relever la tête de son potage. Ses lèvres marmottaient alors, pour lui seul, quelque soliloque occulte. A ses côtés, Rose-May chipotait, la joue appuyée contre le revers d'une main. Adrienne pétrissait du bout des doigts de la mie de pain pour en faire des boulettes. Ghislain étouffait quelques bâillements aux côtés de sa femme. Celle-ci, par contre, jacassait devant un auditoire peu contestataire. Ce soir-là, Quentin lui prêtait une oreille distraite. Il était question de mode vestimentaire. Mado, la femme de Laurent Riou, l'éleveur de chiens, s'habillait, semblait-il, de façon im-pos-si-ble !

— Je vous jure que je l'ai vue bêcher son jardin en talons hauts ! Mais si ! Ghislain, passe-moi les pommes de terre s'il te plaît… Et quand elle se rend à

Quimper le samedi, on le sait ! C'est bien simple, je l'appelle « Madame-j'entre-en-ville ». Elle voudrait paraître chic alors qu'elle ne fait qu'accentuer son côté « potiche ».

— Ma chère belle-fille, l'interrompit Adrienne avec aménité, vous êtes ce que l'on appelle une véritable pétasse...

Tous, autour de la table, s'arrêtèrent, qui, de manger, qui, de chuchoter avec son voisin. Pétrifiés, ils dévisageaient, bouche bée, la maîtresse de maison. Comment une telle incongruité avait-elle pu franchir les lèvres d'Adrienne de Kermantec, si soucieuse d'habitude de la bienséance ? Personne n'osait affronter le regard de sa belle-fille. La pauvre devait se sentir horriblement mortifiée... Ghislain fut le premier à réagir et à défendre sa femme.

— Tout de même, maman, vous dépassez les bornes !

Adrienne releva alors la tête, étonnée. Elle parcourut des yeux tous les visages tournés vers elle et s'exclama :

— Eh bien quoi ! Qu'ai-je dit de si blessant ? Je peux tout de même traiter ma belle-fille de commère, non ?

— Ce n'est pas le mot que vous avez utilisé, et vous le savez pertinemment, insista Ghislain, rouge de colère.

— Je ne suis pas tout-à-fait gâteuse, mon fils. Et je te prierais de calmer tes ardeurs belliqueuses. Si j'emploie le mot « pétasse », c'est dans sa seule acception depuis le XVIIe siècle. Ce mot a toujours eu le sens de « commère ». Et je n'en connais pas d'autre. Mais vous tous qui me regardez comme si j'avais donné la communion à un suppôt de Satan, pouvez-vous éclairer ma lanterne ?

L'orage était passé. Plus animée, la conversation porta alors sur l'évolution de la langue et les conventions de l'argot. Chacun y prit part sauf Tad Coz qui se retira. Une jument s'était blessée à la patte et il désirait lui poser un cataplasme à sa façon.

Un peu échaudée, Brigitte Vern de Kermantec se tenait sur son quant-à-soi. De temps à autre, après avoir donné une opinion - cette fois-ci modérée - sur tel ou tel sujet, elle guettait l'approbation de sa belle-mère. Quentin ne savait pas à quoi s'en tenir en ce qui concernait l'attitude équivoque de sa tante. Adrienne avait-elle voulu blesser sa belle-fille sciemment ? Ou était-elle vraiment sincère lorsqu'elle affirmait vouloir toujours s'exprimer en termes châtiés… Il n'aurait su fixer son jugement.

Après la sacro-sainte tasse de verveine, le policier proposa à ces dames de les conduire au cinéma. Adrienne refusa. Elle et Jean-Eudes devaient, ce soir-là, s'enfermer dans le bureau afin d'éplucher leurs comptes. Ils ne pouvaient remettre à plus tard - et c'était fort dommage - cette obligation fastidieuse. Rose-May accepta l'invitation sans cérémonie. Quant à Brigitte, elle battit aussitôt des mains comme une enfant. Puis, bridant son enthousiasme quelque peu puéril, elle se reprit et se tourna vers son mari.

— Dis… Je peux y aller ? Tu veux bien, Ghislain ?

— Ne fais pas la sotte, voyons ! grommela-t-il, bougon. Tu fais comme tu veux ! Pour qui vas-tu me faire passer ? Un bourreau des ménages ?

Brigitte déposa un baiser sonore sur la joue de son mari.

*

* *

Vers 22 heures, Tad Coz sortit de l'écurie. Il avait tenu à rester un moment auprès de Lola. Puis, certain que la jument accepterait son cataplasme, il s'était décidé à la laisser pour la nuit. Passant devant le manoir, il aperçut la lumière allumée dans le bureau de Jean-Eudes. Il s'arrêta et, selon son habitude, se gratta le dessus du béret de son index, signe d'indécision. Devait-il laisser ses instructions au maître, au cas ou, malgré tout, Lola se mettrait à regimber ? Et puis… non. Cela pouvait attendre le lendemain. Jean-Eudes, le traiterait encore de mère-poule !

Tad Coz, avant d'entreprendre sa petite marche quotidienne de deux kilomètres qui le mènerait à son penty, se massa les reins et but la nuit au goulot. Il goûtait particulièrement cet instant où, le travail accompli, il regagnait son chez soi. Pour sûr, Jean-Eudes et Adrienne insistaient depuis des années pour qu'il dorme au manoir. Ils craignaient pour lui, une mauvaise chute sur une sente caillouteuse et affouillée de nids-de-poule.

— A Dieu vat ! lança-t-il à la nuit. Allez, route terre ! Dagousket ! Mar plich !

Tad Coz, aidé de son bâton, entama sa marche. Ce penty, c'était son seul bien, son héritage. Rien ni personne n'aurait empêché le vieux de jouir de son droit à la propriété. En sortant de l'enceinte du manoir, malgré sa connaissance du chemin, il manqua de s'affaler.

— Quel est l'imbécile qui a laissé tomber un rondin de bois ici sans prendre la peine de le dégager ? marmotta-t-il.

Le vieux se rendit alors compte qu'il avait oublié sa lampe électrique dans le box de Lola. Rebrousser chemin ? Pas la peine... C'était déjà arrivé à maintes reprises. Il redoublerait d'attention, c'est tout.

Il avait beau faire le faraud, il craignait tout de même la fracture du col du fémur... Mauvais présage, à son âge. Et comme il était poète à ses heures et que, pour lui, les dictons résumaient toute la sagesse de la vie, il en inventa un sur-le-champ : « Fracture du col du fémur / Trois mois plus tard, tu changes de murs ! »

Content de lui, il hocha la tête et cracha par terre. Il crut alors entendre, plus bas, une voix de femme appeler quelqu'un...

La nuit épaisse comme de l'étoupe, parvenait

même à étouffer les sons. Bien qu'elle fût dans la plénitude de la maturité, la lune distillait chichement une lumière falote. Ses rayons blafards s'esquintaient contre un mur de brume. Malgré la boucaille qui madéfiait aussitôt son papier gommé, Tad Coz, de ses doigts noueux, roula une cigarette qu'il essaya ensuite d'allumer à l'aide de son briquet-tempête.

« Le butun de la digestion », comme il disait, sa compagne de route. Somme toute, il n'était pas mécontent de sa journée. L'entrevue qu'il s'était promis d'avoir, avait porté ses fruits. Devoir accompli. On ne mentait pas à Tad Coz. D'ailleurs, il n'avait pas cherché à s'esquiver. Les faits l'accablaient… Après un long conciliabule durant lequel Tad Coz l'avait placé face à ses responsabilités, il avait craqué. Demain, il irait voir les gendarmes pour tout leur expliquer. Tad Coz l'accompagnerait. C'était un brave garçon. Il leur dirait. Vu ce qu'on lui avait fait subir, il bénéficierait sûrement de circonstances atténuantes… Ce n'était pas un assassin… Seulement un individu qui avait perdu les pédales. Lui, le vieux, témoignerait en sa faveur…

Sa cigarette finit par s'allumer. Le bout incandescent parvint à trouer la nuit. Il reprenait sa marche lorsqu'il perçut un bruissement de feuilles sur le bas-côté.

« Bah ! Sans doute un jeannot… ». Ils grouillaient dans le bois de Kermantec. Là, on ne les chassait pas. Aussi, sortaient-ils à la brune en toute insouciance…

A portée de main, le chuchotis des feuilles mortes recommença. Soudain, Tad Coz sentit contre ses cuisses la tiédeur d'une haleine...

*

— Gitane ! Gitane ! Où te caches-tu, vilaine ! Reviens ici immédiatement !

Essoufflée, Thérèse Gannec s'appuya contre la barrière de la propriété de Laurent Riou. Elle ne voulait pas penser au savon que ne manquerait pas de lui passer son fils si elle ne réussissait pas à récupérer sa chienne. Il tenait à elle comme à la prunelle de ses yeux.

— Gitane !

Le nom murmuré glissait contre la brume. Ici, elle ne pouvait appeler l'animal de vive voix. C'eût été un tollé général dans les chenils de Laurent. Où diable était-elle passée ? La haute barrière était close. Le labrador n'aurait pas pu l'escalader...

— Gitane !

Tout ce chemin pour rien... Thérèse, excédée, s'en voulait tout de même. Elle se sentait responsable de la fugue de la chienne. Avant de s'en aller à sa réunion, Ronan lui avait pourtant bien recommandé de faire attention à juste entrebâiller la porte du chenil lorsqu'elle donnerait à manger aux chiens. Gitane, en chaleur, ne manquerait pas de prendre la poudre d'escampette à la moindre occasion.

Si ce n'était ici… la piste de quel mâle avait-elle flairé ? Zut… Il faudrait la piquer pour lui faire passer la portée… Quel embarras ! De toute façon, même si elle la récupérait ce soir, elle serait bien obligée d'en parler à son fils.

Thérèse Gannec sonda les bruits de la nuit. Après tout, remonter chez elle par le bois n'était pas une mauvaise idée… Gitane n'avait peut-être pas été tentée par la bagatelle. Si cela se trouvait, plus gourmande que coureuse, elle traquait en ce moment le lapin…

Frissonnante, la petite femme croisa contre sa poitrine les pans de son châle de laine irisée d'une myriade de gouttelettes de brume. Ses pieds éprouvaient à présent, à travers les semelles de feutre, l'humidité du sol. Elle n'avait pas pris le temps, tout à l'heure, de troquer ses chaussons contre des souliers ni de passer un manteau.

En soupirant, elle s'engouffra dans les ténèbres du bois qui happèrent sa fragile silhouette.

*

D'abord surpris, Tad Coz esquissa un mouvement de recul. Mais il reconnut bien vite l'animal familier.

— Que fais-tu là, Gitane ? Allez, ouste ! Rentre chez toi ! Ton maître doit te chercher.

Soumis à l'autorité grondeuse du vieil homme, le labrador baissa son arrière-train et, se faufilant, fit le tour de Tad Coz en couinant. Puis, il détala vers le haut de la côte. Il retournait chez lui.

Tad Coz appartint une fois encore à la solitude de la nuit. Il venait d'accomplir les trois-quarts de sa route lorsqu'il crut entendre, derrière lui, une sorte de gémissement. Il s'arrêta afin de mieux cerner le bruit. Plus rien... Son imagination lui jouait des tours. Il n'avait pas même l'excuse du vent.

Engluées dans l'épaisseur du brouillard, les branches des arbres mimaient l'immobilité des statues. Il reprit sa marche. Pas pour longtemps. Le couinement recommença aussitôt, plus distinct cette fois.

— C'est toi, Gitane ? Allons, Montre-toi. Inutile d'être hypocrite !

Mais le chien ne surgit pas de la nuit... D'ailleurs, à y regarder de près, il n'aurait pas dû confondre des jappements avec ce bruit-là. Agacé, Tad Coz cracha par terre et reprit sa route, bien décidé à ne plus se laisser distraire ni à se retourner. A présent, il éprouvait une certaine hâte à rentrer chez lui et à se coucher entre ses draps rêches.

Dans son dos, un hennissement le fit sursauter. Il semblait si proche que le vieillard, dans sa volte-face, pensait se retrouver nez à museau avec un cheval. Pourtant, il n'en fut rien.

— Gast ! Mais où est-il ?

Tad Coz, tournant le dos à sa maison, rebroussa chemin et remonta le sentier sur une dizaine de mètres. Nulle trace d'un cheval.

— C'est pas Dieu possible… Voilà t'y pas que je deviens gaga. J'ai bien fermé la porte de l'écurie pour sûr. Pourtant, y'a qu'nous à posséder des chevaux ici…

Perplexe, le vieux palefrenier décida de laisser tomber ses vaines recherches et de rentrer au plus vite au logis. Il avait dû rêver…

Cette fois, le grincement était net. Tad Coz accéléra son allure. De fines gouttes de sueur perlaient à présent sur son front. Il commençait à se sentir mal à l'aise. Déboutonnant son col de chemise, il cria :

— Qui est là ?

Nulle réponse. Il tenta alors de maîtriser la légère angoisse qui lui serrait un peu la poitrine en affrontant ce bruit, c'est-à-dire en l'analysant. Un couinement familier, pour sûr. La chaîne d'un seau qu'une poulie dévide lorsqu'il descend dans un puits… C'est presque ça… Pas tout à fait cependant… Je dirais plus brri brri… que brra brra… Tiens, où sont mes pilules ! J'en prendrais bien une… Cherchons encore, ça nous occupera l'esprit. Une porte mal huilée dont les gonds crissent… Non plus… Un son plus gras…

Ce fut sans doute le désir de reconnaître à tout prix l'origine de ce crissement qui causa la perte de Tad Coz. Il venait de conclure au cri d'une chauve-souris. Mon Dieu, qu'il avait été bête ! Y'a pas idée de se laisser manger comme ça par la peur ! Tout s'expliquait à présent. Il aurait eu beau tourner la tête, le cou et tout, c'est pas pour autant qu'il aurait repéré l'animal. Mais derrière lui, de nouveaux hennissements se firent entendre. Ça, par contre... Il tenta de rire de lui-même afin de refouler la nouvelle boule d'angoisse qui lui serrait le thorax.

— C'est sûrement rapport au brouillard ! lança-t-il à la nuit. Voilà t'y pas qu'j'entends des chevaux fantômes ! Remarque, c'est d'époque !

Il ne croyait pas si bien dire. A peine venait-il de prononcer sa dernière phrase qu'il se rappela la date : le 2 Novembre, jour des défunts.

Alors, tout s'enchaîna très vite dans son vieux cerveau gavé de dictons, de légendes et de superstitions. Les chevaux de la mort... L'essieu mal graissé... Oui, c'était bien cela...

Le vieil homme se mit à courir, gauche comme un albatros, abîmé de terreur. Tenir un moment... A cinquante mètres de là, son penty l'attendait.

Pourquoi tourna-t-il donc la tête ? Malgré le brouillard et la nuit, Tad Coz le reconnut aussitôt. Se protégeant le visage du coude, tel un enfant qui se refuse de voir la réalité en face, il hurlait.

— Non ! Pas ça ! Je vous en supplie ! Pas moi ! Je veux bien mourir, mais pas comme ça !

Loin de lui, la haute silhouette noire, coiffée d'un feutre à larges rebords, ne faisait pourtant pas mine d'approcher du vieil homme, à présent tombé à terre. Seule, sa faux, curieusement montée à l'envers, reflétait des éclats de lune.

Claquant des dents, Tad Coz essaya de ramper vers son havre de paix. Terreuses, ses mains n'agrippaient que des cailloux. Il avait cinq ans et sanglotait. Mamm ! Tad ! L'étau de sa poitrine lui donnait une respiration rauque, parcimonieuse et entrecoupée de spasmes. Il vomit... Sa vue se brouilla...

— Tad Coz ! Mon Dieu ! Tad Coz ! Réponds moi ! Que t'est-il arrivé ?

La gifle administrée par la femme à genoux devant lui, fit reprendre conscience à Tad Coz. A force de volonté, il parvint à desserrer les lèvres.

— L'Ankou... Sur le chemin... Derrière moi...

— Oui, oui... Donne-moi tes clefs, mon pauvre vieux. Je rentre chez toi, je téléphone au médecin et je reviens tout de suite. Ne bouge pas ! N'essaie surtout pas de faire d'efforts.

Où serait-il allé, d'abord ? Son cœur, pressé dans une armure trop étroite... Happer un filet d'air. Juste un filet... Attraper une pilule rose. Peut-être pas... Son bras... Trop lourd.

Sa poitrine lui faisait si mal ! Thérèse allait le sauver. Il ne partirait pas dans la charrette avec les autres âmes torturées. Elle empêcherait cela...

Fasciné par l'objet de sa terreur, il releva un peu la tête. L'Ankou avait disparu du chemin...

C'est alors qu'il comprit à quel jeu de dupes il avait servi de pion. Trop tard.

Thérèse Gannec s'agenouilla, et déposa sur son corps recroquevillé une couverture de laine.

— Ça va aller, bonhomme. Tiens le coup. Le toubib arrive.

Mais, déjà, la mort avait posé son empreinte sur le visage du vieux. Le tour de sa bouche était devenu cireux.

Tad Coz, pourtant, rassembla ses dernières forces pour faire signe à Thérèse de l'écouter. La femme posa son oreille contre les lèvres du jardinier.

— Rémi… préviens… Jean-Eudes… Le billet de…

A ce moment-là, Tad Coz fut le seul à savoir qui venait le chercher pour son ultime échappée.

VI

— Jessica, s'il vous plaît ! Madame Bourhis vous attend pour une épilation du maillot... Pressez-vous un peu !

Une jolie jeune femme, rousse comme un faux semblant, sortit de sa cabine pour entrer aussitôt dans celle de Nadine Magne, sa patronne.

— Mais Madame... chuchota-t-elle. Ce n'est pas de ma faute... Madame Le Perchec refuse que je lui épile les moustaches avant de la maquiller... Si je cède, mon travail sera saboté...

— Oui, je sais mon petit, répondit la patronne sur le même ton confidentiel. J'avais compris... Je vous ai appelée pour vous sauver la mise afin qu'elle sache ce que nous pensons d'elle. Cela m'est égal de perdre une telle cliente. Finissez-la vite et basta !

Puis, se penchant sur une future momie en cours d'embaumement, elle ajouta :

— Si vous saviez, madame Le Hir, comme nous pouvons avoir honte parfois ! Certaines personnes nous font de la contre-publicité ! Heureusement, des femmes telles que vous nous forcent encore à aimer notre métier.

Flattée d'avoir été prise en exemple par son esthéticienne et surtout d'avoir eu le privilège d'assister à une exécution, la momie, pour ne pas faire craquer son masque d'argile, susurra entre ses dents :

— Ma pauvre Sabine ! Comme je vous plains ! Ce ne doit pas être drôle tous les jours pour vous...

La sainte patronne de la beauté, élevée à l'autel des martyrs, soupira d'aise.

— Eh non ! Enfin... il faut de tout pour faire un monde.

Puis, se tournant vers son employée :

— Allons, Jessica ! Dépêchons-nous... Rentrez vite dans votre cabine. Madame Le Perchec va finir par se demander ce qui se trame ici...

Nue, ou presque, sous sa blouse blanche, selon les exigences de sa patronne - n'étaient-elles pas des cliniciennes de la beauté ? - Jessica Bordénec donna la cadence à son superbe fessier et le mit en marche. Puis, l'employée callipyge rejoignit sa cliente.

Elle la retrouva dans l'état où elle l'avait laissée, enduite d'un masque souple et gluant. Son visage, engoncé dans une serviette éponge, n'était plus de première fraîcheur. Jessica pensa à une douzaine d'escargots finissant de rendre leur bave au fond d'un seau.

Elle fut prise d'un haut-le-cœur... Pourvu qu'elle ne soit pas enceinte... Doudou serait en colère cette fois-là... Un pseudo-accident, passait encore, mais deux !

— Alors, madame Le Perchec, on s'est décidé ? On se l'enlève notre vilain petit duvet noir ?

— Enfin, Jessica... Comprenez-vous le français ? Ces quelques malheureux poils, je me les garde. Je trouve qu'ils donnent à mon visage une personnalité tout à fait intéressante.

Vaincue, Jessica Bordénec haussa les épaules. En attendant de pouvoir s'établir à son compte, elle tenait à son job à *Femme, Femme, Femme Institut*. Ainsi, elle observait la manière dont Nadine Magne, sa patronne, l'exploitait, elle et les deux autres employées. Elle en tirerait profit plus tard, lorsqu'elle posséderait son propre salon !

Noémie et Laura râlaient, menaçaient parfois de se renseigner auprès des Prud'hommes. Les pauvres ! Quelle mentalité de salariés ! Elle, jamais. Elle capitalisait avec le sourire les entourloupes de Nadine, d'autant plus volontiers d'ailleurs, qu'elle ne les avait pas vues venir. Un jour viendrait où elle n'aurait plus rien à apprendre de sa patronne. Elle la laisserait alors choir et entraînerait dans son propre salon Noémie et Laura. Elle appliquerait les méthodes de Nadine, mais en douceur, pour que ces gourdes ne se doutent de rien. Seulement voilà... Il lui fallait de l'argent, du pèse, de la fraîche, de l'oseille, de la tune... tous ces petits mots qui chantent à l'oreille.

— Pouvez-vous me retirer mon masque, Jessica ? La cérémonie commence dans deux heures à la cathédrale. Après le maquillage, j'ai encore mille choses à faire.

— Oui, oui, Madame. Veuillez me suivre dans la cabine de maquillage. Bien sûr, vous porterez un pantalon ?

La petite femme boudinée, en suivant Jessica dans un couloir, s'appliquait comme elle à faire dérailler son arrière-train. Même cause, effet différent.

— Non, pourquoi ? J'ai acheté pour l'occasion un ravissant petit tailleur. La jupe est…

Le popotin de Jessica, sous le choc, décrit un angle de 180 degrés.

— Comment ? Vous porterez une jupe alors que vous ne vous êtes même pas épilé les jambes !

Devant l'air ulcéré de son esthéticienne préférée, la cliente crut devoir justifier son amour à tous crins pour la pilosité *sui generis*.

— Hildegarde, mon amie allemande, bredouilla la pauvre femme, trouve qu'il faut laisser faire la nature… c'est un tout… vous comprenez ? Le système pileux, l'homéopathie…

— Ecoutez, si votre amie exhibe ses cultures biologiques sur la plage, libre à elle ! En tout cas je vous demande de taire à vos invités le fait que vous êtes passée ici avant de marier votre fils. Nous sommes d'accord ?

La plus cramoisie toisa alors du regard la plus érubescente, et le combat, pour l'honneur du sex-appeal, s'arrêta là.

Enfin, pas tout à fait… Pendant dix minutes, Jessica se battit contre les poils englués de fond de teint qui se dressaient à la manière d'étendards. Deux écoles s'opposaient ici et la jeune esthéticienne, les ayant testées empiriquement, ne pouvait se résoudre à opter pour l'une d'entre elles. Soit elle enrobait les poils avec *Teint de Soie* et la micro-texture unifiante exclusive finissait par couler en gouttes grasses, car il se produisait au-dessus de la lèvre supérieure un effet de serre. Soit elle mettait à nu, au contraire, les hôtes indésirables et, de loin, on croyait alors apercevoir au-dessous du nez, une bouche d'ombre.

Afin de fuir ce dilemme, Jessica se concentra sur son Doudou. Il passerait la voir dans la soirée. Il le lui avait promis… Basile serait content de jouer un peu avec son papa. La situation était loin d'être facile mais cela s'arrangerait… Doudou, complètement fou d'elle, ne pouvait se passer de ses caresses… Elle gardait bon espoir… Et puis, Doudou lui avait parlé la veille au téléphone d'une étrange histoire. Cela lui donnait une idée… Si dans son bled, un vieux débris s'était fait tailler un costume en bois parce qu'il avait cru rencontrer l'Ankou alors qu'il rentrait chez lui, la même chose pouvait arriver à d'autres… Il suffisait de travailler Doudou en finesse… Et vite… pour ne pas laisser retomber la vague de superstition. A voir…

*

*   *

Quentin partageait la promenade matinale de son oncle qui, voulant avec lui faire le point, le lui avait proposé. La clémence du temps permettait aux deux hommes de deviser, chose qui eût été impossible si le vent s'était levé au sommet du Menez-Hom.

— Tiens-toi ici et tourne-toi de chaque côté. N'as-tu pas l'impression d'être le maître de la lande ?

Quentin Le Gwen devinait ce qu'éprouvait son oncle.

La munificence du panorama aurait coupé le souffle au promeneur le plus rétif. Devant lui, le policier se sentait à la fois puissant et fragile comme si, à ses pieds, se découpait la fin de l'occident. Face à la mer, Quentin embrassait toute la baie de Douarnenez, de la pointe du Van jusqu'au cap de la Chèvre que le regard outrepassait car il dérivait, au Nord-Ouest, sur la rade de Brest. A l'Est, la campagne de Cornouaille, tel l'habit d'Arlequin, était sertie de champs, labourés ou non, dont la palette de couleurs déclinait ses jaunes ambrés et ses verts veloutés.

— Tad Coz aurait aimé être là, avec nous… murmura Jean-Eudes, d'une voix sombre.

Depuis qu'on lui avait annoncé la mort de son palefrenier, le baron de Kermantec paraissait anéanti. Il s'attendait néanmoins à cette fin, Tad Coz souffrant depuis de nombreuses années d'une angine de poitrine. Il se rappelait l'apparition essoufflée de Thérèse Gannec qui avait fait irruption dans leur bureau, où Adrienne et lui se tenaient encore, malgré l'heure tardive. La pauvre femme bredouillait. Il était question d'un message, pour lui, Jean-Eudes. Ce n'est que dix minutes plus tard qu'il avait compris que Tad Coz était mort. Comme si son neveu avait la faculté de suivre le cheminement de sa pensée, Jean-Eudes ajouta :

— Ne crois-tu pas qu'il pourrait s'agir d'une illusion collective ?

— A quoi faites-vous allusion, mon oncle ?

— A ce… A l'Ankou.

Jean-Eudes de Kermantec répugnait visiblement à prononcer le nom de l'allégorie bretonne de la mort. Le formuler était sans doute, pour lui, accorder quelque crédit à ces billevesées, ces fadaises d'outre-temps.

— Je ne crois pas, non… Si le médecin a conclu à une crise cardiaque, il n'en reste pas moins que, d'après le témoignage de Thérèse, Tad Coz est mort de peur. Sur le moment, elle a cru que le pauvre vieux avait été victime d'une hallucination. Puis, elle s'est souvenu que, quelques instants auparavant, alors qu'elle recherchait son chien dans le bois, elle avait elle aussi entendu des hennissements et un bruit particulier qu'elle n'avait pas réussi à définir.

— M'ouais… admettons, concéda Jean-Eudes sans grande conviction. Mais qui diable aurait joué cette monstrueuse farce à Tad Coz ? Car j'espère, ajouta-t-il avec inquiétude, que tu ne crois pas à la réalité de cet épouvantail poussiéreux ?

Quentin esquissa un sourire avant de répondre. Evidemment, l'Ankou n'existait pas. Il n'empêchait que quelqu'un s'était servi de cette figure symbolique pour tuer le vieux palefrenier.

— Le coup n'était pas sûr ! objecta Jean-Eudes. Tad Coz aurait pu en être quitte pour une grosse frayeur !

Quentin Le Gwen cueillit une herbe ocre et la mâchonna, comme pour mieux réfléchir.

— Je ne suis ici que depuis quelques jours... Pourtant, j'ai pu me rendre compte à quel point Alain Tygréat était superstitieux. N'oubliez pas non plus, mon oncle, qu'il était vieux et cardiaque. Tout le monde le savait. Non... ajouta-t-il en hochant la tête. L'assassin a au contraire très bien joué. Il s'est mis à l'abri des poursuites. On n'a jamais vu des gendarmes ou des flics enquêter sur le décès d'un octogénaire mort d'une crise cardiaque ! Même le médecin a accordé sans l'ombre d'un doute la permission d'inhumer.

— Thérèse Gannec ne lui a pas raconté les bruits qu'elle avait entendus, objecta Jean-Eudes.

— L'aurait-elle fait, répondit son neveu, qu'aurait-elle pu dire ? Qu'un cheval avait henni dans la nuit, causant ainsi la mort du vieux ? Pour un palefrenier, quelle fin absurde ! J'imagine d'ici le rire du médecin !

Jean-Eudes paraissait tracassé.

— Tu ne sembles pas bien comprendre, Quentin.

Nous sommes les seuls, au manoir, à posséder des chevaux. Certes, depuis l'époque de mon père nous n'avons plus de charrette, mais il nous reste encore un char à banc que nous louons, parfois, pour un mariage. Or Adrienne, les deux moniteurs de la colonie qui dorment dans des box aménagés et moi-même, pouvons certifier : pas un cheval n'a quitté l'écurie cette nuit-là ! Nous l'aurions su !

Quentin posa la main sur le bras de son oncle. Il devinait ses inquiétudes. Outre la perte de Tad Coz qui l'affectait cruellement, l'idée que l'on pût soupçonner un habitant du manoir de manœuvres machiavéliques, révulsait cet homme d'ordinaire si droit, et qui, aujourd'hui, paraissait voûté.

— Il faut affronter l'ennemi, mon oncle, pour mieux le repousser. Se voiler la face et nier que Tad Coz et Thérèse Gannec ont entendu avant-hier des bruits insolites ne résoudra rien. Par contre, entendre et voir sont deux choses différentes…

— Que veux-tu insinuer ? fit Jean-Eudes, intrigué.

— Nous ne pouvons nous fonder que sur le témoignage de Thérèse, et pour cause… Or, avant de mourir, Tad Coz, effrayé, lui a parlé de l'Ankou. Elle-même, dans le bois, s'est souvenu avoir entendu des bruits curieux. Au moment des faits, n'étant pas superstitieuse, elle n'y a pas pris garde. Maintenant, qu'est-ce qui prouve que Tad Coz a aperçu une charrette tirée par des chevaux ? Rien. Rappelez-vous, mon oncle. Cette nuit-là, il y avait un brouillard à couper au couteau. Le sol était détrempé. Hier, nous avons refait tous les deux le chemin parcouru par Tad Coz. Aucune empreinte de roues. J'en conclus donc qu'entendre n'est pas voir.

— Qu'est-ce que ça change ? demanda le baron, un peu agacé par le discours sibyllin de son neveu.

— Tout ! Pas de traces, pas de charrette, pas de chevaux. Le meurtrier de Tad Coz s'est servi d'un magnétophone. Et c'est un jeu d'enfant, pour n'importe quel habitant du hameau, d'enregistrer le crissement d'un essieu et les hennissements d'un cheval sans se faire remarquer. On entre au manoir comme dans un moulin. Et je suis même prêt à parier que l'essieu de votre char à banc grince.

— La nuit où Tad Coz est mort, ce char à banc ne se trouvait pas au manoir. Nous l'avions loué à de nouveaux mariés !

— La belle affaire, mon oncle ! Le couinement de l'essieu a pu être enregistré à n'importe quel moment. Par exemple, le soir de la fête d'Halloween où, si je me souviens bien, cette charrette participait au décor théâtral des enfants de la colonie. D'ailleurs, ajouta Quentin, pensif, je me demande si l'assassin, en faisant resurgir le fantôme de l'Ankou, n'a pas trouvé son inspiration au cours de cette soirée...

Venu du large, un vent d'Ouest venait de se lever, charriant avec lui quelques nuages menaçants. Aussitôt, le bleu céruléen de la mer, miroir du ciel, se troubla, parcouru ici et là d'ondes glauques. Il s'empoisonna tout à fait, consommant le maléfice jusqu'à la lie des hauts-fonds, se barbouillant d'anthracite. Malmenés par le vent, les nuages pommelés roulèrent sous la voûte céleste. Déjà, au-dessus de la baie, ils se déchiraient, forcés par un rideau oblique d'aiguilles argentées.

— Il va y avoir un grain. Regarde l'orage sur la mer. On rentre ?

*

* *

Inquiet, le petit Jean-Philippe scrutait le ciel. Roux et rond comme une friandise, il pestait dans la cour du manoir.

— Fichu pays ! Va encore flotter ! Y'en a marre !

Assis en tailleur à même la terre battue, son copain Johan dessinait sur la poussière à l'aide d'un bâton. Il haussa les épaules.

— Qu'est-ce que ça peut te foutre si dans une heure tu es sur l'eau ? Tu seras mouillé de toute façon ! J'parie même que tu vas tomber d'dans. A moins que ton O'timist ne coule avant !

Soufflé par l'insulte, Jean-Philippe serra les poings. Comme il pâlissait sous le coup de l'émotion, la constellation d'étoiles rousses ressortit davantage sur son visage lunaire. Jamais encore, Johan ne s'était permis une remarque désagréable sur son embonpoint. C'est pour cette raison, d'ailleurs, qu'il était son seul copain. Les autres garçons de la colonie, eux, pouvaient dire ce qu'ils voulaient. Il s'en fichait.

Mais pas Johan, son poto, son frangin. Des larmes, venues de très loin, s'échouèrent au rivage de ses paupières. Il les essuya d'un coup de manche à tout faire mais ne put réprimer le hoquet qui dérivait avec les déferlantes.

Johan, toujours occupé à jouer à rien dans la poussière, releva la tête, puis la baissa à nouveau.

— S'cuse-moi. J'voulais pas dire ça.

— Tu m'as traité ! cria alors l'offensé pour se délivrer de son chagrin.

— Oui, je t'ai traité. S'cuse-moi, j't'ai dit aussi.

Bouleversé, Jean-Philippe s'assit alors comme son copain, sans toutefois se rapprocher de lui. Il ne reconnaissait plus Johan mais n'avait pas les mots pour exprimer son désarroi. Malgré tout, il fit une tentative de conciliation.

— Pas grave… J'm'en fous, de toute façon… T'es sûr que tu ne veux pas venir avec nous à Crozon ? Qu'est-ce que tu vas faire ici tout seul ?

Johan poursuivait, tête baissée, la déclinaison de formes géométriques sur le sol.

— T'occupe…

Cette réponse fuyante ne parut pas convenir au petit rouquin. Il attaqua son copain de front.

— Les monos vont finir par se demander ce que tu as. Hier, tu n'es pas venu parce que tu disais avoir mal à la tête. Que vas-tu trouver aujourd'hui comme excuse ?

— Mal au ventre…

— Et tu penses que Bernard va gober ça ? En plus, tu lui fais la gueule depuis qu'il t'a confisqué ton fric. Tu savais bien, pourtant, que les parents n'avaient pas le droit d'en donner autant… Et puis…

Johan leva son joli visage triangulaire sur son copain. Sur la défensive, il haussa le ton.

— Et puis quoi ? Finis ta phrase si t'es pas un lâche !

Jean-Philippe, mal à l'aise, prit une longue inspiration. Il marmonna ensuite :

— M'étonnerait que ton pater t'ait filé cinq cents balles. Il est pas plus richou que le mien.

Le petit rouquin s'attendait à une explosion de colère. Pour parer le coup, il avait d'instinct rentré la tête dans les épaules. Or, le déchaînement verbal n'eut pas lieu. Au contraire, c'est d'une voix lasse que le garçon brun répondit :

— Et alors ? Tu penses que je l'ai chouré ? C'est ça ?

Doucement, Jean-Philippe releva la tête et plongea son regard dans les yeux noirs ombrés de cernes qui ne cillèrent pas. Quelques secondes auparavant, en effet, le petit rouquin était persuadé que son copain avait volé cette somme colossale. Partagé entre l'admiration et la honte, il était incapable de se forger une réelle opinion. Maintenant, après avoir regardé Johan dans les yeux, il savait que son copain n'était pas un voleur. Mais alors, quoi ?

Il n'eut pas le temps d'approfondir cette question.

Le klaxon du minibus venu chercher les enfants appela la colonie à l'ordre. Bernard, le moniteur, se dirigea à grandes enjambées vers les deux amis.

— Que faites-vous encore à rêver, tous les deux. Allez ! Dépêchez-vous ! On n'attend plus que vous. Et toi, Johan ! Où sont tes bottes et ton ciré ?

— M'sieur, il a mal au ventre ! tenta de plaider Jean-Philippe.

Toutefois, le moniteur ne s'en laissa pas conter. Sommé de suivre le groupe ou de se faire examiner par un médecin, Johan n'eut d'autre alternative que celle d'obtempérer. Bougonnant, traînant la patte, il se dirigea vers les anciennes écuries pour chercher les affaires qu'il avait délibérément laissées dans son casier. Jean-Philippe l'accompagnait.

— Qu'est-ce que tu aurais fait ici tout seul, de toute manière ?

— Je sais pas… Je serais allé voir l'éleveur de chiens, et l'Allemand qui fabrique des jouets… J'aime bien le voir travailler… Il me laisse tranquille…

— L'autre jour, c'était possible, tenta de raisonner Jean-Philippe. Bernard t'avait confié à Tad Coz… Maintenant qu'il a claqué sa pile…

— Oh ! Celui-là ! s'insurgea Johan… J'pouvais pas le piffrer. Toujours à me regarder d'un drôle d'air, à surveiller où j'allais… J'l'ai bien eu…

— Comment ça ?

— T'occupe !

Alors qu'ils se dirigeaient vers le bus, Johan demanda à son copain de l'attendre quelques secondes. Il venait d'apercevoir, au fond de la cour, Kévin Le Drézen qui menait deux chevaux par la bride vers le manège. L'enfant courut à la rencontre du jeune palefrenier et s'entretint un instant avec lui. Lorsqu'il revint, un peu essoufflé, Jean-Philippe crut lire dans le regard de son copain une sorte de soulagement.

— On y va ! Le premier au bus a gagné !

Sachant que, de toute façon, il allait perdre ce pari, le petit rouquin laissa filer son camarade. L'attitude équivoque de Johan intriguait l'enfant. Tout à l'heure maussade, décidé à rester coûte que coûte au manoir, il paraissait à présent presque content de s'en aller faire de la voile. Tout en trottinant vers le bus, aussi vite que le lui permettait son embonpoint, Jean-Philippe décida de surveiller d'un peu plus près, les agissements de son poto.

*

*   *

Il aimait tant l'odeur chaude des foins coupés, pourtant ! Ils lui ont même volé ce souvenir... Elle monte à la gorge dans des exhalaisons de touffeur moite. Collante, elle s'insinue sous sa chemise, tente de pénétrer à l'intérieur de son bâillon. Ce bout de tissu le protège finalement des agressions extérieures. Il n'aurait jamais cru... Malgré tout, sa langue recroquevillée contre le palais lui donne envie de vomir. L'odeur du foin ne l'atteindra pas. Sa langue est bien prostrée au fin fond de la gorge. Il y a aussi la barrière du bâillon et celle des dents… Surtout, penser à ces détails… Il n'a pas de corps ! S'il avait un corps, il mourrait ! Ils sont quatre… Encore trois… Non ! Se dire : déjà un. Non ! Ne rien se dire du tout ! Son corps n'existe pas ! Happer le monde du dehors… Il fait si chaud ! Une gouttelette de sueur descend le long de sa cuisse, s'arrête dans le creux du genou. Elle le chatouille un peu. Mon Dieu ! Si ce n'était pas de la transpiration ! Vite… essayer de tendre la jambe pour chasser cette goutte. Pourquoi, après tout ? Il n'a pas de cuisse, il n'a pas de mollet, il n'a pas de corps… Un papillon vient de se poser sur sa main droite. Quelle drôle d'idée de choisir sa main… Elle est rouge, un peu gonflée à cause des liens… Stop ! Un joli papillon vient de se poser sur une grosse fleur rougeaude. Une pivoine… c'est ça… une pivoine. Ma parole… il butine. Arrête, petit papillon… Le sang de la pivoine est empoisonné… Il écarte ses ailes blanches… Non ! Ce n'est pas cela qu'il faut dire… Il déploie ses ailes. Voilà le terme. L'instituteur le leur a appris l'autre jour… Et puis d'abord, ses ailes ne sont pas blanches mais jaunes, d'un jaune sale, d'ailleurs… C'est parce qu'il vient de sucer le sang de la plante carnivore. Le papillon va mourir maintenant, c'est sûr… Bizarre… Il s'envole… Ce n'était pas un papillon, alors. Deux pétales de fleurs, peut-être. La roue vient de grincer… Il en est certain… Elle a bougé… Sa main gauche est légèrement plus basse que tout à l'heure. La droite, au contraire, a monté. Et s'il partait avec elle ? Entraînée par sa course ? Non… Il fait reculer le cheval, d'un pas seulement. L'autre a failli perdre l'équilibre. Non… Il n'y a personne derrière lui. Rien n'est vrai ! Seule existe la charrette débordante de foin. Son odeur est écœurante. Elle étouffe un coquelicot dont il aperçoit les pétales, fauchés en même temps que l'herbe morte, excrément de la terre. Ils sont flétris, comme des paupières de vieillard ; à peine rosâtres. Où donc a coulé le beau rouge carmin de ces pétales exsangues ? Au secours ! Une douleur de bête…

Non ! Il ne souffre pas… Il ne souffre pas parce qu'il n'a pas de corps…

*

* *

Quentin Le Gwen crut à un mirage en voyant descendre de voiture, cet après-midi là, son collègue et ami, le lieutenant de police Michel Le Fur. Le bougre lui avait pourtant téléphoné le matin même. Il s'ennuyait en vacances. De plus, il avait les renseignements que Quentin lui avait demandés la veille. Ne pourraient-ils pas se voir une petite heure et en discuter de vive voix ? Pour plus de discrétion,

Quentin lui avait donné rendez-vous sur la place d'Argol à 15 heures 30. Comme Michel Le Fur était en retard d'une bonne demi-heure, son alter ego s'était assis à la terrasse d'un café pour l'attendre. en fin psychologue, Quentin avait choisi ce repaire stratégique, sachant que, de toute façon, l'étape bistrotière eût été la première.

Cependant, l'inspecteur Le Gwen ne s'attendait pas du tout à voir débarquer sur la place son « zozo » portant un paquet sous chaque bras. Bien évidemment, Michel Le Fur se repéra par rapport au bistrot, aperçut son copain et, chargé comme une doudou africaine, lui fit signe du menton. Depuis la naissance de leurs jumeaux, Colette, sa femme, avait exigé de lui qu'il passe son permis de conduire. Nonobstant l'opiniâtreté de son épouse et le désir réel de l'inspecteur d'en découdre, Michel Le Fur roulait à présent à bord d'une minuscule voiture électrique…

— Tu ne vas pas me dire, Michel, que tu as fait toute cette route avec eux ! Colette est au courant ? lança Quentin, mi-agacé, mi-amusé.

L'inspecteur prit le temps de s'installer avant de répondre.

— T'es fâché parce que j'ai amené mes gus ? Je m'suis dit que l'air de la campagne leur ferait du bien ! Et pas un mot au caporal-chef, hein, quand tu la verras ! Je lui ai dit que j'allais les promener au parc… Tu m'as pas commandé un demi ?

Quentin Le Gwen haussa les épaules.

— Bon, passe m'en un. C'est qui celui-là ?

— Hercule. Jules s'est oublié… J'm'le garde. J'pouvais pas partir avec des couches de rechange ! Colette aurait trouvé ça louche.

Attendri, Quentin caressa d'un doigt le visage du bébé. La ressemblance avec son père était frappante…

— Tu n'as pas oublié leurs bibs, au moins ? s'inquiéta-t-il.

— Pour qui me prends-tu ? J'ai la tronche à laisser mes têtards mourir de soif ? J'ai une réputation à tenir, non ? ajouta l'animal en sortant de ses poches deux biberons.

Quentin Le Gwen se souciait peu du qu'en-dira-t-on. Pourtant, il lança autour de lui des regards furtifs lorsque, son acolyte et lui, attablés devant une bière, tenant chacun un poupon dans les bras, ils officièrent en mères nourricières. Il ne put échapper à l'approbation émue de la patronne du café.

— Pourquoi, avec toi, Michel, le pire est-il toujours certain ?

— Eh ! Ça va ! J'ai tes renseignements!… Allons, mon garçon, reprit-il d'un ton sénile, c'est qui qui va faire un joli rototo à son papa ? C'est Juju…

Lors d'une conversation téléphonique, Quentin Le Gwen avait fait part à son collègue de l'affaire qui le préoccupait. Il n'ignorait pas que le beau-frère de Michel Le Fur était gendarme à Châteaulin. Par ce biais-là, ne pouvait-il pas lui obtenir un tuyau quelconque ?

— Comment as-tu réussi ? demanda Quentin, pressé.

— Disons qu'il me doit un service... répondit l'autre avec une mine de paon conspirateur.

Michel Le Fur s'attendait à une réflexion curieuse de son ami. Elle ne vint pas... Effets immédiats : dégonflement de son ego dilaté et passage à table.

— Comment s'appelle ton gosse déjà ? Rémi... C'est ça ? Oui... Rémi Moreau. Eh bien, le légiste a conclu à une mort accidentelle. Fracture des cervicales, autrement dit, le coup du lapin. En tombant, son crâne a heurté une pierre. Quelques égratignures dues à la chute dans les ronces. Aucune ecchymose. Rien d'anormal sous les ongles. L'enfant n'a été ni battu ni violé. Quant à son dernier repas...

— OK, c'est bon... l'interrompit Quentin que les digestions post mortem avaient toujours dégoûté. Dis-moi plutôt ce qu'il avait exactement sur lui.

— Je te le donne dans le détail. Sa sacoche contenait une petite toupie bleue, de trois centimètres de diamètre. Elle portait les initiales de son fabricant : HM. Pour ta gouverne, il s'agit d'un certain Helmut Müller.

Quentin Le Gwen, d'un signe de tête, demanda à Le Fur de poursuivre.

— Heu, voyons. Attends une seconde. Je prends mon petit billet. Voilà. Je ne me souvenais bien que de la toupie. Ah ! J'ai oublié de te dire... Elle était neuve et n'avait sans doute jamais servi. Il y avait aussi un trousseau de clefs. Celles de chez lui. Ses parents les ont toutes reconnues. Donc, pas de mystère ici non plus… Sinon, de l'argent. Un billet de cent francs scotché, sept pièces de dix francs et deux de cinq. Une barre chocolatée non entamée et un carnet de billets de tombola.

— As-tu relevé les numéros au moins ? demanda Quentin, soudain excité.

— Tu me prends pour Simplet au pays des sept nains ou quoi ? éructa l'autre, vexé. Evidemment ! Le môme avait un carnet de vingt billets, du numéro 041 au numéro 060. Les sept derniers numéros n'ont pas été vendus. Les six premiers, du numéro 041 au numéro 046 ont été achetés, vérification faite, à Plomodiern, par les parents et proches voisins de l'enfant. Seulement, il y avait de la concurrence dans le patelin. Aussi, le gosse a enfourché son vélo et est venu se perdre dans les terres de « Monseigneur ton oncle ». Là, il a réussi à en fourguer six. Seulement le dernier bénéficiaire, le numéro 052, ne pourra pas aller chercher son essoreuse électrique au patronage paroissial s'il gagne ! Il a omis de marquer son blaze sur la souche.

— Nous y voilà… fit Quentin, songeur. C'est bien ce que pensait Rose-May. Le problème reste entier… Qui donc a vu l'enfant en dernier lieu ? Qui est le propriétaire de ce billet ? Tad Coz le savait. C'est pour cela qu'on l'a tué…

— Sans vouloir t'offenser, sa seigneurie mon

prince, pourrais-tu allumer les feux arrière de ma luciole ?

Dans un exposé bref et concis, Quentin Le Gwen raconta à Michel Le Fur son entrevue avec Rose-May ainsi que les derniers moments du vieux palefrenier, rapportés par Thérèse Gannec.

Le moustachu écouta son copain sans piper mot. Quand ce fut fini, le petit rondouillard soupira, soudain sérieux.

— J'espère que tu te rends compte, Quentin, que ton oncle est en danger…

— Quoi ! ?

Cri et tressautements… L'étonnement intempestif de l'inspecteur eut pour effet de couper court aux rêves laiteux d'Hercule qui se mit à brailler, aussitôt imité par son clone. Pour les calmer, rien n'y fit ; ni la balançoire cambodgienne, ni le tourniquet maltais, pas même le veau à deux têtes ou la coloquinte superstitieuse…

A bout d'arguments et de souffle, l'heureux géniteur chantonna l'unique berceuse qu'il connût, un air de salle de garde, où il était vaguement question d'une Fernande… Mine désapprobatrice de la patronne du café, accourue réconforter les « pauvres innocents Jésus ».

— Si on essayait de les promener en poussette, proposa alors Quentin. Quand Marine était bébé, le fait de rouler la calmait aussitôt.

Sitôt dit, sitôt fait. Après avoir contourné trois fois

l'église dans un sens puis dans l'autre, les nourrissons coopérèrent enfin à rendre cette flânerie moins bruyante.

— Pourquoi penses-tu que mon oncle risque quelque chose ? chuchota alors Quentin.

— D'après les derniers mots du vieux, je suppose qu'il a paré au plus pressé avant d'aller chez les taupes. S'il a voulu prévenir ton oncle d'un détail qui clochait, c'est que sa seigneurie le baron a dû être, tout comme lui, témoin d'une chose bizarre. Le hic, c'est que ton oncle n'a pas tilté, lui, du moins pas encore… Dégénérescence de fin de race, sans doute…

— Je t'en prie ! s'insurgea Quentin.

— T'inquiète… Je blague. Que veux-tu, mon ancêtre devait avoir le privilège extrême de vider tous les matins le vénérable pot du Tien. J'ai lu dans une revue scientifique qu'à force de se faire servir, les neurones fatiguaient et se recroquevillaient. Aristo-asthénie, ça s'appelle…

Quentin haussa les épaules.

— Si c'était vrai, Michel, tu serais gâteux depuis belle lurette.

C'est dans cette ambiance bon enfant qu'ils s'approchèrent du musée vivant des métiers, un simple hangar, mais qui abritait tous les savoir-faire et compétences oubliées de nos campagnes.

— On entre ? proposa Michel Le Fur. Ça va intéresser les petits.

— Soit ! Mais si tes surdoués manifestent trop haut leur enthousiasme, je ne te connais plus.

Quentin ne regretta pas de s'être laissé entraîner dans cet antre magique où les anciens, avec une gentillesse inlassable, répétaient, à qui voulait les écouter, explications et gestes simples - mais ô combien maîtrisés - du passé. Ce fut un moment de bonheur pur, une parenthèse volée au temps. Fasciné par les mains du sabotier, Quentin les regardait choisir les essences de bois, modeler la forme avec le bout tranchant et courbe de la gouge. Les copeaux, odorants comme des pétales, tombaient, légers, sur le sol, en boucles blondes. Peu à peu, le sabot sortait de sa chrysalide sous les doigts experts de l'enchanteur. Tel la proue d'un navire, il s'exilait de la matière qui ignorait encore, peu de temps auparavant, qu'elle eut pu recéler pareil trésor.

Michel Le Fur acheta deux petites paires de sabots. Goguenard, Quentin Le Gwen tempéra la joie innocente de son ami.

— Cela va être simple d'expliquer à Colette que tu as trouvé ces charmants brodequins au jardin public…

Les deux policiers flânèrent encore un moment dans le musée où s'entassaient, comme dans le plus beau des greniers, les objets témoins du travail des hommes. Ce fut la première fois que Quentin vit carder la laine puis la filer au rouet. Ils écoutèrent l'histoire du lin, depuis le levage des fibres jusqu'à la fabrication des pièces de drap, s'intéressèrent aussi au rémouleur, à la dentellière et au cordier.

— C'est drôle... philosopha Le Fur. J'ai l'impression d'être entré par mégarde dans une crèche de Noël et de parler pour de vrai à des amis santons...

— Partons vite, mon gros, sinon tu vas être transformé en Ravi de crèche ! Oh, mince ! Tu as regardé dans la poussette ? La métamorphose a déjà commencé ! Tu es à présent l'heureux papa de deux moutons !

Un rayon de soleil accueillit la sortie des policiers. Quentin n'était pas très rassuré de voir son ami repartir avec les petits dans la voiturette. A elle seule, la poussette occupait la moitié de l'habitacle. Le parrain des bébés voulut donc vérifier la sécurité de l'arrimage.

— Elle roule à quelle vitesse ?

— Oh, 70 kilomètres à l'heure dans ses moments d'extase... Et ils sont rares. T'inquiète ! Je suis trouillard quand ça va trop vite.

— C'est justement cela qui m'inquiète ! Si tu veux, on met ta *Majorette* dans mon coffre et je vous ramène tous les trois, plaisanta Quentin.

Dans un vacarme de pétrolette, le trans-Térénez s'ébranla enfin. Sur la place d'Argol, Le Gwen le regardait s'éloigner lorsque le conducteur, semblant se raviser, mit son clignotant à droite. Il se gara donc à gauche et parvint à s'extraire de son bigorneau. Il prit à la main les deux petites paires de sabots qu'il avait achetées et fit signe à son ami de venir les chercher.

— Tu serais un vrai pote si tu les gardais un peu. Et puis à Noël, tu les offriras aux petits... suggéra le madré.

— Soit, c'est bien parce que c'est toi... accepta Quentin, un peu essoufflé par sa course. Mais je n'ose pas imaginer la tête de réveillon que me fera ta femme !

— Je savais que t'étais un frère ! exulta le gros.

Et pour mieux marquer sa reconnaissance, il laissa libre cours à un accès d'attendrissement :

— Toi et moi, on est aussi inséparables qu'une bonne sœur et sa compote de pommes !

*

*   *

Une chaleur étouffante et poisseuse régnait dans la boîte de nuit de Telgruc-sur-Mer où Quentin, bien qu'il n'en eût cure, s'était laissé entraîner ce soir-là par la jeune et ravissante Rose-May. Soucieuse d'expérimentation ethnologique - telle était du moins l'allégation donnée - l'étudiante anglaise désirait vivement assister à l'élection d'une Miss en France. Depuis plusieurs jours, des placards annonçaient cette festivité et invitaient les postulantes au titre de Miss Finistère-Sud, à se rendre au Macumba Club. Rose-May, dont la voiture était encore en panne, avait demandé à Quentin le service de l'y emmener. Le policier lui avait bien suggéré de se faire accompagner par Helmut Müller mais ce dernier, pris par un dîner d'affaires, ne pouvait se libérer que tard dans la soirée.

C'est donc accablé d'ennui que Quentin piétinait là depuis deux heures, à la recherche d'un petit coin de fauteuil ou d'un bout de comptoir, lorsqu'il aperçut, à l'angle opposé, Ronan Gannec assis seul sur un vaste canapé ; il crut le bonheur à portée de main. Traverser la piste sans renverser son gin-tonic ne fut pas une sinécure. Secoués de convulsions inquiétantes, des corps mâles ou femelles - difficile à discerner sous la pétarade des flashes aveuglants censés rythmer la musique techno - semblaient appeler à l'aide. Les visages décomposés par l'agression des projecteurs, loin de refléter l'exaltation de la danse, se sclérosaient dans des rictus constipés mais convaincus. Quentin n'aurait jamais pensé que danser eût pu faire si mal... De cette marée de spasmophiles, montaient par strates, des remugles de transpiration, d'after-shave à la vanille, des vapeurs fades ou musquées exhalées par les peaux moites. Le sens olfactif de Quentin, particulièrement bien développé, souffrait durant cette transhumance qui semblait ne jamais vouloir prendre fin. A peine avait-il progressé de quelques pas, que la foule le happait à nouveau, l'étouffant dans ses miasmes. Elle se résolut à lâcher prise lorsque les dernières notes du bruit musical cessèrent, Quentin savait la trêve de courte durée. Aussi, renonça-t-il à toute velléité de politesse et fonça-t-il dans le tas, le verre bien haut. Il sortait de ce bain de jouvenceaux quand une main l'agrippa à l'épaule. Quelqu'un se noyait-il ? Visiblement non. Témoin, le visage hilare de Rose-May.

— Gé-nial ! Hein ?...

Quentin n'entendit pas la fin de l'exégèse. La déflagration de basses recommençait. Il s'accrocha un peu plus à son verre et, renonçant à hurler, sourit à la jeune fille avec gentillesse.

— Trop top, en effet... murmura le fossile.

Il sut gré à son colocataire de banquette d'être aussi aphone que les agités du bocal étaient bruyants. Ronan Gannec l'avait salué d'un signe de tête et s'était replié un peu plus dans son coin. Décidément, ce jeune homme lui plaisait. Engager une conversation eût tenu de la gageure, de toute façon. Tout en sirotant les quelques centilitres de gin-tonic réchappés du naufrage, Quentin s'amusait à deviner dans la foule les prétendantes au titre de Miss. Entreprise aisée, somme toute. Il suffisait de repérer les quelques silhouettes élancées, d'éliminer les inconditionnelles du jeans et de s'intéresser à celles dont les cheveux lisses ou permanentés brillaient autant que le minuscule bout de latex, de cuir, de satin ou de soie leur faisant office de jupe. Passé cette seconde sélection, il fallait encore ostraciser les candidates qui confondaient danse et crise épileptique. Restaient enfin les impétrantes soucieuses de ne pas trop transpirer et de gâcher, par là même, leur savant maquillage. Quentin compta six jeunes filles ayant rempli ses propres conditions.

Le policier n'eut pas longtemps à attendre le bien-fondé de ses supputations. Le silence se fit tout à coup. La luminosité devint caressante et le disc-jockey invita les danseurs à quitter la piste et à faire cercle tout autour. Comme dans un show américain des années cinquante, les maîtres de cérémonie, un homme puis une femme arrivèrent tout à tour sur scène, auréolés de lumière blanche. Après s'être mutuellement congratulés, avoir rappelé leur engagement au service de la beauté avec autant de gravité que s'il s'était agi de prendre le voile, ils convièrent enfin les candidates à venir les rejoindre sur la piste…

Bide absolu… Aucune jeune fille ne bougea. Silence total ponctué par un toussotement ou deux…

— Allons, mesdemoiselles ! N'ayez pas peur. Nous sommes tous réunis ce soir pour vous admirer ! crachota le directeur de conscience dans son goupillon phonique.

C'était sans compter la réserve intrinsèque de la plupart des Bretons ! Pourtant, une ou deux jeunes filles remarquées par Quentin, manifestaient leur timide présence par un mouvement d'épaules ou un sourire engageant. Encore fallait-il venir les chercher…

C'est ce que fit l'animatrice en dépit de cause. De son œil professionnel, elle balaya la foule et entraîna sur la piste une grande brune qui, malgré ses gestes de dénégation et un fou-rire incoercible, se retrouva sous les feux des projecteurs. Salve d'applaudissements. Amusé, Quentin se demandait de quelle façon la pauvre Rose-May, ainsi mise en pâture, allait s'en tirer, lorsqu'il fut surpris par la réaction de son voisin. Ronan Gannec, les mâchoires crispées, fit craquer les jointures de ses doigts.

— Vous qui la connaissez mieux que moi, à votre avis, faut-il aller la chercher ?

— Ne faites surtout pas cela, Ronan… De quoi aurait-elle l'air ! Laissez-la se débrouiller toute seule. Ce n'est qu'un jeu pour elle !

— C'est que… elle est si fragile, murmura le jeune agriculteur. Imaginez qu'on l'oblige à se déshabiller ou… pire encore !

Pour le coup, Quentin resta abasourdi. La prétendue fragilité de Rose-May ne lui avait jamais encore effleuré l'esprit. Il se rappelait la facilité avec laquelle la jeune Anglaise s'était dévêtue devant lui sur la plage, mais il crut plus sage de garder cette réflexion pour lui…

— Vous savez, Ronan, nous nous trouvons dans une discothèque bien famée, pas dans un lupanar !

Mais le regard ardent du jeune homme restait rivé sur la piste de danse où la longue silhouette en jeans paraissait mal à l'aise.

Heureusement pour elle, Rose-May fut rejointe assez vite par une blonde plantureuse choisie de façon tout aussi expéditive par le boute-en-train de service. Cela eut pour effet de décider huit autres jeunes filles qui, craignant à présent de ne pas se faire remarquer par les animateurs et de voir s'effondrer ainsi le rêve de leur vie, firent semblant d'arriver sur scène, contraintes et forcées, plébiscitées par leurs amis. C'est avec une certaine satisfaction que Quentin constata que quatre d'entre elles, comme il l'avait prévu, répondaient à l'invite.

Ces demoiselles partirent se changer dans des coulisses improvisées. Une musique d'ambiance remplaça les rythmes techno, à la plus grande satisfaction du policier qui profita de ce moment de calme pour entamer une conversation avec son voisin. De fil en aiguille, il orienta ses propos sur Tad Coz. Bien que le sujet, en pareil moment, ne fût pas opportun, Ronan parut deviser avec un certain naturel.

— Vous n'étiez pas chez vous, je crois, le soir de sa mort, lorsque votre mère l'a trouvé sur le chemin…

— Non, je participais à une réunion entre jeunes agriculteurs qui désirent passer à la culture ou à l'élevage biologique. Ma mère ne m'a prévenu qu'à mon retour.

— Votre père vous accompagnait, sans doute ? osa Quentin sur la pointe des pieds.

— Sûrement pas ! s'exclama Ronan Gannec, sans se douter des manœuvres du policier. Mon père voit rouge dès qu'on prononce le mot « bio ».

— Ah ! soupira Quentin, hypocrite. J'avais craint que votre mère ne se soit retrouvée seule en pareil moment…

— Mais c'était le cas ! Mon père était au café, à Argol, comme d'habitude. Trois fois par semaine, il tape le carton avec des copains. Heureusement pour ma mère, elle a pu trouver de l'aide au manoir.

Quentin ne commenta pas les propos du jeune agriculteur. Il avait obtenu les renseignements qu'il désirait. Ainsi donc, les Gannec, père et fils, étaient absents de chez eux au moment de la mort du palefrenier. Rien ne prouvait encore qu'ils se trouvaient là où ils prétendaient être… L'un comme l'autre auraient tout aussi bien pu jouer les Ankou d'opérette. A voir…

— La dernière fois que vous avez aperçu Tad Coz, vous a-t-il confié que quelque chose le tracassait ?

Ronan Gannec quitta la piste des yeux et fixa Quentin d'un air songeur, tout en buvant une gorgée de bière.

— A quoi pensez-vous exactement ?

— Oh… à rien de particulier. Je me demandais si ce pauvre homme n'avait pas de soucis tels, que le stress aurait pu lui provoquer une crise cardiaque.

— Non, je ne crois pas… répondit Ronan Gannec en regardant à nouveau la piste de danse. Je l'ai vu, pour la dernière fois, ce soir-là, vers 18 heures. Il est passé à la ferme pour m'emprunter un outil. Il ne retrouvait plus le sien. Il semblait un peu contrarié à cause de cela mais sinon, il était comme à son habitude.

— Quel outil ? s'enquit Quentin à brûle-pourpoint.

Une idée, peut-être folle, venait de lui traverser l'esprit.

— Une faux. Mais…

Ronan Gannec ne termina pas sa phrase. Il fronça les sourcils et, pour la première fois depuis leur entretien, parut ébranlé. Il se reprit toutefois.

— Vous croyez que ce qu'a prétendu ma mère était vrai ? Elle n'aurait donc pas été le jouet de son imagination ?

Ronan Gannec hocha la tête, incrédule, avant de poursuivre, d'un air sombre.

— Ainsi donc, un salaud aurait piqué la faux de Tad Coz, se serait déguisé en Ankou pour le faire crever de peur ! Mais pourquoi ? Tout le monde aimait bien le vieux !

Ronan Gannec paraissait choqué par ses propres déductions. Néanmoins, Quentin avait appris au cours de sa carrière, à ne pas toujours se fier aux apparences. Chacun, un jour ou l'autre, peut être amené à jouer le rôle de sa vie.

— Vous a-t-il dit pourquoi il avait besoin de cette faux ?

— Je ne me rappelle plus très bien. Il me semble

qu'il désirait, le lendemain, débroussailler un coin du bois.

L'apparition soudaine des jeunes filles sur scène, annoncées par une musique langoureuse, mit fin à la conversation des deux hommes. Les naïades, vêtues d'un simple maillot de bain, scintillaient de paillettes vertes, évoluaient à présent sur la piste et tentaient, sans grand bonheur pour la plupart, d'imiter la démarche des mannequins.

— Elle n'est pas là ! souffla Ronan d'une voix nouée par l'émotion.

— Qui ?

— Rose-May, voyons ! Regardez vous-même ! Elle n'est pas sur la piste. Qu'est-ce qui est arrivé ?

Aïe... Aïe... pensa Quentin. Le pauvre bougre ! Il est vraiment mordu... Il n'a aucune chance de plaire à Rose-May.

Il songeait à sa fille Marine. Elle était certes plus jeune que la belle Anglaise, mais à leur âge, les demoiselles ont horreur des amoureux transis, même s'ils flattent leur ego. Elles préfèrent vaincre les obstacles, s'entichent d'un indifférent, d'un homme marié ou d'un homo...

C'est alors que Quentin aperçut Rose-May à côté de la sono. Elle semblait le chercher. Le policier se leva et fit à la jeune fille de larges signes de bras.

— Vous voyez bien, elle n'était pas perdue, souffla-t-il, un peu moqueur, à l'adresse de Ronan Gannec.

— Tout ceci reste entre nous, bredouilla l'autre. Je compte sur votre discrétion.

Rose-May, après avoir serré la main du paysan, s'assit entre les deux hommes sur la banquette. Excitée comme une puce sur un trampoline, se tournant vers Quentin, elle lui raconta son aventure vite avortée. Pour rien au monde, elle n'aurait tenu à défiler en maillot de bain devant tous ces types. Il lui avait suffi, en coulisse, de dévoiler, non pas son intimité mais son identité. Visage déconfit des animateurs. Impossible pour une étrangère de briguer le titre de Miss Finistère.

Dans toute intellectuelle, songea Quentin, sommeille une midinette…

Du coin de l'œil, il observait le profil de Ronan Gannec. Le jeune agriculteur s'était reculé un peu plus vers le mur, laissant, entre Rose-May et lui, un espace assez confortable pour accueillir les fesses d'un catcheur. Il faisait mine de s'intéresser à ce qui se passait sur la piste de danse avec autant de concentration qu'un obsédé sexuel lâché sur la scène du *Crasy-Horse Saloon* après dix ans d'abstinence…

— Pour laquelle allez-vous voter ? lui demanda soudain Rose-May en rabattant derrière l'oreille une mèche brune.

— Hein ?… Heu… La petite blonde, un peu gironde. Le numéro 5.

— Je lui ai parlé tout à l'heure. Elle s'appelle Elsa.

Si vous voulez, je vous la présenterai après le spectacle. Elle a 19 ans…

— Volontiers, oui…

Quentin Le Gwen hocha la tête. Le garçon était consternant de maladresse… Cependant, il savait tout aussi bien mentir et cacher ses sentiments. A voir…

Alors que Rose-May, se désintéressant tout à fait de Ronan, expliquait à Quentin pourquoi, à 25 ans, elle n'aurait jamais été élue, elle s'arrêta soudain de parler. Helmut Müller venait d'entrer dans la discothèque.

Le jeune Allemand rejoignit bientôt le petit groupe. Au bout de quelques minutes d'une conversation générale et badine, il enveloppa de son bras les épaules de Rose-May qui se lova contre lui. Ce geste intime, accompli avec naturel, ne laissait aucun doute quant au caractère de leur relation. Redevenu loquace après l'arrivée d'Helmut, Ronan continua à parler de choses et d'autres et plaisanta même avec le couple. Seul, son regard noir brillait peut-être un peu plus qu'à l'accoutumée. Après une demi-heure de joyeuse causerie, il se frotta les yeux.

— Décidément, il y a trop de fumée ici. Je crois que je vais aller me coucher.

— Déjà ! s'exclama Rose-May. Restez au moins pour la dernière élection ! Votre égérie fait partie des trois finalistes !

— Je dois me lever tôt demain… Vous me raconterez ça plus tard… bonsoir, tout le monde.

Une fois Ronan Gannec parti, Rose-May confia à Quentin :

— Je le prenais pour un butor. Finalement, il est très sympa, ce type !

Le policier acquiesça, content que l'agriculteur n'eût pas entendu ce rapide témoignage bienveillant, plus blessant qu'une gifle…

Ne voulant pas passer pour indiscret, Quentin prit lui aussi congé du couple, malgré les protestations de Rose-May. Sur le parking de la discothèque, il s'attarda à respirer quelques goulées d'air frais. Le silence de la nuit, après tant de vacarme, agressa ses oreilles encore bourdonnantes.

Il rejoignait sa voiture lorsqu'il remarqua, non loin de lui, le 4 x 4 de Ronan Gannec, toujours garé. Le dos de l'homme, penché sur le volant, était secoué de spasmes convulsifs. Craignant une crise d'asthme, le policier marchait d'un pas vif vers l'habitacle, quand un bruit parvenu de la vitre ouverte l'arrêta. Quentin fit alors demi-tour, soucieux de ne pas se faire remarquer du conducteur. Dans sa voiture, Ronan Gannec continuait à sangloter comme un enfant.

VII

Peut-être trop fatigué, Quentin dormit mal cette nuit-là et se réveilla aux aurores. Désirant faire plaisir à la maisonnée, il décida de se rendre à Plomodiern pour y acheter brioches et croissants. Le jour venait à peine de se lever quand il s'arrêta devant la boulangerie. Le commerce était encore fermé mais du fournil, ouvert sur la rue, montait une chaude odeur de pain frais. Un homme, accroupi devant le vasistas, passait commande à l'apprenti. Quentin le reconnut aussitôt.

— Vous êtes matinal, Helmut. Bien dormi ?

Le policier n'avait pas encore fini de poser cette question anodine, qu'il la regrettait déjà. Rose-May avait sans doute partagé la nuit du jeune Allemand, et Quentin craignait de se faire taxer de curiosité mal venue. Pourtant, l'autre ne s'en offusqua pas.

— Je ne me suis pas couché en fait. Cette nuit, j'ai un peu trop forcé sur la vodka. Impossible de trouver le sommeil. Rose-May, elle, dort encore comme un bébé, ajouta-t-il en riant. Aussi, pour me remettre les idées en place, j'ai pensé qu'une petite marche me ferait du bien…

— Vous avez fait tout ce chemin à pied ? Je vous ramène en voiture, si vous voulez ?

Sans affectation, le jeune Allemand accepta.

Sur la route du retour, afin de se montrer agréable vis-à-vis de son conducteur, l'artisan chercha un sujet de conversation.

En fait, les deux hommes se connaissaient peu, et parler de choses et d'autres à bâtons rompus est un exercice somme toute difficile. C'est du moins ce que ressentit Quentin lorsque son compagnon lui posa cette question saugrenue.

— Vous vous plaisez au manoir ? Je me demandais si, dans les chambres, les prie-dieu existaient toujours…

Etonné, Quentin se retourna vers son interlocuteur.

— Vous avez déjà dormi dans l'une des chambres du manoir ?

Comme s'il avait commis une bourde, l'Allemand se sentit tout à coup gêné.

— Heu… Moi, non… Mon père, durant quelques mois pendant l'Occupation. Il m'a raconté sa vie ici, par la suite…

— Mais c'est très intéressant ! s'exclama Quentin. Il a dû connaître mon grand-père. Vous a-t-il parlé de lui ?

La réponse d'Helmut fut des plus évasives. A présent, le jeune Allemand cherchait à éluder le sujet. Quentin en conclut que le père d'Helmut, en situation délicate dans une maison réquisitionnée par la

Wehrmacht, entouré d'ennemis, avait dû avoir du fil à retordre.

— En fait, je sais très peu de choses de mon grand-père. J'ignore même s'il faisait partie d'un réseau de résistants…

Helmut Müller ne répondit pas tout de suite. Il se contenta de hausser les épaules.

— De toute façon, à la guerre, il n'y a que victimes et perdants…

Puis, changeant de ton, il ajouta :

— Mon père se souvenait bien de Tad Coz. A l'époque, c'était un jeune homme d'une vingtaine d'années, aux cheveux déjà grisonnants. Il semble que le palefrenier ne lui ait jamais adressé la parole, même lorsque mon père ou d'autres officiers lui posaient une question… C'est ça aussi la résistance. Mon père, pour cette raison, le trouvait fort sympathique…

— Lui avez-vous rappelé cet épisode de sa vie ?

— Certainement pas ! protesta Helmut en riant. Je tiens à vivre en bons termes avec tous mes voisins de Kermantec. Si Tad Coz avait su qui était mon père, il ne m'aurait plus jamais regardé, je présume. Pourtant, mon pauvre père était loin d'être un nazi, je préfère préciser…

Comme ils arrivaient au lieu-dit de Kermantec, Helmut Müller proposa à Quentin de venir boire un café chez lui. Il était encore tôt ; nulle rumeur ne parvenait du manoir. Aussi, le policier suivit-il son hôte.

La propreté méticuleuse de la cuisine américaine surprit un peu Quentin. Chaque objet, tout autant fonctionnel qu'esthétique, semblait avoir été choisi avec minutie. Aucune note de mauvais goût dans ce décor où le blanc dominait, ponctué d'anthracite et de noir.

— Installez-vous. Je branche la cafetière. Si vous désirez vous laver les mains, vous avez une serviette à votre disposition dans le placard de gauche.

Afin de ne pas réveiller Rose-May qui dormait encore, Helmut parlait bas. Calculateur, Quentin manœuvra pour aborder à nouveau le sujet qui le tracassait : la mort de Tad Coz.

— Je m'en veux un peu d'être parti au cinéma ce soir-là. Peut-être l'aurai-je entendu appeler à l'aide.

— Je ne vois pas comment ! A moins de vous promener dans le bois à pareille heure. Il y a près d'un kilomètre entre le manoir et le penty du vieux. Tenez, reprenez donc un croissant… Moi-même, je n'ai appris la nouvelle que le lendemain. Je me doutais pourtant de quelque chose quand j'ai aperçu l'ambulance descendre le chemin de Kermantec.

— Vous n'êtes pas allé voir ce qui se passait ? demanda Quentin d'un ton anodin.

— J'avoue que non… Je regardais une émission intéressante à télé. Et puis, j'ai cru qu'il était arrivé un accident au père Gannec… Bourré comme il l'était ce soir-là… Je n'aime pas ce type… alors…

Quentin réfléchit à tout allure. Un détail, entendu

la veille, de la bouche de Ronan Gannec ne collait pas avec le discours de l'Allemand.

— Etes-vous certain d'avoir vu le père de Ronan ce soir-là ? Son fils m'a dit qu'il jouait aux cartes avec des amis, à Argol.

Helmut Müller fut formel. Vers 21 heures 30, l'artisan avait entendu grommeler devant chez lui. Quelqu'un essayait d'ouvrir sa barrière, sans grand succès. Il était sorti voir. Eugène Gannec, complètement ivre, s'était trompé de maison.

— Il tenait à peine debout, ajouta Helmut. Je lui ai dit de rentrer chez lui. Il est peut-être allé cuver son vin dans sa grange…

Bonne façon, songea Quentin, de se faire remarquer ou de se créer un alibi en cas de pépin… Il fallait être maître de ses facultés pour mener à bien l'assassinat de Tad Coz…

— Pourquoi n'aimez-vous pas Eugène Gannec ?

— Oh… Rien de particulier en ce qui me concerne… Des histoires passées… Sauf qu'il m'est arrivé de le croiser une fois lorsqu'il était entre deux vins. J'ai alors eu le droit à un « sale boche » marmonné. Bref, un « vieux con », comme vous diriez en France. Heureusement, son fils ne lui ressemble pas. Il est intelligent et sympathique. Il n'a rien d'un salaud, lui.

— Parce que son père est un salaud ? demanda Quentin, intéressé.

Mais Helmut se contenta de hausser les épaules.

— Les histoire des autres, vous savez…

*
* *

Deux heures plus tard, après s'être douché, Quentin descendit sur la plage. Un vent doux chassait les brumes matinales et lavait le ciel de ses vapeurs. La lumière mordorée de l'automne réchauffait l'ocre du sable. La mer, à l'étale, était d'huile. Il faisait bon. Quentin aperçut au bord de l'eau la camionnette de Laurent Riou.

Trois silhouettes, vêtues de combinaisons de plongée, aidaient une dizaine de terre-neuve, tous plus noirs les uns que les autres, à descendre du véhicule.

Ayant reconnu l'éleveur, le policier s'approcha du groupe. Accompagné de sa femme et d'un autre maître-chien, Laurent Riou s'apprêtait à faire subir le baptême de l'eau aux plus jeunes de ses chiots.

— Si cela vous amuse, vous pouvez rester et regarder leur travail.

— Volontiers ! accepta Quentin, amusé par le spectacle de ces nounours pataudsqui, pour l'heure, jouaient entre eux sur la plage.

Les chiens adultes, quant à eux, suivaient les ébats de leurs jeunes d'un œil indifférent. Ils attendaient leur tour. Madame Riou se mit à l'eau et, à quelques mètres seulement du rivage, appela trois chiots. Les futurs sauveteurs en mer s'élancèrent vers elle au son de sa voix. L'un d'eux nageait de façon comique, presque à la verticale.

— La position adéquate viendra plus tard, fit Laurent Riou.

— Quelle distance vont-ils parcourir ? s'enquit Quentin.

— Vingt mètres suffiront aujourd'hui pour eux. Il faut savoir qu'un terre-neuve ira au-delà de ses limites. A l'issue de sa nage d'endurance, il ne doit pas arriver essoufflé mais dans sa foulée. La distance variera selon l'âge des individus. Hannibal, par exemple, si monsieur veut bien s'en donner la peine, parcourra plus d'un kilomètre tout à l'heure.

L'Hannibal en question, pour l'instant, ne tenait aucun compte des réflexions de son maître. A l'écart de ses congénères allongés sur le sable, il plongeait dans l'eau, éclaboussant parfois les deux hommes.

— Mais que fait-il ? demanda Quentin, intrigué par les soubresauts de l'animal.

— Monsieur est à part, répondit Laurent Riou en souriant. Monsieur pêche les mulets ! C'est son plaisir.

— Comment faites-vous pour les distinguer ?

— Oh ! Ils ne se ressemblent pas… Hannibal et Agathe sont les plus beaux spécimens. Agathe ! Viens ici, ma fille !

D'un train de sénateur, la chienne obéit à l'injonction de son maître qui fit alors remarquer à Quentin la musculature de l'encolure de l'animal, puissante et enveloppante, la largeur des narines et du thorax, critères essentiels pour une bonne traction en mer.

— Savez-vous que Napoléon n'aurait jamais connu Waterloo sans l'un de ces chiens ?

A la demande de Quentin, Laurent Riou raconta l'anecdote. Au cours de son évasion de l'île d'Elbe, Napoléon serait tombé de la barque qui le conduisait au bateau. La mer était forte. Empêtré dans ses vêtements et affaibli par des mois d'inactivité, le fugitif se serait noyé si un terre-neuve, plongeant d'un bateau de pêche croisant par là, ne l'avait ramené à bord.

Madame Riou revenait sur le sable en compagnie de ses chiots. C'était à présent aux chiens adultes de montrer leur savoir-faire. Laurent Riou se leva et proposa à Quentin un petit tour en canot.

— Si vous ne craignez pas de vous mouiller… Relevez au moins les jambes de votre pantalon.

Tandis que les deux hommes, accompagnés d'Hannibal et d'Agathe s'éloignaient de la rive, la femme de Laurent Riou et le second maître-chien, restés sur le sable, jetaient des manchons à la mer. Les jeunes chiens se précipitaient dans l'eau pour rapporter les objets.

Un peu inquiet, Quentin se demandait quel cataclysme se produirait tout à l'heure, lorsque les deux mastodontes plongeraient de l'embarcation. Il fit part de ses craintes à Laurent Riou qui le rassura sur ce point. C'est avec la grâce d'une marquise s'évanouissant dans les bras de son amant que les chiens se laisseraient tomber à l'eau.

Quentin garda pour lui ses doutes…

— Tad Coz venait parfois avec vous ? cria le policier pour couvrir le bruit du moteur.

Laurent Riou tenta de lui répondre par gestes et attendit finalement d'avoir coupé les gaz.

— Comme beaucoup de Bretons, Tad Coz avait une sainte horreur de l'eau. J'ai essayé plus d'une fois de le convaincre, en vain. Son truc à lui, c'était la chasse… Un sacré fusil, je peux vous le dire !

Quentin ferma à demi les yeux lorsque sur l'ordre de son maître, la grosse marquise poilue sauta dans sa baignoire… Il n'y eut pas de raz de marée. Le travail d'Agathe consistait à remorquer l'embarcation jusqu'à la plage. La chienne tenait dans sa gueule un manchon relié à un cordage, lui-même fixé au canot.

— Elle y arrivera, vous croyez ? fit Quentin, dubitatif.

— Bien sûr ! Dans un mois, Agathe passe son troisième brevet. Elle devra alors, entre autres choses, ramener à la rive un canot avec quatre personnes à bord. C'est un jeu pour elle. Vous savez, autrefois, à Terre-Neuve, ces chiens servaient de radars aux bateaux voulant rentrer au port par temps de brume. Les marins perdus dans la purée de pois auraient été incapables de se guider sans leur aide.

Quentin se laissa aller au charme de cette promenade insolite. Il goûtait les faveurs de la brise, l'aménité d'un soleil doux, les baisers à fleur d'eau du canot, comme autant de joies simples, de ponctuations du temps. Tout près d'eux, un cormoran plongea, fendant l'onde comme une torpille.

Malgré la béatitude de l'instant, Quentin désirait interroger Laurent Riou sur son emploi du temps, la nuit de la mort de Tad Coz, mais il ne savait pas comment aborder le sujet. Ce fut l'éleveur de chiens qui lui en donna l'occasion. Tout en suivant des yeux la trajectoire du terre-neuve, comme s'il lisait dans les pensées du policier, il lui demanda à brûle-pour-point :

— Vous y croyez, à cette histoire de l'Ankou ?

— Qui vous a parlé de ça ?

— Oh... Tout se sait dans les petits pays... Ma femme a rencontré hier madame Gannec. Elle lui a raconté la fin du vieux... enfin, ses vision, quoi...

— Et quelle est votre propre opinion ? se contenta de dire Quentin.

Avant de répondre, Laurent Riou se tut un instant. Le policier n'apercevait toujours que le profil de l'éleveur. Toute son attention semblait absorbée par le travail de son chien.

— Tad Coz était superstitieux, on ne peut le nier. Mais tout de même, il y a des limites à la connerie... Et le vieux était loin d'être sot. Vous raconteriez ces balivernes aux flics, ils vous riraient au nez...

— C'est peut-être le but escompté, non ?

Pour le coup, Laurent Riou se retourna vers son compagnon.

— Vous pensez vraiment à ce que vous dites ?

Quelqu'un se serait amusé aux dépens d'Alain Tygréat pour lui flanquer la trouille de sa vie ?

— Pour s'amuser, non… Pour le tuer, oui.

— Dans quel but ? Tad Coz était un brave type… Certes un peu fanfaron mais, si on devait assassiner tous les vantards…

— Je pense que sa mort est liée, d'une façon ou d'une autre, à « l'accident » survenu au petit garçon découvert dans la lande, répondit Quentin sciemment.

Il désirait connaître la réaction de l'éleveur. Elle ne se fit pas attendre.

— Rémi Moreau ? Je chassais avec Tad Coz lorsque les chiens ont trouvé son corps. Le vieux est parti voir dans les fourrés. Moi, je ne pouvais pas. L'odeur. Intenable…

— Tad Coz s'est-il attardé auprès du petit ? A votre avis, a-t-il remarqué quelque chose de particulier ?

— Difficile à dire… Quand il est ressorti des halliers, il était bouleversé. Mais on le serait à moins… D'un côté, il était curieux comme un chatte. Il aurait pu jeter un coup d'œil dans le sac du gosse. D'un autre côté, sa superstition, au moins égale à sa curiosité, l'aurait empêché de fouiller dans les affaires d'un mort. Ça porte malheur. Tout ce qu'il m'a dit, c'est que le crâne du môme avait heurté une pierre. Il est donc mort là où on l'avait trouvé. Bizarre…

Laurent Riou fronça les sourcils. En observant son profil, Quentin sentait que quelque chose tracassait l'homme et qu'il hésitait à faire part au policier de sa réserve. Ils débarquaient sur la plage. Quentin l'encouragea à parler.

— C'est sans doute idiot. Une idée me trotte à l'esprit. Imaginons que Tad Coz ait vu quelqu'un déguisé en Ankou. Ne pouvons-nous pas supposer que pareille mésaventure soit arrivée au petit Rémi Moreau ? Pris de panique, il aurait dévalé la lande, culbuté contre un obstacle et serait tombé dans les ronces ?

— Hum... Hum... fit Quentin, vivement intéressé. En effet, cette hypothèse est fort plausible.

Tandis qu'Agathe s'ébrouait sur le sable pour se sécher, Laurent Riou partit dire quelques mots à sa femme et revint aussitôt auprès de Quentin.

— Nous avons un dîner ce soir, à Morgat. Mado doit aller à Quimper cet après-midi. Coiffeur et tout le tremblement. Si cela vous amuse de la remplacer...

Quentin promit de repasser dans la journée. Il avait apprécié sa matinée sur l'eau, en compagnie des chiens et de l'éleveur. De plus, il n'avait toujours pas réussi à savoir ce que faisait Laurent Riou le soir de la mort de Tad Coz...

*

* *

Après le *benedicite* de rigueur à la table des Kermantec, Quentin put enfin goûter à la salade de tomates qu'il convoitait depuis un moment. Sa promenade en mer l'avait affamé. Néanmoins, il se servit avec parcimonie. Il n'était pas de bon ton, chez son oncle et sa tante, de se jeter sur la nourriture comme un permissionnaire sur des bouteilles de Kro. Non qu'ils fussent pingres, mais manger restait pour eux une activité inévitable, pas un plaisir.

Face à Quentin, Rose-May, de légers cernes sous les yeux, avait du mal à réprimer quelques bâillements. La conversation porta, tout d'abord, sur les problèmes professionnels de Ghislain, venu déjeuner de façon inopinée. Bien qu'il tirât son épingle du jeu, l'architecte se plaignait de ses honoraires qu'il devait sans cesse revoir à la baisse, du fait d'une concurrence implacable. Ses soucis ne semblaient guère toucher Brigitte qui ponctuait les discours de son mari de petites phrases encourageantes et insipides.

En bout de table, Jean-Eudes, le regard lointain, pensait à autre chose. A ses côtés, Adrienne écoutait d'une oreille distraite les propos de son fils tout en jetant, de temps à autre, des coups d'œil maternels à son frère.

Afin de rompre la léthargie ambiante, Quentin raconta sa matinée sur la plage, l'exploit des chiens et sa rencontre inopinée avec Helmut Müller à la boulangerie. Il s'amusa alors de la rougeur soudaine de Rose-May. La jeune fille cherchait vainement le tibia du policier sous la table. Taquin, son vis-à-vis replia ses jambes sous sa chaise.

— Je dois vous faire part d'un scoop incroyable !

Tous les commensaux braquèrent leur regard sur Quentin, à l'exception de Rose-May, sur le qui-vive.

— J'ai appris, ce matin, qu'Helmut Müller était le fils d'un officier allemand qui a occupé le manoir pendant la guerre.

Fort étonnés, Adrienne et Jean-Eudes pressèrent leur neveu de questions.

— Tu en es sûr ? s'exclama Adrienne. Ce jeune homme ne doit pas avoir plus de trente-cinq ans… Son père en aurait aujourd'hui au moins quatre-vingt-dix. Je me souvient très bien de lui. Pas toi, Jean-Eudes ? C'était un homme fort courtois. Papa l'aimait beaucoup. Ils jouaient ensemble le soir, aux échecs.

— Notre père aimait beaucoup tous les Allemands… répondit Jean-Eudes spontanément.

— Que veux-tu insinuer ? s'insurgea Adrienne. Tu n'as pas honte de penser de telles choses !

C'était la première fois que Quentin assistait à une dispute entre son oncle et sa tante. Le fait devait d'ailleurs être rarissime car Ghislain regardait sa mère avec stupéfaction.

— Calme-toi, Adrienne, se reprit Jean-Eudes. Ne me prête pas des pensées qui ne sont pas miennes. Je dis simplement que notre père s'entendait somme toute assez bien avec les Allemands qui ont occupé Kermantec.

Puis, se tournant vers la jeune génération :

— C'est peut-être difficile pour vous de comprendre cela. Mais ces Allemands n'étaient pas des SS. Leur position ici était, tout au moins, aussi inconfortable que la nôtre. Ai-je le droit, encore, sans faire passer mon père pour un collaborateur, d'affirmer que nous entretenions avec eux des rapports presque de sympathie ?

Rassérénée, Adrienne interrompit son frère.

— Te rappelles-tu le jour où leur chien t'a mordu ? Et la réaction de Müller ?

— Racontez-nous ça, mon oncle, souligna Quentin, enthousiaste.

A l'évocation de ce souvenir, le regard de Jean-Eudes s'illumina.

— C'était au printemps 44, quelques mois avant la libération. Müller et les autres sentaient le vent tourner. Ils étaient inquiets, je crois. Toutefois, ils ne se sont jamais départis de leur flegme. J'avais neuf ans à l'époque. Un bruit courait, alimenté par ce qu'on appelle aujourd'hui les médias. Nous, les enfants, ne devions jamais accepter de l'ennemi, des bonbons. Ils étaient empoisonnés. C'est du moins ce qu'on nous racontait. Or, Müller avait l'habitude de distribuer des friandises aux gosses du hameau.

— Vous les mangiez ? interrompit Brigitte.

— Certainement pas ! Même si Müller était gentil avec nous, il incarnait à nos yeux le mal absolu. J'avais trois copains à ce moment-là. Dès que les Allemands avaient le dos tourné, nous nous amusions à jeter les bonbons, mêlés à quelques cailloux, je dois l'avouer, à leurs chiens bergers, attachés dans la cour du manoir. Les pauvres bêtes, impuissantes, nous montraient les crocs. En fait, aucune d'elles, et pour cause, ne s'est jamais empoisonnée. Or, un matin, alors que nous nous adonnions à cet exercice familier, l'un des bergers allemands a rompu sa chaîne et a bondi vers moi, me mordant cruellement à la cuisse.

— Qu'avez-vous fait, mon oncle ? demanda Quentin.

Jean-Eudes poursuivit son récit. Blessé, il était allé pleurer sa mésaventure à Tad Coz. Le palefrenier l'avait porté jusqu'à la bibliothèque du manoir, QG des Allemands. Sans frapper à la porte, sans même prononcer un mot, il avait montré la blessure à Müller. Malgré le mutisme obstiné du jeune homme, l'officier eut tôt fait de comprendre la situation. Il prit son arme de service et, toujours flanqué de Tad Coz, descendit dans la cour où, sans état d'âme, il abattit le chien fautif.

— Je me souviendrai toujours de cet incident, conclut Jean-Eudes. La tendresse farouche de Tad Coz… L'exécution de ce chien, sans qu'une parole, de part et d'autre, ne soit prononcée… C'était étrange.

— Quand les Allemands ont-ils été chassés ? questionna Ghislain.

— Je ne saurais te dire le jour exact. Tu sais, la libération du Finistère ne s'est pas faite d'un seul bloc. Le 1er août 44, les Américains, menés par Patton, ont déferlé en Bretagne après la percée d'Avranches, aidés par la Résistance, notamment les FFI et les FTP qui ne les ont pas attendus pour libérer des bourgs ou des villes. Le 1er septembre reste pour moi une date historique car les alliés ont gagné la crête du Menez-Hom.

— Müller et ses hommes avaient-ils déjà quitté le manoir ?

— Oui, ils avaient rejoint le général allemand Ramcke, réfugié à la pointe des Espagnols. Ce dernier s'est rendu le 19 septembre, jour de la libération de la presqu'île de Crozon. Après cela, nous n'avons plus entendu parler de Müller.

Jean-Eudes de Kermantec continua d'évoquer ses souvenirs.

Une question trottait dans la tête de Quentin mais il ne savait comment la formuler, craignant de blesser l'amour-propre de Jean-Eudes et surtout celui d'Adrienne. Nonobstant, il se jeta à l'eau.

— Grand-père n'a pas eu d'ennuis après la guerre ?

Adrienne redressa aussitôt le buste, prête à l'offensive. Aussi, son neveu se pressa d'ajouter d'une voix douce :

— Je veux dire que tous les Résistants n'avaient peut-être pas l'intelligence de comprendre que le manoir de Kermantec avait été réquisitionné par les Allemands… Parmi ces héros de l'ombre, ont dû se glisser, comme partout ailleurs, des lâches, des résistants de la dernière heure, sûrs de leur fait.

— Je peux te certifier, répondit Adrienne d'un ton sec, que personne n'aurait osé s'attaquer à ton grand-père. Il est mort en 54, sans jamais avoir été inquiété. Je ne vois pas pourquoi il l'aurait été, d'ailleurs.

Le terrain semblait miné ; Quentin le quitta à pas de loup. Après s'être servi du fromage blanc, il aborda un autre sujet.

— C'est curieux, mais Helmut Müller semble mépriser Eugène Gannec, votre voisin. Il a même employé le mot de « salaud » à son encontre. Et je me demandais si son père ne lui avait pas raconté quelque anecdote sur lui. C'est du moins l'impression que m'a laissée la conversation avec Helmut.

Jean-Eudes fronça le sourcil et se caressa la barbe, impeccablement taillée.

— Tu dois te tromper, Quentin. Je n'éprouve pas une grande sympathie pour Eugène Gannec mais il n'a que deux ans de plus que moi. A l'époque où Müller, le père, a occupé le manoir, il était donc âgé de onze ans. Comment peut-on traiter de salaud un gosse de cet âge ? Même s'il jetait un peu plus souvent que nous des cailloux aux bergers allemands, cet épithète ne se justifie guère. Par contre, maintenant, il est devenu un vrai con.

— Oh ! Enfin Jean-Eudes ! s'exclama Adrienne. Comment oses-tu employer des termes aussi grossiers devant les enfants !

Les enfants en question, dont l'âge variait de vingt-cinq ans pour la plus jeune à quarante-trois pour Ghislain, le plus âgé, s'esclaffèrent. Et le déjeuner se termina dans la bonne humeur générale.

*

* *

— C'est peut-être la première fois que vous venez chez nous ? demanda Nadine Magne en jaugeant d'un coup d'œil la nouvelle venue.

La cliente rougit, comme prise en faute, et bredouilla une excuse qui n'avait pas de raison d'être.

— Jessica ! Etes-vous libre mon petit ? vocalisa la patronne de *Femme, Femme, Femme Institut.* Si oui, je vous prierais de descendre. Une cliente vous attend !

Mado Riou se mordit la lèvre afin de réprimer le fou-rire qui la gagnait. Peu habituée à fréquenter les salons de beauté, elle avait eu, l'espace d'un instant, l'impression d'entrer dans une maison close et de commander une fille.

Un clac-clac de semelles en bois résonna à l'étage. Apparut ensuite, dans l'escalier en colimaçon, une paire de jambes fuselées à faire prendre l'hostie d'un boy-scout intégriste pour un chewing-gum Hollywood. Surmontant ces œuvres d'art plastique, un magnifique port de fesses. Le puzzle fut complet quand la jeune femme parvint aux deux tiers de l'escalier.

— Jessica, mon petit, vous allez prendre soin de madame Riou, qui a oublié de prendre rendez-vous.

Puis, s'approchant de la cliente à la manière d'une taupe devant un buffet garni, Nadine Magne, avant de laisser la collaboratrice officier, fit don à Mado Riou de ses conseils.

— Nous vivons au grand air, n'est-ce pas ? Nous avons la peau sèche, une légère couperose et le tissu fatigué. Tss... Tss... Il va falloir prendre soin de nous à présent.

Mado Riou louchait. Elle n'apercevait du visage de l'esthéticienne, collé contre le sien, que les lèvres écarlates qui s'ouvraient et se fermaient comme une blessure. Elle recula d'un pas. Le docteur ès points noirs se tourna alors vers son employée.

— Lorsque vous en aurez fini avec madame Riou, vous me la descendrez ici. Il faut ab-so-lu-ment prendre les choses en mains, et vite !... Je pense que *Diaprée* en crème de jour et que *Vestale* en soin réparateur de nuit, suffiront pour l'instant à freiner les dégâts. Mais il faudra nous promettre, madame Riou, de vite revenir nous voir ! Nous avons besoin de votre collaboration pour vous sortir des griffes du temps ! Allez, Jessica ! Assez parlé, ma fille. Et bon travail à toutes deux !

La messe dite, Mado Riou suivit dans l'escalier la jeune esthéticienne. Un peu soucieuse, elle se regarda au passage dans l'une des nombreuses glaces du salon. Avait-elle la peau si abîmée ? Il est si difficile de se rendre compte de sa propre image… Elle décida alors qu'il était temps, en effet, qu'on s'occupe d'elle.

— Vous n'avez pas trop chaud, Madame ?

— Non, merci… Il est juste un peu difficile de respirer avec ce jet de vapeur.

— A la guerre comme à la guerre… Les pores de votre peau doivent s'ouvrir pour me permettre d'en chasser les intrus.

Musique d'ambiance orientale. Mado Riou se sentait bien, allongée sur le fauteuil de soins. Jamais elle n'avait pensé qu'un nettoyage de peau pût procurer un tel plaisir. D'habitude, elle se prodiguait des soins élémentaires, chez elle, quand elle en avait le temps ; c'est-à-dire pas souvent. Les mains de Jessica étaient fraîches et douces, sa conversation agréable.

— Ce n'est pas trop difficile de dresser des terre-neuve ? Mes parents en possédaient un, lorsque j'étais petite.

Mado Riou fit une moue dubitative. Certes, elle avait raconté à la jeune femme qu'elle et son mari élevaient des chiens près du Menez-Hom, mais il ne lui semblait pas lui avoir spécifié la race canine. Bah… sa mémoire lui jouait des tours. Sans a priori, elle relata donc diverses anecdotes amusantes à propos de ses chiens.

La seconde phase de l'opération « séduction » ressemblait davantage à un acte de torture. Mado Riou, les yeux baignés de larmes involontaires, tressaillait à chaque pincement. Elle regrettait à présent d'être venue. Son cœur battait un peu plus vite lorsqu'elle voyait les ongles du bourreau se rapprocher pour lui tordre la peau.

— Je ne vous fais pas trop mal, madame ?

— Ça ira…

La jeune esthéticienne babillait, lui posait des questions anodines auxquelles Mado Riou ne pouvait répondre que par onomatopées, tant cette sadique rousse martyrisait son visage sous le fallacieux prétexte d'en extirper les points noirs.

Elle hurla quand les ongles de sorcière s'attaquèrent aux tempes. Jessica Bordénec s'arrêta net.

— Je suis désolée, madame, mais il reste encore quelques comédons. Voulez-vous qu'on en reste là pour aujourd'hui ?

Mado Riou regarda sa tortionnaire avec une gratitude proportionnelle à la souffrance subie. Elle venait de comprendre la réaction de certains martyrs vis-à-vis de leurs bourreaux. Elle remercia l'esthéticienne.

A présent enduite d'un masque souple hydratant, la jeune femme songeait à sa stupide réaction. Elle ne voulait pas être prise pour une midinette. Jessica Bordénec lui avait gentiment proposé de la manucurer tandis que son masque séchait. L'idée qu'elle pût payer ce service ne lui était pas encore venu à l'esprit.

— Vous vous plaisez à la campagne ? La ville ne vous manque pas ?

Mado Riou vanta alors les mérites de la vie au grand air. Comme dans ce style de conversation, tous les clichés y passèrent, depuis le poncif romantique du retour à la nature jusqu'au truisme de l'agressivité citadine. Il fallait bien parler…

— Moi, j'aurais un peu peur de vivre seule dans votre trou, susurra la belle rousse. Surtout maintenant, avec ces histoires de l'Ankou. On a beau ne pas y croire…

— Qui vous a parlé de ça ? répondit aussitôt Mado Riou, d'une voix plus sèche qu'elle ne l'aurait voulu.

Stupéfaite, elle regarda l'esthéticienne droit dans les yeux. Celle-ci, d'instinct, échappa au coup d'œil inquisiteur en se penchant sur les ongles de sa cliente. Malgré ce geste d'auto-protection, Mado Riou avait eu le temps de remarquer une légère rougeur colorer les joues de la jeune femme.

— Je ne me rappelle plus… bredouilla-t-elle, décontenancée. Il me semble avoir lu ce fait divers dans le journal.

— Aucun quotidien n'a fait allusion à cette histoire, rétorqua l'éleveuse de chiens, sans aménité.

L'acrimonie du ton rendit ses défenses à Jessica Bordénec. Elle releva la tête et planta son regard dans celui de sa cliente.

— Non, en effet, fit-elle d'un air badin. Je me trompe… C'est une cliente, avant-hier. Elle habite votre bled.

L'assurance de l'esthéticienne coupa court aux

investigations de Mado Riou qui lut dans les yeux de la jeune femme une fin de non-recevoir.

Les gestes de Jessica Bordénec étaient à présent moins doux mais Mado s'en fichait. Au contraire, elle n'aurait pas supporté qu'elle lui masse les mains avec son onctuosité de sainte-nitouche. Mentalement, Mado recensa les femmes du lieu-dit de Kermantec susceptibles d'être passées au salon de beauté. Elles n'étaient pas légion. Thérèse Gannec n'avait sûrement jamais songé à fréquenter ce genre d'endroit. Adrienne de Kermantec, non plus. De plus, il n'était pas dans le genre de la baronne de raconter sa vie, encore moins celle des autres. Restaient sa belle-fille, Brigitte, et Rose-May, la jeune étudiante anglaise. Brigitte était une fidèle cliente d'un salon brestois. C'est elle qui l'avait convaincue de venir se faire soigner la peau. Elle lui avait même griffonné l'adresse de son institut sur un bout de papier. Mado trouvait plus pratique de se rendre à Quimper plutôt qu'à Brest. Donc, exit Brigitte. Rose-May ? La jeune fille était dotée d'une peau éblouissante. Mais pourquoi pas, après tout...

Mado Riou se promit d'interroger l'étudiante dès qu'elle la rencontrerait. Cependant, elle ne croyait guère en cette possibilité.

Une boule d'angoisse lui serrait la gorge. L'image mentale de son mari se superposait à toutes celles des femmes évoquées. Elle n'y pouvait rien. Mado était jalouse. Il faut dire que Laurent avait mal vécu, il y a quelques années de cela, le passage de la quarantaine. Il avait eu une brève liaison, à cette époque, avec l'une de ses meilleures amies. Elle avait chassé l'amie et gardé son mari. L'histoire allait-elle recommencer ? Elle ne le supporterait pas... Mais comment cette perruche savait-elle qu'ils élevaient des terre-neuve ?

Mado tenta de se raisonner. Elle travaillait la plupart du temps avec son mari. Certes, il se rendait souvent à Quimper pour acheter la nourriture des chiens, mais... Etait-ce à ces moments-là ?

Le pouls de Mado s'accéléra. De vraies larmes lui montèrent aux yeux qu'elle refoula aussitôt. Ne pas donner cette joie à cette garce.

— Vous avez une clientèle masculine, aussi ? demanda-t-elle d'une voix qui se voulait indifférente.

Jessica Bordénec, après ce long silence entre elle et sa cliente se tenait sur ses gardes.

— Oui, de plus en plus. Des hommes d'affaires surtout. Ils viennent se faire masser. Cela leur enlève une partie de leur stress.

Mado Riou garda pour elle ses réflexions. Un massage... Tu parles ! Cette putain devait prendre plaisir à exciter tous les benêts qui tombaient entre ses mains.

Elle s'obligea à sourire à Jessica et la complimenta sur son savoir-faire.

Remise en confiance, l'esthéticienne lui narra des anecdotes particulièrement croustillantes concernant sa pratique masculine. L'un venait, réglé comme un métronome, tous les mois, pour se faire épiler le pubis en forme de cœur.

— Un désaxé, je suppose ?

— Oh, non ! Sa femme l'accompagne à chaque fois. Mais elle, elle exige une épilation plus savante. Un trèfle ! Comme elle est naturellement blonde, je dois la teindre en noir pendant que ma patronne prépare une nuance rouge pour son mari. Vous comprenez, ce sont des joueurs professionnels de bridge. Il paraît que cela leur porte chance…

*

Une demi-heure plus tard, Mado Riou sortait de l'institut, la peau fraîche et le cœur lourd. Malgré ses soupçons, elle se demandait comment elle allait s'y prendre pour annoncer à son mari la somme astronomique qu'elle venait de dépenser : huit cent quarante francs pour deux petits pots de crème… sans compter les soins.

Jessica Bordénec, de la porte vitrée de la boutique, regarda sa cliente s'éloigner dans la rue. Elle avait eu chaud, mais s'en était bien tirée, au fond. Quelle gaffeuse, aussi ! Pourvu que son Doudou ne l'apprenne pas !

— Jessica ! Vous n'avez rien à faire, ma fille ?

— Si, madame… je monte.

*

*   *

— Je t'interdis de me parler comme tu le fais ! Je n'ai pas de conseils, encore moins d'ordres, à recevoir d'un merdeux de ton espèce !

— Si tu me parles encore sur ce ton, je fous le camp et je te laisse te débrouiller tout seul !

— Bon débarras ! fut le mot de conclusion du père qui enfonça sa casquette sur la tête et fit claquer la porte de la cuisine, en sortant.

Ronan Gannec resta un moment abasourdi. Les coudes sur la table, le visage penché, il passait et repassait une main calleuse dans sa tignasse. Derrière lui, sa mère lui pressa légèrement l'épaule.

— Ne t'en fais pas, mon gars, il est plus soupe-au-lait que méchant.

D'un haussement d'omoplates, Ronan se dégagea de la sollicitude de sa mère.

— Pourquoi ne lui dis-tu rien ? Tu sais bien que j'ai raison, non ?

Thérèse Gannec soupira et s'assit sur le banc, aux côtés de son fils.

— Ne me demande pas de prendre parti pour l'un de vous deux, murmura-t-elle d'une voix éteinte. C'est déjà assez difficile comme cela.

Une dispute, une de plus, venait d'éclater entre le père et le fils, laissant Ronan et sa mère moroses.

— Ce n'est tout de même pas déshonorant de prendre sa retraite à soixante-six ans, si ? Et je ne vois pas où est l'injure quand je lui suggère qu'il est temps de me passer la main !

— Il a peur… Tu le sais bien, même si nous avons toujours cotisé… Comment veux-tu que nous vivions avec trois mille francs par mois ?

Ronan se tourna vers sa mère, énervé.

— Pour qui me prenez-vous ? Je suis là, non ? Vous pensez que je vais vous laisser mourir de faim ?

Thérèse Gannec n'eut pas le temps de répondre à son fils.

La porte de la cuisine battait à nouveau.

— Où est la faux ? Si tu changes de place aux outils, comment je fais, moi, pour les retrouver ?

La voix du père, toujours colère.

— Je l'ai prêtée à Tad Coz, la veille de sa mort. Elle doit être au manoir, dans le hangar.

— Tu ne penses tout de même pas que je vais m'abaisser à réclamer mon dû à cette famille de collabos ? Vas-y, toi. Et… un conseil. Ne laisse pas trop longtemps traîner tes guêtres là-bas. Tu pourrais être contaminé…

— Tu dis n'importe quoi ! Et arrête un peu de les traiter de collabos ! La guerre est finie depuis cinquante-cinq ans. Il n'est pas besoin de sortir de polytechnique pour se rendre compte que Jean-Eudes et Adrienne étaient enfants à cette époque !

Eugène Gannec posa sa casquette sur la toile cirée et interpella sa femme.

— Alors, il est prêt ce jus ? Il est quatre heures passées, et je n'ai pas que ça à faire… Je travaille, moi ! ajouta-t-il en jetant à son fils un regard torve.

— Je te remercie. Si tu préfères remplir les papiers administratifs, je te les laisse volontiers.

Eugène Gannec fit jaillir la lame de son canif et entailla l'énorme pain de campagne. Il prit son temps pour la tartiner de graisse salée avant de répondre à son fils d'une voix goguenarde.

— Je croyais que t'aimais ça, remplir des papelards ! Déjà que t'y passes une heure par jour, ne va pas te plaindre quand, après ma mort, tu te seras mis au bio !

La pointe de son canif décrivait, en l'air, des circonvolutions.

— Sans doute, le cahier des charges sera encore plus contraignant, mais nous n'avons pas le choix, papa. Si nous obtenons cinquante centimes de plus par litre de lait, c'est tout de même plus intéressant que de le brader à deux francs aux coopératives, non ? En outre, nous n'aurons plus à nous soucier des quotas laitiers.

— Vous n'allez pas recommencer à vous disputer ! gémit Thérèse Gannec en versant le bec de la cafetière en faïence dans les bols de ses deux hommes. La paix, maintenant !

Le père but une grande rasade de café tout en marmottant. Il était rare que la mère élevât la voix. Quand elle le faisait, il valait mieux adopter le profil bas. Sinon, elle lui réserverait un lot de petites tracasseries quotidiennes qui finissaient par vous pourrir la vie. Elle oublierait de lui acheter son tabac ou égarerait la clef du bahut contenant la p'tite goutte du soir. Le fils, lui, n'aurait rien à craindre, comme d'habitude… A lui, toutes les attentions, les gâteries. Il n'allait tout de même pas laisser ce blanc-bec avoir le dernier mot…

Il prit un ton aussi posé que le lui permettait sa rancœur et s'adressa à sa femme.

— Explique à « ton » fils qu'il n'a pas deux sous de jugeote et qu'il ressemble à Perrette, à nous brandir ses calculs à la con ! Il y pense, aux contrôles inopinés qui nous tomberaient sur le coin de la casquette ? Et la main-d'œuvre ? Qu'en fait-il ? Où irions-nous chercher des bras si on arrêtait de traiter ?

— On pourrait former un GAEC… proposa Ronan.

Pour toute réponse, le père leva les yeux au plafond. Il ferma son canif dans un claquement sec et se leva de table.

— Y'a que le chimique de viable, de toute façon.

— Mais non, papa. On ne peut pas continuer l'épandage comme on le fait. Lorsque toutes les nappes phréatiques seront polluées…

— J't'arrête là, fils, tu as prononcé un mot de trop ! Moi, je sors ! Dans cinq ans, toi et les vôtres obtiendrez des subventions pour la reconversion du lait. D'ici là, je continuerai à « polluer », comme tu dis si bien, c'est-à-dire à nourrir des millions de Français. Bon, le sujet est clos. Tu vas me chercher ma faux chez les breiz-atao ?

— Les quoi ?

— Breiz-atao ! Breton toujours, si tu as besoin d'une traduction.

— Ils n'ont rien de militants indépendantistes !

— Le père l'était, et pendant la guerre, en plus ! Ce qui est gênant quand on sait qu'ils ont accueilli les boches sous leur toit, comme des libérateurs ! Et pendant que ces gens-là faisaient des ronds-de-jambe à Hitler, ton oncle, mon grand frère, s'est fait tuer deux jours avant l'armistice. Mais on l'a bien eu, le vieux baron ! Et notre vengeance court encore...

Interloqué, Ronan fixa son père. Ce qu'il lut dans ses yeux le fit frissonner. Jamais encore, il ne s'était rendu compte de la flamme haineuse et jouissive qui dansait au fond de ses prunelles. Mal à l'aise, il détourna la tête de cet homme, cet inconnu au regard de fou...

— Jean-Eudes et Adrienne n'ont rien à voir avec cette histoire, balbutia-t-il.

— Ce sont les rejetons du vieux, non ? Et n'oublie pas le Ghislain, le bâtard que la vieille truie a mis bas, ni celui de la Ninon, le flicard de merde ! Tous, tous à la même enseigne ! Le mauvais œil veille sur eux, t'en fais pas, mon gars. Déjà un de moins : le Grégoire !

Sur ces mots, le père s'en alla, laissant le fils anéanti. Thérèse Gannec qui s'était absentée durant cette conversation, revint au moment où Ronan reprenait ses esprits.

— T'en fais une tête ! Ton père est parti ? Cela t'ennuierait de m'aider à plier quelques draps ?

Ronan détestait cette corvée mais il lui fallait mettre de l'ordre dans ses pensées. Ces gestes mécaniques l'y aideraient. Aussi, il obtempéra. Comme souvent lorsqu'elle se retrouvait seule avec son fils, Thérèse alluma la radio en sourdine. Tous les jours, elle écoutait le top 50 et elle aimait fredonner les airs à la mode.

— Tu devrais essayer d'adapter cette chanson à l'accordéon. Tire un peu plus de ton côté ! J'adore Hélène Segara, pas toi ?

— Bof... Dis-moi maman, tu n'as pas connu Jean, le frère de papa ?

— Ben, non... il est mort à la fin de la guerre... Il avait huit ans de plus que ton père qui le vénérait. Pourquoi me parles-tu de lui ?

Ronan inventa un prétexte. Il n'aurait jamais su formuler l'impression désagréable que lui avait laissée les paroles de son père.

— C'était un héros ? Un résistant ?

Thérèse Gannec se retourna vers la porte, avant de chuchoter à son fils :

— Ton père le prétend... Moi, je n'en sais trop rien... J'avais un cousin FFI à Argol qui le connaissait. Il ne pouvait pas le voir... Il prétendait que c'était un voyou, qui tirait profit de l'image des Résistants. Soit disant il aurait pris le maquis en 44, juste après le débarquement.

— Comment est-il mort ?

— Oh… Bêtement, deux jours avant l'armistice, en nettoyant son arme…

*

*   *

Le petit Jean-Philippe pressa le bouton du cadran lumineux de sa montre. Seulement 23 heures ! Depuis un bon moment déjà, il tournait et se retournait dans son lit. Impossible de trouver le sommeil. Johan, son poto, s'était couché avant lui, dans leur petit box qui ne pouvait contenir que deux couchages. Il roupillait, et en silence ! Même en dormant, il avait l'air d'un vrai prince ! Ce n'était pas son cas, à lui. Il savait que, dès qu'il s'abandonnerait, son moteur diesel se mettrait en route. Foutues végétations ! Johan l'avait prévenu… S'il l'entendait ronfler encore, il se lèverait et lui fermerait la bouche avec du sparadrap. Paraît qu'il pouvait mourir asphyxié ! Aussi Jean-Philippe se tenait-il sur ses gardes. Mais s'il ne ronflait pas, il ne dormait pas non plus… Logique.

Le petit garçon tâtonna vers la ruelle du lit afin de puiser dans le trésor posé sur sa valise. Celle-ci lui faisait office de table de chevet. Avec des ruses de sioux, il extirpa son bonheur du paquet de cellophane. Que le papier ne crisse pas, surtout ! Il soupira d'aise lorsqu'il sentit le sucre de la dragée prisonnière entre la langue et le palais, fondre dans sa gorge. Merci, gentille cousine d'être née ! Quand il aurait fini, de sucer le sucre, qu'il entrerait en contact avec l'amertume de l'amande, il l'alignerait, avec les trois autres sur sa valise. Johan se régalerait demain. Il adorait les amandes. Lui aussi, mais sans plus.

Les yeux grands ouverts à la nuit, les bras repliés sous sa tête rousse, Jean-Philippe se demandait s'il valait mieux ronfler, comme lui, ou être somnambule, comme Johan.

Somnambuler, ça vous classe quelqu'un ! Ce n'est pas donné à tout le monde ! Son poto l'avait parfumé au sujet de sa méga particularité. Il lui avait juste fait jurer de ne pas en parler à Bernard ni aux copains de la colo… Normal ! Ils seraient hyper jaloux ! Lui, non. Au contraire. Il se sentait fier.

Pourtant, c'était épouvantablement dangereux ! Johan le lui avait dit. Tous les gens, même les crétins moyens, savent qu'il ne faut sous aucun prétexte, réveiller un somnambule. Ce qu'ils ignorent - et lui aussi, avant que Johan ne l'en ait averti - c'est qu'on ne doit pas non plus les approcher ! Un somnambule émet des ondes vachement destructrices pour ceux qui les suivent dans un rayon de trente mètres. Le lendemain, la peau se couvre de boutons rouges. Une semaine plus tard, elle pèle et les cheveux tombent, par touffes. Quelques jours après, c'est la catastrophe. On ne peut plus rien manger. Alors on meurt. Forcé. Et il n'existe pas d'antidote. Mais les médecins travaillent sur ce sujet. Seulement, on ne peut pas demander à toutes les familles de tuer leurs somnambules… Alors, mieux vaut les laisser tranquilles…

Les paupières de Jean-Philippe se firent lourdes. Prudent, il ôta de la bouche l'amande et la déposa sur un coin de sa valise. Demain soir, il retrouverait son papa, sa maman et Caroline, son hamster…

Il se réveilla en sursaut. Avait-il dormi, d'ailleurs ? Il tâta sa bouche. C'était bon. Pas de sparadrap. Il avait rêvé qu'on lui criait aux oreilles. Il tourna la tête, aperçut la masse sombre des cheveux de Johan, creusant son oreiller. Tout était tranquille. Il referma les yeux.

Cette fois, ce n'était pas un rêve ! Une charrette ? Un hibou dans la chambre ! Jean-Philippe se calfeutra dans son sac de couchage et ne bougea pas un doigt de pied… Le ululement venait de la porte. Comment l'oiseau avait-il réussi à entrer ? Il crispa les paupières. Si jamais il croisait le regard phosphorescent du rapace, il hurlerait, pour sûr… Que cherchait cet oiseau de malheur ? A présent, il grattait contre le bois de la porte, avec ses griffes… Le cœur de Jean-Philippe battait fort. Son front se couvrit de sueur. Un mouvement à sa droite. Le bruit d'une fermeture éclair. Un « merde » assourdi. Johan avait dû être réveillé par l'animal. Mieux valait laisser son copain régler le problème et chasser l'intrus. Il était bien plus courageux que lui…

Johan devait chercher ses chaussures… La laine

de son pull-over chatouilla la main droite de Jean-Philippe lorsque son poto se baissa pour regarder sous son lit. Le petit rouquin risqua alors un œil. Curieux… Johan s'était couché tout habillé… La frêle silhouette se relevait. Jean-Philippe simula à nouveau le sommeil. Par excès de zèle, il s'autorisa même un léger ronflement. Oh ! Tout doux… comme le ronron d'un chaton. Il sentit le souffle de son ami lui effleurer le visage. Il vérifiait s'il dormait. Un autre grattement à la porte. Bien vite, l'ombre de Johan s'esquiva. Une bouffée d'air frais gifla la joue de Jean-Philippe quand les gonds grincèrent. Johan était sorti…

Le jeune garçon se redressa sur son lit. Il perçut un chuchotement derrière la porte, mais n'éprouva aucune peur. Il savait que les somnambules pouvaient parler haut et fort, et même chanter à tue-tête si l'envie leur en prenait. Alors, murmurer n'était pour eux qu'une vaste rigolade !

Jean-Philippe sauta de son lit et, sans allumer, se dirigea vers la petite fenêtre. Il essuya de la main la buée du carreau et scruta la nuit. Un quartier de lune nimbait la cour du manoir de sa clarté exsangue.

Une tache d'ombre bougea, se dissocia. L'enfant distingua la silhouette de Johan. Il discutait avec un grand. Quand ils se séparèrent, Jean-Philippe crut reconnaître, à la faveur de la lune, la démarche claudicante de Kévin Le Drézen.

Le petit garçon ne prit pas le temps de s'habiller.

Il passa un blouson par-dessus son pyjama, enfila ses bottes et sortit à son tour, sans bruit.

Il n'osait imaginer l'engueulade maison si jamais Bernard, le mono, le surprenait dehors à cette heure de la nuit. Il ne s'était pas trompé. Il s'agissait bien de Kévin Le Drézen. Devant lui, le jeune palefrenier retournait dans son box, seul. Où était passé Johan ? Les yeux de l'enfant fouillèrent la nuit. Peu à peu, il s'habituait à la pénombre. Tout à coup, il repéra son copain devant la grille grande ouverte. Il quittait le manoir.

Jean-Philippe jugea plus prudent de ne pas traverser la cour mais de la contourner. Afin de ne pas perdre la trace, il dut trottiner. Dur, dur d'être un espion… En plus, il lui fallait respecter une distance de trente mètres par mesure de sécurité. On ne sait jamais… Johan était peut-être sorti de son lit, en proie à une crise.

Kévin Le Drézen avait pris un sacré risque ! Tant pis pour lui si demain sa peau se couvrait de pustules… Il ne l'aimait pas beaucoup, le Kévin. Il lui volait son copain. Que diable Johan pouvait-il lui trouver ?

Parvenu à son tour à la grille, Jean-Philippe s'arrêta, un peu essoufflé. Quelle direction avait choisie Johan ?

Il sonda le clair-obscur et le vit. Il descendait le chemin de terre dont les particules micacées luisaient à la faveur de la lune. Une chance ! Johan marchait d'un pas régulier, sûr de lui, longeant toujours le mur d'enceinte du manoir.

Le vent frais piquait le nez de Jean-Philippe. Il eut soudain envie d'éternuer. Pour éviter cette catastrophe qui n'aurait pas manqué de révéler sa présence, il se contorsionna le nez de droite à gauche, de haut en bas. Il devait ressembler à un lapin ! Un air chaud et humide s'insinuait à présent dans son appendice nasal, remontait aux sinus. Il refoula l'écoulement des narines tout d'abord, mais la démangeaison devint intolérable. Alors ce fut l'explosion…

Loin devant lui, Johan marqua un arrêt. Il se retourna car son poursuivant aperçut une fraction de seconde, l'ovale clair de son visage. Jean-Philippe se retint de respirer… Fausse alerte, sûrement. Johan reprenait sa route comme si de rien n'était. Ouf ! Il était évident qu'à cette distance, il ne pouvait l'avoir entendu. Jean-Philippe profita donc de cet état de grâce pour extirper un mouchoir de sa poche et se soulager à cœur joie. Les somnambules devaient être un peu sourds, aussi…

Johan marchait sans doute un peu plus vite car le petit rouquin dut accélérer son allure. Où allait-il ? Plus bas, il n'y avait guère que deux habitations : celle de l'éleveur de chiens et une minuscule maison qui ressemblait à la demeure des sept nains. Après le cours de voile, Bernard les avait amenés une fois visiter le chenil. Intéressant. Quand il rentrerait, il demanderait à son père de lui offrir un terre-neuve pour Noël. Son hamster s'ennuyant un peu tout seul, les jours d'école, dans leur F3.

Mais que faisait Johan ? Il obliquait à gauche, vers le bois... Jean-Philippe dévala le sentier jusqu'à l'endroit d'où venait de disparaître son copain. Ne sachant que faire, il appuya sur le bouton de sa montre. La timide lueur verte qu'elle prodigua lui suffit pour distinguer les hautes herbes et les fougères foulées de la berme. Johan était passé par là avant d'être avalé par le bois. Pour la première fois depuis son escapade, Jean-Philippe eut peur. La présence, même lointaine de son poto le rassurait. Quelle décision prendre, à présent ? Remonter tout seul le sentier ne lui disait rien qui vaille. Pénétrer dans ce trou d'ombre, encore moins. Cela devait grouiller de bêtes. Pas de loups, évidemment... A neuf ans, on ne croit plus à ces sornettes... C'est bon pour les bébés... Il n'empêche que de frôler une chauve-souris, un renard, un sanglier ou une vache sauvage dans la forêt, la nuit, impressionnerait même Arnold Schwartzeneger, son héros, en deuxième position après Johan...

Jean-Philippe, en dépit de cause, avait décidé d'attendre là son copain. Il finirait bien par resurgir... Assis dans l'herbe, les pieds dans le fossé, le jeune garçon commença sa veille. L'envie de dormir l'avait totalement quitté. Il ouvrit les fermetures éclair de son blouson et sonda ses poches.

Rien… Pas un seul bonbon pour lui tenir compagnie… La misère !

Face à lui, il observait la forêt. Elle semblait respirer. Les exhalaisons de son souffle lui renvoyait au visage une haleine de terre mouillée d'humus, de feuilles en décomposition. Elle s'était parfumée, cette nuit, pour ce petit garçon roux comme elle, d'essence de pin. Mais cette fragrance ténue ne parvenait pas à masquer l'âpreté de l'odeur de sa peau.

Jean-Philippe consulta une fois encore sa montre. Deux heures moins le quart ! Cela faisait plus de trente minutes qu'il était assis là, à attendre. Que pouvait fabriquer Johan, en pleine nuit, dans un bois ? L'enfant passa en revue toutes les possibilités, certain d'un fait : Johan avait changé depuis le début de ces vacances. A Montreuil, tout se passait bien entre eux ; jamais une dispute… A présent, il se renfermait, l'envoyait balader, recherchait la solitude. Pourquoi ? Ses parents ne l'avaient pas forcé à venir en colo… Il est vrai que Bernard était toujours sur son dos, surtout depuis l'histoire des cinq cents balles confisquées.

Et soudain, l'illumination lui vint. Quelle évidence ! Il se donna une claque sur le front, se traitant d'abruti. Comment n'y avait-il pas pensé plus tôt ! Bien sûr, Johan n'avait pas piqué tout ce fric ! Il l'avait trouvé ! Et où ? Dans le bois !

Jean-Philippe bondit sur ses jambes. Il ne craignait plus la noirceur des taillis. Après tout, il ne s'agissait que d'un arbre, multiplié par mille ! Et quelle présence amicale, un arbre ! Honteux de sa bêtise, le jeune garçon pénétra dans le bois.

Ses premiers pas furent hasardeux. Ses bottes s'enfonçaient dans l'épais matelas de feuilles. Des branchages bas et des ronces s'agrippaient au tissu de son pyjama, ralentissaient sa progression. La lune, pourtant, parvenait à déchiqueter les frondaisons, à broyer l'épaisseur des ombres. Puis le sol devint plus dur, facilitant la marche de l'enfant. Peu importait du reste. A ce moment-là, il se serait même risqué dans des sables mouvants afin de surprendre le secret de son ami.

Un trésor… Johan avait trouvé un trésor dans le bois. Qu'il ne lui en ait pas touché mot froissait un peu l'amour-propre de Jean-Philippe, mais son copain devait avoir ses raisons pour se taire. Et il serait bien forcé de partager, quand il le dénicherait. Dommage qu'il ne s'agisse pas du butin d'un guerrier celte ! Il aurait aimé tenir au creux de la main des sesterces en or !

Il n'était pas niais au point d'ignorer qu'un billet de cinq cents francs était une invention moderne ! Qui avait donc planqué là ce magot ? Un prisonnier échappé ? Un trafiquant de drogue ? Comme c'était excitant !

Jean-Philippe s'arrêta un instant pour ausculter les taillis. Il avait déjà beaucoup marché et, entouré de tous ces arbres au tronc grêle, il commençait à se demander s'il ne tournait pas en rond. Le bois bruissait de rumeurs nocturnes. Derrière lui, un froissement d'ailes le fit sursauter. Sa présence venait de déranger un couple de pigeons ramiers. Toute cette vie tapie dans l'ombre… Le garçon imagina que des centaines de bêtes immondes le dévoraient des yeux, prêtes à bondir sur lui s'il donnait des signes de faiblesse. A cette évocation, ses jambes flageolèrent. Tout autour de lui, les fûts des arbres, pareils aux barreaux d'une geôle, semblaient le retenir prisonnier. La peur l'envahit. Il avait présumé de ses forces mentales. Si encore Johan était à ses côtés ! Quand on est deux, on peut vaincre les difficultés, une à une…

Alors, Jean-Philippe prit sa décision. Tant pis pour son plan initial. Il ne surprendrait pas son ami en train de déterrer un trésor, mais du moins, l'angoisse qui l'étreignait se dissiperait. Il appela. Au début, l'émission de sa propre voix l'effraya. Il ne la reconnaissait pas.

Puis elle s'affermit et, s'avançant vers une trouée baignée de lumière lunaire qu'il venait d'apercevoir, il cria à tue-tête :

— Johan ! Johan !

Etait-ce la fin du bois ou une clairière ? Il l'ignorait mais il se dirigeait vers cette fontaine de clarté, sûr de son fait.

— Johan !

Encore quelques mètres et il sortirait du puits

d'ombre. C'est alors que « la chose » surgit de la clairière, lui interdisant l'entrée dans la lumière. Jean-Philippe s'arrêta, pétrifié. Un son inarticulé vint mourir sur ses lèvres. Un gargouillis plutôt.

L'ombre noire, gigantesque, se déplaçait avec une infinie lenteur. Elle flottait dans les airs ! Tétanisé, Jean-Philippe la regarda s'avancer vers lui, sans pouvoir bouger. Un éclair métallique jaillissait par intermittences tout près de la tête chapeautée du fantôme. L'enfant crut reconnaître la lame d'une faux. Il urina dans son pyjama. Il savait qu'il allait mourir. Le liquide lui brûla les cuisses et s'insinua dans ses bottes. Puis le coton mouillé de son pantalon se plaqua contre ses jambes, lui glaçant la peau. La « chose » releva la tête, l'instant d'avant cachée par les larges bords du chapeau. Elle n'avait pas de visage. Un simple squelette. Elle leva alors le bras qu'elle pointa vers l'enfant.

— Va-t'en, et vite ! Ne préviens personne, sinon je viendrai te rechercher cette nuit…

Paralysé par la voix d'outre-tombe, Jean-Philippe ne comprit pas l'ordre intimé.

Que lui demandait-on de faire ? Ses oreilles bourdonnaient, un étau lui resserrait les tempes. Tous les sons de la forêt devenaient plus lointains. Le petit garçon chancela et tomba lourdement sur un lit de feuilles mortes.

*

*   *

La torture n'en finit pas. Mais il est devenu insensible. Les voix avinées des barbares, leurs rires gras, épais comme du suif, glissent sur lui. Ils ne peuvent pas l'atteindre... Son âme a quitté son enveloppe charnelle... Il n'a plus de corps... Seule, la chaleur l'incommode. Elle charrie dans sa touffeur des relents d'herbe défunte, en voie de décomposition. Le cerclage en fer de la roue lui blesse la joue. Il en gardera sûrement des traces. Non ! Impossible. Les morts n'ont pas de blessure. Et il est mort aujourd'hui... Pouvaient-ils aussi tuer son âme ? Que lui resterait-il alors ? Plus que deux... Non, ne pas se dire cela. Ils n'existent pas... Le sang s'écoule de son corps martyr. C'est un bon signe... Quand il se sera vidé de tout ce liquide visqueux, il se transformera en papillon blanc... léger. Les papillons n'ont pas de sang. Les mouches, si. Voilà leur infériorité ! Jamais il ne s'était rendu compte à quel point les larmes pouvaient couler à l'intérieur du corps. Il les sent tomber goutte à goutte dans le fond de sa gorge. C'est salé... Il n'aurait pas eu la chance d'éprouver ce phénomène étrange si on ne l'avait pas bâillonné. D'où viennent ces voix ? N'est-on pas en train de l'appeler ? Les barbares se taisent à présent. Ils écoutent. Devant lui, les branches d'un buisson se mettent à bouger de façon désordonnée. A travers les rayons en bois, il l'aperçoit, de loin. Il s'échappe de sa cachette. Mais il l'a reconnu... et il vient de tout comprendre. Les autres se sont arrêtés. Ils prennent la fuite à présent, eux aussi… Mais c'est trop tard pour lui… Il est mort… Il voit, au-dessous de lui, son pauvre corps attaché à la roue. Il a réussi…

*

*   *

Un peu de terre s'insinuait entre ses lèvres quand il revint à lui. Il ressentit tout d'abord un froid immense. Tâtant son pantalon de pyjama, il s'aperçut avec étonnement qu'il était trempé. Alors il se souvint de tout. La terreur lui noua à nouveau le ventre. Une crampe. La nausée. Mû par un réflexe, il jeta un coup d'œil à la clairière. Rien d'autre qu'un trou de lumière blafarde. La « chose » avait disparu. Etait-il fou d'avoir voulu vérifier ? Que se serait-il passé si le fantôme avait été là ? Jean-Philippe baissa la tête, résolut de ne pas affronter une fois encore l'épouvantable vision. Incapable de se mettre debout, il recula à quatre pattes, à la manière d'un crabe. Son pied gauche heurta un obstacle. Il s'arrêta, ivre de peur. La « chose » était-elle passée derrière lui ? Non… Les fantômes n'ont pas de corps. Il devait réfléchir s'il voulait sauver sa peau… Le caoutchouc de sa botte reconnut la rugosité d'un tronc. Il put, seulement alors, se relever, se retourner et tenter de fuir.

Jamais il ne courut aussi vite. Quand il arriva dans la cour du manoir, égratigné, à bout de souffle, il se laissa tomber à même le sol en terre battue. Et pour la première fois depuis le début de sa terrible mésaventure, il se mit à pleurer de tout son cœur.

Les larmes lui firent l'effet d'un baume apaisant. Lorsqu'elles se tarirent, il put commencer à analyser la situation. Il ne fallait pas qu'on le trouve là. Certes, après la terrible expérience qu'il venait de vivre, une engueulade de Bernard aurait la douceur d'un bonbon, mais il n'avait pas envie de parler, d'inventer un prétexte à son expédition nocturne. Tout crotté, Jean-Philippe regagna son box. Quand il en ouvrit la porte, il s'aperçut que Johan était rentré. Il dormait... Des larmes muettes de reconnaissance vinrent rouler sur les joues rondes de l'enfant. Au moins, son poto n'avait pas partagé son effroyable sort... Encore essoufflé, Jean-Philippe se débarrassa de son pyjama souillé. Il faudrait le laver demain, pour que sa mère ne se rende compte de rien. Claquant des dents, il se mit au lit et se tourna du côté de son copain. Une chaise séparait les deux couches. Sur son dossier, Johan avait balancé à la va-comme-je-te-pousse, son pantalon. Au moins, pensa Jean-Philippe, il avait pris la peine, cette fois-ci, de se déshabiller.

Puis, avec cette faculté d'oubli qu'ont les jeunes enfants, le petit rouquin voulut songer à quelque chose d'agréable avant de s'endormir. Johan était-il retourné à la cachette du trésor ? Avec d'infinies précautions, Jean-Philippe fouilla dans les poches du pantalon de son copain. Sa main, maculée de terre, en extirpa un papier plié en quatre. Après l'avoir ouvert, il l'identifia. Un billet de cinq cents francs…

Bien vite, il le remit à sa place. Lorsque le sommeil le surprit, un vague sourire errait sur ses lèvres.

VIII

Samedi 6 Novembre.

Une main, alanguie encore par le sommeil, tapota mollement le mitan du lit, à la recherche d'un corps. Elle ne rencontra que la tiédeur froissée d'un drap.

— Tu te lèves déjà ? Il est tôt…

La voix endormie ne reçut aucune réponse.

Il ouvrit alors un œil. La silhouette de sa femme, en chemise de nuit, se découpait dans l'encadrement de la fenêtre. Elle lui tournait le dos, semblait captivée par un spectacle qui se passait dehors.

Il se redressa et demanda sans grande conviction :

— Ça ne va pas ? Tu fais la tête ?

— Où étais-tu cette nuit ?

Peu habitué à la sécherie de ce ton, il se réveilla tout à fait.

— Cette nuit ? Eh bien ici, dans notre lit…

— Tu mens ! Je me suis réveillée vers une heure du matin. Tu n'étais pas là…

— J'étais en bas… Après cette soirée un peu trop arrosée, j'ai eu envie de boire un verre d'eau. Comme je n'arrivais pas à trouver le sommeil, j'ai lu le journal que je n'avais pas eu le temps d'ouvrir hier. Voilà. Satisfaite ?

— Non… Moi aussi, je suis descendue. Le salon était allumé mais tu n'étais pas là… J'ai attendu au moins une demi-heure avant de remonter me coucher, seule.

— Mais enfin, Mado, tu es ridicule ! Je suis sorti un moment prendre l'air, c'est tout. J'avais trop picolé et j'étais barbouillé. J'ai fait les cent pas dans la cour, c'est tout. Qu'est-ce qui t'arrive ? Tu as décidé d'entrer dans la police ou quoi ? Tu ne m'as pas habitué à vivre avec une harpie, une mégère jalouse.

— J'ai peut-être mes raisons, articula-t-elle d'une voix sans timbre.

Agacé par les airs de princesse lointaine de sa femme, Laurent Riou sauta de son lit et s'enveloppa dans son peignoir.

— Pense ce que tu veux. Je n'ai aucune envie d'essuyer une scène de ménage à 7 heures du matin. Je descends prendre un café. Si l'envie t'en dit…

Il la planta là, la laissant seule avec sa souffrance, sa rancœur, ses non-dits. Contrairement à ses habitudes, Mado Riou chercha dans la veste de son mari le paquet de cigarettes qu'il avait acheté la veille. Elle fumait peu. Jamais à jeun. La première bouffée inhalée lui donna la nausée. Elle écrasa sa cigarette dans le lavabo de leur chambre et ouvrit la fenêtre. Ses yeux fixèrent à nouveau la veste de son mari qui épousait de façon impeccable, le dossier du fauteuil. Une idée lui traversa l'esprit. D'un geste prompt, elle se saisit du vêtement et entreprit la fouille systématique des poches intérieures et extérieures. Elle ne trouva pas l'indice recherché et craint, en même temps. Malgré elle, un sourire effleura ses lèvres lorsqu'elle extirpa de la veste un objet qu'elle ne s'attendait pas à trouver là : une jolie feuille de châtaignier au carmin automnal. Son mari était un peu poète, à sa façon, s'il s'amusait à ramasser des feuilles, au hasard de ses promenades. Elle faillit s'attendrir mais l'image de la pulpeuse Jessica Bordénec surgit à nouveau, abîmant sa complaisance. Elle décida alors de passer à l'offensive et descendit, à son tour, dans la cuisine.

Assise face à son mari, elle attendait qu'il ait la politesse de refermer son quotidien pour lui parler. Elle fit crisser sur le carrelage les pieds de sa chaise. Il détestait cela d'habitude. Là, aucune réaction. Il semblait absorbé par un article, ne tournait pas les pages de son journal. Exprès, elle prit une grande gorgée de café qu'elle garda dans sa bouche et se mit à se gargariser avec la délicatesse d'un charretier dansant le menuet.

— Tu as des problèmes dentaires ?

Le paravent de papier ne bougea même pas. Elle tenta le tout pour le tout.

— Non… C'est un truc qu'on m'a donné hier, pour conserver une bonne haleine toute la journée.

Les esthéticiennes sont vraiment au courant de tas de choses…

Etait-ce un effet de son imagination ? Elle avait eu l'impression que les phalanges de son mari s'étaient un instant crispées sur les bords de son journal. De plus, il restait muet. Même si elle devait en souffrir, Mado voulut en avoir le cœur net.

— Tiens, à propos, tu as le bonjour de Jessica Bordénec…

— Parce que Jessica Bordénec est une esthéticienne ?

En se levant, Mado fit tomber sa chaise.

— Tu vois ! hurla-t-elle. Tu ne prends même plus la peine de mentir ! Après vingt-cinq ans de bons et loyaux services, je suis bonne à jeter, sans doute ! La femme-kleenex, c'est tout ce que je suis pour toi ! A cette garce, toutes les attentions. Et tu as eu l'audace de découcher cette nuit pour aller la retrouver !

Laurent Riou, d'un calme olympien, posa le journal sur le rebord de la table et regarda sa femme.

— Ecoute Mado, si tu m'exposais ton problème, plutôt ? Hier chez les Garcin, tu n'as pas desserré les dents de tout le repas. Ce matin, tu me fais une scène au sujet d'une esthéticienne dont je me fous du tiers comme du quart.

— Elle est pourtant ta maîtresse ! riposta Mado, acerbe.

— Je te promets que lorsque j'aurai une maîtresse, je t'adresserai un faire-part en bonne et due forme pour que tu viennes tenir la chandelle au moment où je culbuterai Madame…

— Tu peux toujours railler. Comment as-tu su que cette pétasse était esthéticienne, d'abord ?

— C'est toi qui viens de me l'apprendre. Tu suggères que les esthéticiennes sont au courant de beaucoup de choses… Ensuite, tu me parles « d'à propos », en me citant le nom de Jessica Bordé… machin. Nul besoin d'être le fils spirituel de Mata-Hari pour faire le rapprochement.

Un instant, Mado fut prise au dépourvu. Le raisonnement de Laurent se tenait. Et surtout, elle avait une furieuse envie de le croire… Devant elle, son mari, l'œil interrogateur, attendait une explication à sa scène. Elle la lui fournit, raconta son après-midi de la veille au salon de beauté, la gêne de Jessica Bordénec quand elle l'avait coupée dans ses retranchements à propos des chiens et de la mort de Tad Coz. Il la regarda, attentif, pendant tout ce temps.

— Curieux, en effet… commenta-t-il. Mais au lieu de m'accuser de luxure, tu aurais mieux fait d'envisager d'autres possibilités. Je suppose que les bonnes femmes sont les principales clientes de ce genre d'endroit…

— J'ai déjà considéré le cas. Au lieu-dit, il ne restait que Rose. Mais comme éventualité. Je l'ai croisée hier, après ma séance et je suis restée papoter avec elle. Elle n'a jamais mis les pieds chez une esthéticienne.

Laurent Riou but le reste de son café et se leva.

— Bon, trêve de plaisanterie, les chiens ont aussi besoin d'un nettoyage de peau. J'amène les labradors ce matin sur la plage. Tu me rejoins ? Ah ! Il faudra que je passe à Quimper dans la soirée. On va manquer de croquettes.

— Ne t'inquiète pas... J'irai, moi.

Laurent Riou partit se doucher sans autre commentaire qu'un haussement d'épaules agacé.

Mado resta assise un moment, à tourner une cuiller dans un café qu'elle prenait pourtant sans sucre.

Perplexe, elle ne savait que penser. Son mari s'était contenté d'ironiser. Mais ce n'était pas une preuve, ni dans un sens, ni dans un autre. Elle songea à toutes les bonnes années passées aux côtés de cet homme. Seule ombre au tableau. Jamais ils n'avaient pu avoir d'enfant. C'est elle qui était stérile. Avait-il cherché une consolation dans les bras d'une autre femme ? Possible. Même s'il prétendait, en blaguant, que les chiens et leurs nombreuses portées comblaient tous les jours son désir de paternité, elle savait qu'il n'en était rien, qu'il le disait haut et clair par égard pour elle... Pauvre Laurent... Il aimait tant les enfants... Il fallait voir les mômes de la colonie rappliquer ici, parfois même en cachette de leurs moniteurs, tel le petit Johan... L'attrait qu'exerçaient sur eux les chiens, ne suffisait pas à expliquer l'engouement de ces gosses à s'attacher aux pas de Laurent. Et si vraiment il avait une liaison… Avait-elle le droit de l'en empêcher ? Elle se sentait coupable ; coupable de ne pas lui avoir donné d'enfant…

Mado secoua la tête, attristée. Il ne servait à rien de se ronger les sangs ainsi. Elle devait connaître la vérité… Ensuite, il serait temps d'aviser… Que faire ? Suivre Laurent ? Il le devinerait aussitôt. Par contre, elle pouvait filer Jessica Bordénec de l'institut de beauté jusqu'au diable vauvert où cette garce ne manquerait pas de la conduire. Seulement, il lui faudrait du temps ; au moins trois ou quatre jours pour être certaine de glaner quelques renseignements. Ensuite, elle devait avoir les mains libres… Elle prétexterait un petit séjour chez sa sœur, à Lorient. Laurent n'y verrait que du feu. De plus, comme la Bordénec travaillait et que l'institut fermait ses portes à 19 heures, il lui resterait toutes les journées pour être, effectivement, en compagnie de sa sœur. Elle devait cependant se montrer patiente… Si elle décidait, tout à coup, de partir, son mari reniflerait le pot-aux-roses.

Mado se leva et débarrassa la table du petit-déjeuner, un peu ragaillardie. Elle se promit de ne plus importuner l'homme de sa vie, du moins pour l'instant… Elle se donnait un mois pour mettre son plan à exécution.

Mado Riou était une femme d'action.

*

*   *

Après avoir pris son petit-déjeuner, Quentin Le Gwen se dirigea vers le manège, encouragé par Jean-Eudes et Adrienne. Sans pourtant ressembler à un ballot de céréales, supporté par un bidet, il n'était pas, à l'inverse de son oncle ou de ses cousins, un cavalier émérite. Manque de pratique, sans doute. Il s'était, malgré tout, laissé séduire par la proposition de son oncle : une balade à cheval sur le Menez-Hom en sa compagnie. C'était l'occasion ou jamais. Il quittait Kermantec le jour-même. Sa fille Marine revenait de vacances et il tenait à être à la gare pour l'accueillir.

Arrivé au manège, Quentin scruta le ciel. Un gris atone. Du moins, il ne pleuvait pas. Kévin Le Drézen distribuait les bombes aux enfants de la colonie lorsqu'il l'aborda.

— Bonjour ! Quel cheval puis-je prendre pour une promenade dans la lande ?

— Vous avez l'habitude de monter ?

Quentin avoua que non. De plus, il préférait une jument un peu molle.

— Je vois… Attendez un moment. Je finis de m'occuper des gosses et je suis à vous. Je suppose que je dois vous sceller Zaza ? Vous ne saurez pas le faire vous-même ?

Le ton du palefrenier était poli. Néanmoins, Quentin décela dans le sourire du jeune homme un zeste de raillerie. Décidément, il n'éprouvait aucune sympathie pour ce garçon.

— Non, en effet, répondit-il avec un brin d'humeur. Je vous serais obligé…

Quentin faillit ajouter un « mon brave », puis il eut honte de lui. Si la vie de château le rendait gommeux, il était temps pour lui de la quitter…

Le policier dut, quoi qu'il en fût, rendre justice au jeune Kévin. Vis-à-vis des enfants, il se montrait d'une patience d'ange. Des petites mains voletaient autour de lui, telle une bande de piafs. Deux gosses se disputaient une même bombe, un autre décrétait que la sienne était trop serrée, un quatrième, trop large. Sans avoir besoin d'élever la voix, il fit mettre tout ce monde à la queue leu leu, et la distribution continua. Lorsque les enfants étaient servis, ils devaient attendre sur le côté. L'un de ceux-ci attira le regard de Quentin. Un petit garçon tout roux et rond comme une brioche. Le policier aurait juré que les yeux du môme lui demandaient quelque chose… Il le dévisageait à la manière d'un candidat à la noyade ayant aperçu, à portée de main, une bouée de secours.

Pour l'encourager, Quentin lui sourit. Le gosse regarda alors à droite et à gauche, puis il s'approcha de lui. Parce qu'il avait déjà vécu cette scène, au commissariat, des centaines de fois, auprès d'un public adulte, Quentin sut d'entrée de jeu que le petit garçon avait peur. S'accroupissant aux pieds du policier, il fit semblant de lacer l'une de ses baskets, à la boucle pourtant parfaite.

« Un vrai pro… », songea Quentin.

— M'sieur ! Je peux vous parler une minute ? Mais pas ici… Derrière le manège.

— Je te suis… marmonna le lieutenant de police, mimant le ton d'agent secret qu'avait pris l'enfant.

Quelques secondes plus tard, l'adulte se retrouvait avec le gosse, seul à seul. Le petit rouquin, au visage parsemé de taches de son, n'était pas un étranger pour Quentin. Il lui avait déjà parlé. Le soir de la fête d'Halloween.

Aujourd'hui, la mine du garçon paraissait chiffonnée. Deux grands cernes lui ombraient les yeux.

— Quelque chose te tracasse, Jean-Philippe ? C'est bien Jean-Philippe ton prénom, hein ?

L'enfant opina de la tête, les yeux à présent gros de larmes.

— M'sieur. Je m'suis dit qu'un flic… Oh ! pardon, un policier, savait des tas de choses… Un peu comme un docteur, mais en moins doué. Regardez ce que j'ai là !

Pour réprimer une envie de rire, Quentin fronça les sourcils et releva vers lui le visage de l'enfant.

— Si tu enlevais le doigt de la lèvre, je verrais peut-être quelque chose… Ah ! Oui ! pontifia-t-il à la manière d'un médecin de Molière, très intéressant… Un admirable bouton de fièvre…

Quentin ne s'attendait pas au déluge de Noé, aux chutes du Niagara, aux cataractes de l'Iguaçu qu'allait provoquer son innocent verdict sur l'enfant. Il le reçut dans les bras.

— Eh bien, mon bonhomme… ne pleure pas ! C'est rien, un bouton de fièvre…

Jean-Philippe hoquetait contre l'épaule amie.

— Oh, si ! Dans une semaine, je vais peler… Ensuite, mes cheveux vont tomber par touffes… Je serai alors anémié… Et j'en mourrai…

Il fallut du temps à Quentin pour tenter d'apaiser l'immense chagrin et convaincre le petit du non-sens de ses craintes.

— Anémié, toi ! Montre-moi un peu tes muscles !

L'enfant banda ses biceps. Quentin tâta les monticules de chair tendre et rose comme des Chamallows.

— Ça, ce n'est pas du muscle d'anémié ! Et je m'y connais ! Foi de flic ! Si tu me disais un peu qui t'a raconté ces sornettes ?

Quentin prit la main de l'enfant, dans l'intention de le ramener au manège. Les moniteurs du petit devaient à présent le chercher. Tout en marchant, il écoutait le babil de Jean-Philippe, ses craintes face au somnambulisme de son copain Johan.

— Ma fille, Marine, est somnambule aussi, mentit Quentin. Et lorsque ses crises surviennent, je la suis pas à pas. Il ne m'est jamais rien arrivé… Tu diras de ma part à ton copain que s'il continue à te débiter de pareilles sottises, il aura affaire à moi !

Parvenu devant le manège, Quentin lâcha la main de son compagnon. Kévin Le Drézen sellait à présent Zaza, la jument qu'il s'était vu proposer.

Le regard du palefrenier se porta un instant sur Jean-Philippe. Un coup d'œil aussi rapide qu'inquiet.

« Bizarre… », songea Quentin.

Le petit rouquin tendit la main au policier.

— Merci, m'sieur… Je vous promets que, de toute façon, je ne suivrai plus Johan dans les bois, la nuit… Au revoir !

Jean-Philippe rejoignit son groupe en trottinant, laissant Quentin quelque peu perplexe.

Il se hissait sur le dos de Zaza quand il se ravisa. Il remit aussitôt pied à terre.

— Quelque chose ne va pas, monsieur ? questionna Kévin Le Drézen.

— Si, si… Vous pouvez l'attacher un instant ? Je reviens dans cinq minutes.

— Mais monsieur de Kermantec vous attend dans la cour…

Quentin n'écouta pas les protestations du palefrenier. Au pas de course, il rejoignit la colonie. Il s'adressa au moniteur.

— Je peux vous emprunter Jean-Philippe un instant ? Le pauvre a un bobo sur la lèvre. J'ai, dans ma chambre, un baume très efficace.

Suivi de l'enfant, Quentin longea les écuries puis les box aménagés en dortoir. Majestueux sur son cheval alezan, Jean-Eudes de Kermantec, en effet, patientait dans la cour.

— Un petit moment, mon oncle, je dois ici soigner un grand blessé.

Quentin fit entrer l'enfant dans la haute cuisine et s'en fut chercher une pommade. Lorsqu'il redescendit, Jean-Eudes lui emboîta le pas.

— Que s'est-il passé ? Il n'est pas tombé de cheval, au moins ? s'inquiéta le baron.

Son neveu le rassura et lui conta les mésaventures de l'enfant.

Pendant que le policier enduisait le bobo du petit de crème grasse, Jean-Eudes lui prépara un grand bol de chocolat.

— Cela va te remettre les idées en place, mon coco… A-t-on idée de prendre à cœur pareilles bêtises ?

Ainsi chouchouté par les deux hommes, Jean-Philippe reprit confiance en lui. Son regard parcourait les casseroles rutilantes en cuivre, pendues à même le mur.

— Ma mère range toutes ses affaires dans un placard en formica. Ça brille moins qu'ici, mais ça fait moins désordre.

Jean-Eudes pouffa de rire

— Ta maman est sûrement une excellente ménagère.

Tout doucement, Quentin amena l'enfant à lui confier ses mésaventures de la veille. Pourquoi avait-il suivi son copain dans les bois ? Et que faisait Johan dehors, à pareille heure ?

Quoiqu'il doutât, à présent, de la crise de somnambulisme de son ami, Jean-Philippe s'en tint à cette version. Ne voulant pas créer d'ennuis à Johan, il passa sous silence la quête du trésor caché et la découverte, au matin, d'un billet de cinq cents francs.

— Donc, si je te résume, reprit Quentin, tu entends une chouette gratter à la porte de votre chambre. Johan sort. Tu lui emboîtes le pas. Dans la cour, tu crois reconnaître Kévin. Il parle avec ton copain et retourne dans sa chambre. Johan se dirige alors vers le bois. Bien… As-tu retrouvé là ton ami ?

Jean-Philippe regarda tour à tour les adultes. Certes, ils se montraient gentils pour lui. Mais pouvait-il leur dévoiler son secret ? N'allaient-ils pas le traiter de fou ou, pis encore, de menteur ? Il confia ses doutes à son bol de chocolat en y plongeant le visage.

Quentin sentait que l'histoire de l'enfant ne s'arrêtait pas là mais il ne voulut pas le brusquer. Patient, il attendit, sans mot dire, son bon vouloir, imité en cela par Jean-Eudes.

Le silence soudain des deux hommes, plus encore que leurs questions, gêna Jean-Philippe. Mal à l'aise, il leur jeta un coup d'œil torve et se dandina sur sa chaise. Quentin et son oncle se taisaient toujours. L'enfant ne résista pas longtemps. Il soupira.

— J'ai vu quelque chose dans le bois… C'était atroce…

Quentin se pencha pour mieux entendre la confidence, quasi inaudible, de l'enfant.

— Tu as vu quoi, mon bonhomme ?

— Un fantôme noir… Il flottait dans les airs. Il m'a barré la route, juste avant la clairière… J'ai eu peur. Alors, j'ai fait pipi dans mon pyjama. Il m'a dit que si je racontais ça, il reviendrait me chercher… Mais il ne sait pas que je repars aujourd'hui. Bien fait pour lui… Les fantômes ne peuvent pas voyager en car, hein ?

Jean-Eudes rassura le regard paniqué.

— C'est tout à fait impossible, en effet… Mais tu sais, je suis vieux, et jamais encore je n'ai aperçu de fantôme.

— Vous n'avez pas vu le mien, autrement vous aussi, vous auriez fait pipi dans votre culotte.

— Sûrement, admit Jean-Eudes.

Les deux hommes se regardèrent, sceptiques. Le discours de l'enfant se montrait assez confus.

— J'ai une idée ! lança Quentin. On va te donner une feuille et des crayons de couleur. Tu vas nous dessiner ce monstre. J'ai entendu dire que si on reproduisait correctement les fantômes, ils disparaissaient à tout jamais.

Jean-Eudes, d'un hochement de tête, approuva son neveu et partit chercher le matériel nécessaire à cette chasse aux fantômes particulière.

Jean-Philippe mit toute son application dans son dessin. Quant il l'eut terminé, il le brandit avec une once de fierté.

Quentin et son oncle accordèrent toute leur attention au croquis. Le résultat était édifiant. Un enfant de la région parisienne, venu pour la première fois en Bretagne, ne pouvait connaître l'Ankou. Pourtant, c'était bien le faucheur de vies que Jean-Philippe avait représenté là. Aucun détail de sa panoplie ne manquait : le long manteau noir, le chapeau rond à larges rebords, cachant à moitié une tête de mort, la faux…

— Hmm… commenta Jean-Eudes. C'est parfait. Tu peux être sûr que tu n'entendras jamais plus parler de lui.

Le visage rayonnant de Jean-Philippe récompensa les deux hommes de leur fable.

— Une chose m'étonne tout de même, ajouta Quentin. Es-tu certain de la taille de ton fantôme ? Regarde ici… C'est toi là, hein ? Tu es allongé sur des feuilles. Mais tu es minuscule à côté de lui !

— Je vous ai dit qu'il était immense… et qu'il flottait dans les airs… Ses mouvement étaient très lents, comme dans un film…

Après lui avoir bourré les poches de gâteaux secs et de bonbons, Jean-Eudes et Quentin remercièrent l'enfant qui repartit rejoindre son moniteur, fier comme Artaban.

Les deux hommes avaient conservé le dessin. Jean-Eudes soupira.

— Qu'en penses-tu, Quentin ? Nous avons ici la preuve que l'Ankou existe bel et bien, tout du moins son usurpateur. Mon pauvre Tad Coz est mort à cause de lui. Une chose m'étonne pourtant. Par quel tour de magie a-t-il pu faire croire au petit qu'il volait, ou « flottait dans les airs », selon son expression ?

— Ça, je l'ignore… Qu'il lui paraisse immense est encore concevable. Un enfant terrorisé a tendance à amplifier l'objet de sa crainte. Mais de là à ce qu'il flotte…

— Un hologramme ? suggéra Jean-Eudes. Le gosse a parlé de films…

— Ce n'est pas idiot… Malgré tout, le faisceau laser que cela supposerait, m'incline à rejeter cette éventualité…

Quentin explicita alors sa pensée. L'apparition de l'enfant venait contrecarrer les projets de l'Ankou, quels qu'ils fussent. Il n'avait pas prémédité de l'effrayer, pour la simple et bonne raison qu'il ignorait sa venue. Restait donc à savoir ce que faisait « le fantôme noir », la nuit précédente, à cet endroit du bois. De l'avis du policier, Kévin Le Drézen et le petit Johan étaient mêlés, d'une façon ou d'une autre, à cette histoire. Il fallait les interroger.

— J'ai bien peur, objecta Jean-Eudes, que tu n'obtiennes rien de Kévin. Il est un peu spécial… Même s'il connaît merveilleusement les chevaux… Laisse-moi m'occuper de lui, je saurai comment le manœuvrer.

Il en fut décidé ainsi. Pendant que Jean-Eudes s'entretiendrait avec le palefrenier, Quentin, plus habitué à la recherche d'indices, fouillerait la clairière. Quant à Johan, il se réservait le droit de le questionner dès son retour.

— Il a une attitude fort équivoque, décréta Quentin. Je donnerais cher pour savoir ce qu'il manigance avec Kévin. Par deux fois, je l'ai surpris en train de rôder autour de votre palefrenier. Et l'autre jour, il a laissé tomber de sa poche un billet de cinq cents francs…

— Tu crois qu'il vole ? Tad Coz m'avait aussi touché un mot à ce propos… Nous avions même tous les deux vérifié la caisse du jour. Il ne manquait pas un centime.

— J'ignore ce qu'ils fabriquent… Sûrement pas un trafic de carambars, en tout cas. Laissez-les mariner un peu. Attendez un moment avant d'interroger Kévin et gardez-le jusqu'à mon retour. Je ne voudrais pas qu'il ait le temps de mettre au point un scénario avec le petit Johan.

— Comptez sur moi, inspecteur ! plaisanta Jean-Eudes en claquant des talons.

— Lieutenant… rectifia Quentin. Repos !

*

*   *

Le policier trouva le bois beaucoup plus exigu et moins lugubre en fait que dans ses souvenirs d'enfance. C'était plutôt un bosquet, aéré de surcroît. Néanmoins, il concevait que Jean-Philippe eût pu s'y perdre. Si l'on suivait le sentier de randonnée, balisé pour les cavaliers, on tournait en rond. Les essences variées de chênes, de châtaigniers, de noisetiers ou de pins maritimes cohabitaient là et poussaient au petit bonheur de la chance. Les plus hauts fûts ne dépassaient guère la hauteur de deux mètres cinquante. La mer, toute proche à vol d'oiseau, dictait encore ici sa loi, empêchant les espèces de se développer outre mesure, comme elles l'auraient fait à l'intérieur des terres.

Quentin n'eut aucun mal à retrouver la clairière. Tapissée de fougères, elle attirait l'œil du promeneur, même si la couleur automnale des frondes ne tranchait guère avec celle des feuilles mortes d'une autre partie du bois. Penché en avant, à la manière d'un cueilleur de champignons, Quentin en inspecta le moindre recoin. Sa récolte fut mince : quelques brins de laine noire accrochés à l'écorce d'un tronc abattu. On avait dû s'asseoir là. Néanmoins, les fougères foulées à cet endroit, sur un bon périmètre, attestaient une présence presqu'encore palpable. Jean-Philippe n'avait pas menti…

Quentin vérifia ensuite, par acquit de conscience, la disposition des arbres à l'entrée de la clairière. La proposition de son oncle, pourtant judicieuse, tombait devant la configuration des lieux.

Guère mieux renseigné, le policier reprit le chemin du manoir en coupant par le bois. Il s'apprêtait à enjamber le fossé qui longeait le sentier du lieu-dit lorsqu'une voix connue l'interpella.

— Vous faites votre jogging ?

Laurent Riou faisait monter quatre labradors à l'intérieur de sa camionnette.

Quentin s'avança vers l'éleveur et lui serra la main.

— Je passais justement au manoir pour demander à Johan ou à Ludovic s'ils voulaient m'accompagner jusqu'à la plage avec les chiens. Les gosses les adorent. Plus que les chevaux en tout cas… Quand ils peuvent sécher un cours d'équitation…

— Je ne sais pas si leurs moniteurs vous laisseront les emmener. Ils sont sous leur responsabilité.

— Bah… pour leur dernière matinée… Je vous fais un brin de conduite ?

L'odorat délicat de Quentin fut soumis à rude épreuve durant le court trajet. Voulant faire plus ample connaissance, les quatre labradors halenaient son cou. L'un d'eux, attiré sans doute par son eau de toilette, en bava de convoitise.

— Vous voyez souvent Johan ? demanda le policier en ouvrant la vitre. Comment le trouvez-vous ?

Laurent Riou prit son temps pour répondre.

— C'est un enfant intelligent, curieux de tout. Mais il est aussi secret… je dirais même introverti. A l'inverse des gosses de son âge, il n'aime guère parler de lui. Dès qu'on lui donne quartier libre, il vient chez nous…

— L'a-t-il fait, cette nuit ?

— Cette nuit ? Pourquoi diable voulez-vous qu'il vienne à la maison la nuit ? Je suppose que les moniteurs veillent sur leur progéniture... De plus, je ferme tous les soirs les barrières de la propriété. Si quelqu'un tentait de les escalader, les chiens aboieraient.

Quentin quitta Laurent Riou dans la cour du manoir. Avant de refermer la portière, il lui confia son intention d'entretenir Johan. Sans plus ample explication, il demanda à l'éleveur de ne pas proposer à l'enfant la balade escomptée.

Puis, laissant là un Laurent Riou perplexe, le policier se dirigea vers le manège. Sous la férule de Rose-May, les petits prenaient leur leçon d'équitation. Leurs deux moniteurs profitaient de ce moment de liberté pour vaquer à d'autres occupations.

« Tant mieux », pensa Quentin, qui n'avait pas trouvé de prétexte pour entraîner Johan.

Dès que le poney du petit garçon, le dernier de la file indienne, passa devant lui, le lieutenant de police le saisit par la bride et l'obligea à s'arrêter.

— Peux-tu descendre un instant, Johan ? J'ai à te parler. L'enfant redressa son assiette et s'agrippa un peu plus aux rênes.

— Pourquoi ? Qu'est-ce que vous me voulez ? J'ai rien à vous dire, moi !

— C'est ce qu'on va voir... Descends immédiatement ou je mets Bernard au courant de tes activités nocturnes.

Un éclair de panique passa dans les yeux de l'enfant. Autour de lui, il chercha un appui, n'en trouva pas. Le ton autoritaire de Quentin lui en imposait. Il s'exécuta en maugréant.

L'adulte fit marcher l'enfant devant lui, sans mot dire, Lorsqu'ils pénétrèrent dans la bibliothèque du manoir, ils y trouvèrent Jean-Eudes, face à Kévin. L'adolescent évita le regard du petit.

— C'est bon Kévin, vous pouvez partir, lança Quentin.

Le jeune palefrenier ignora avec superbe l'injonction du policier. Se tournant vers Jean-Eudes, il attendit un mot de lui.

— Oui… c'est bien, mon garçon. Retourne au manège. Les enfants t'attendent.

D'un léger signe de tête, Kévin Le Drézen salua le baron et passa devant Quentin comme s'il était transparent. Pourtant, lorsqu'il referma la porte, il attacha son regard sur le policier qui y lut de l'ironie métissée de mépris.

Jean-Eudes fit asseoir Johan et lui tendit un verre de jus de fruit. L'enfant le but d'un trait.

— Nous ne te voulons aucun mal, petit, commença le baron. Seulement, tu dois comprendre que toi et tes copains, êtes un peu sous ma responsabilité. S'il arrivait quelque chose à l'un de vous, les colonies de vacances, ici, ce serait fini…

Quentin prit le contrepied de son oncle en adoptant sciemment un ton bien moins amène. Il désirait déstabiliser l'enfant.

— Tu vas donc nous dire ce que tu faisais, la nuit,

en plein bois. Et ne nie pas être sorti ! ajouta-t-il pour contrecarrer un geste de démenti de Johan. Tu as été suivi…

— Jean-Philippe, c'est qu'un cafteur, d'abord ! s'insurgea l'enfant pour gagner du temps.

— Tu sais donc qu'il te suivait… décréta Quentin.

— Pas difficile… Balourd comme il est ! En plus, il avait un rhume. Il éternuait à chacun de ses pas d'hippopotame !

— Ne change pas de sujet, s'il te plaît. Entre nous soit dit, tu n'as pas été très sympa avec lui en lui racontant tes histoires à dormir debout…

Johan fut insensible à la tentative d'humour de son juge. Il releva vers lui son petit visage triangulaire tremblant de défi. C'était un très bel enfant aux yeux noir charbon ourlés de cils dont la longueur invraisemblable aurait fait pâlir d'envie plus d'une lapine albinos.

— Où es-tu allé, Johan ? réitéra Jean-Eudes d'une voix douce.

Sans même s'en rendre compte, les deux hommes avaient adopté la tournure classique des interrogatoires. L'oncle de Quentin jouait le rôle du gentil… L'enfant se tourna naturellement vers lui.

— Je suis parti récupérer mon pull neuf… Je l'avais oublié hier, sur le talus, en face de la maison de l'éleveur de chiens. J'avais peur qu'on me le vole… Ma mère m'aurait tué.

L'explication, pourtant plausible, n'eut pas l'heur de plaire à Quentin. Il s'assit sur le rebord de la table, à quelques centimètres de l'enfant, et lui tapota la poitrine de l'index.

— Alors, toi, mon garçon… pour te rendre chez les Riou, tu fais un détour par les bois… Bizarre ! Moi, si j'avais été à ta place, j'aurais emprunté le sentier. Il mène directement à leur maison.

Johan baissa la tête et joua avec ses doigts. Puis, il sembla retrouver un peu de son assurance.

— Je savais que Jean-Philippe me suivait. J'ai voulu lui faire une farce, pour lui flanquer la trouille. Alors, je suis entré dans le bois. Mais j'en suis ressorti bien vite, et j'ai continué par le chemin.

L'enfant ne manquait pas de répartie.

« Très intelligent… », pensa Quentin. Malgré tout, son instinct policier l'avertissait : Johan mentait de façon éhontée.

— Durant ta courte escapade dans le bois, as-tu rencontré quelqu'un ?

— Non… Ah, si ! Un lapin…

« Et qui plus est, ce petit drôle se permettait de le narguer. La cerise sur le gâteau. Beau style, vraiment », apprécia Quentin en connaisseur.

— Bien… Je suppose que tu as aussi une explication toute prête concernant Kévin Le Drézen… Il est normal qu'il te réveille à une heure du matin pour que tu ailles te promener…

— Ce n'est pas lui qui a gratté la porte ! riposta

l'enfant. C'était une bête, une chouette, je crois... J'ai rencontré Kévin dans la cour. Il allait se coucher et m'a demandé ce que je faisais là. Je lui ai parlé de mon pull. Et il m'a répondu que je pouvais aller le rechercher...

Johan avait réponse à tout. Quentin eut beau tenter de le poursuivre dans ses derniers retranchements, rien n'y fit. L'enfant s'en tenait à cette version des faits. En désespoir de cause, le policier dut le laisser partir.

Restés seuls dans la bibliothèque, les deux hommes discutèrent un moment de cette entrevue. Quentin s'enquit auprès de son oncle de son entretien avec Kévin.

— Il a tenu le même discours que Johan, à savoir cette histoire de pull à récupérer. C'est peut-être vrai, après tout...

— Ne vous laissez pas abuser par la figure d'ange de ce gosse. S'il s'appelait Pinocchio, les bourgeons de son nez seraient déjà en fleurs. Lui et Kévin ont dû se donner le mot.

— Impossible, rétorqua Jean-Eudes. Je suis allé chercher Kévin au manège. Il m'a suivi directement ici, sans avoir parlé au petit.

Quentin réfléchit. Nul doute, pour lui : Johan fabulait.

— Ça y est ! J'ai trouvé... Ils ont accordé leur violon ce matin même, avant que nous ne nous décidions à les interroger ; pour le cas où... Johan n'a pas menti sur un point : il se savait suivi par Jean-Philippe. Le petit copain pouvait raconter sa fugue aux moniteurs.

— Sans doute… tu as raison. Mais que pouvons-nous prouver ?

— Rien, en effet, admit Quentin. Etant donné que nous ignorons même ce que nous cherchons.

Jean-Eudes de Kermantec soupira et regarda sa montre.

— Après la leçon d'humilité que ces chenapans viennent de nous donner, avons-nous encore le temps de faire cette fichue balade ? Les chevaux ne mentent pas, au moins…

— A voir ! Je vous prierais cependant, mon oncle, de bien vouloir vérifier vous-même la selle de mon bidet. J'ai l'impression que Kévin Le Drézen ne m'a pas à la bonne…

Les deux hommes clignèrent alors un œil complice puis éclatèrent de rire.

*

*   *

Sur le perron du manoir, Jean-Eudes enveloppa d'un bras fraternel les épaules d'Adrienne. Tous deux semblaient un peu nostalgiques. Après avoir déposé ses bagages dans le coffre de la voiture, Quentin leur fit un dernier signe de la main. Il se promit de les appeler de temps à autre. Kermantec leur paraîtrait vide, à présent, sans Grégoire et Tad Coz…

Les enfants de la colonie avaient quitté les lieux en tout début d'après-midi, emportant avec eux leur joie de vivre et leurs pitreries.

« Mais aussi leurs secrets », songea Quentin en revoyant en esprit le fin visage de Johan… Mu par on ne sait quelle intuition, le policier avait, au préalable, demandé à Bernard l'adresse de leur école à Montreuil, sous le fallacieux prétexte de leur envoyer une carte postale. L'Etoile et la Belle-Poule, basés à Brest, fascinaient plus d'un de ces apprentis moussaillons.

Il ignorait encore combien cette précaution lui serait précieuse…

Avant de récupérer sa fille Marine à la gare brestoise, Quentin décida d'un détour par Locronan. Il serait rentré bien avant l'heure du train. La dernière fois qu'il s'était rendu dans la cité médiévale, lieu de villégiature de sa tante Anna, il avait remarqué un coupe-vent qui lui plaisait fort. Sur l'instant, il avait hésité à s'acheter ce vêtement. A présent, il regrettait son atermoiement. Si l'on ne bénéficiait, hélas, que d'un salaire par mois, après tout, on n'avait qu'une vie… jusqu'à preuve du contraire. Monacale aujourd'hui dans son habit de brume, la petite place, naguère flamboyante sous un coucher de soleil, offrait au regard un visage ascétique.

Les touristes étaient pourtant nombreux encore à déambuler dans les rues piétonnes. Mais comme impressionnés par les ombres froides des façades granitiques, il semblait à Quentin qu'ils observaient, sans le vouloir, des règles d'obédience. Ils marchaient à pas lents, chuchotaient entre eux, par petits groupes, désignant d'un doigt timide, qui la chapelle, qui une enseigne, à la manière de pénitents.

Lorsque Quentin sortit de la boutique, un paquet sous le bras, la brume avait cédé la place à un brouillard épais, presque laiteux. Il remonta le col de son pardessus, un peu inquiet quant à la route à prendre. Au moment où il regagnait sa voiture, il aperçut sur le parvis de l'église une silhouette élancée qu'il avait appris à connaître : Anna de Kermantec. Elle discutait avec une autre femme dont il ne voyait que le dos. Quand elle se retourna après avoir embrassé Anna, Quentin, de surprise, faillit en lâcher son paquet. Rose-May ! Que diable faisait la jeune fille en compagnie de l'ex-épouse de Jean-Eudes ? Comment et où les deux femmes s'étaient-elles connues ?

Encore stupéfait, le policier décida de se montrer discret, pour l'instant. Il entra dans sa voiture et quitta Locronan.

IX

Samedi 11 décembre.

— Ecoute, Marine. C'est définitif ! Inutile d'insister. On ne sort pas tous les samedis soirs, l'année de son bac…

— Je ne suis pas allée au cinéma depuis un mois ! Là, vraiment, tu exagères, papa !

— Peut-être, mais tous les week-ends, tu me demandes la même chose !

— Je ne suis pas plus avancée, tu ne m'accordes jamais de sortie ! riposta la jeune fille. Maman est beaucoup plus cool que toi ! Je commence à regretter d'avoir choisi de vivre ici…

Guère ému par cette dernière saillie qui se voulait un coup bas, Quentin Le Gwen haussa les épaules. tout en triant le courrier qu'il venait de monter, il songeait au difficile métier de père célibataire. Et maintenant, il avait droit au chantage de la préférence… De mieux en mieux… Pub. Direct poubelle. Avant de faire l'amour, un homme devrait porter l'un sur l'autre deux préservatifs, obliger sa partenaire à avaler sa pilule contraceptive devant lui, vérifier lui-même si son stérilet est bien amarré… Quatre précautions valent mieux qu'une ! Et même comme cela, le pauvre bougre n'est pas assuré de ne pas avoir engendré un monstre ! Note de téléphone, à côté… Pub, pub et re-pub : poubelle. Et ça va bouder pendant des heures… Si encore elle était un garçon, on pourrait s'expliquer entre hommes, devant un verre… Tiens, une lettre de Kermantec.

Un peu énervé malgré tout, Quentin déchira l'enveloppe sans prendre le soin de se munir d'un coupe-papier. Tandis qu'il lisait, un coup de sonnette appuyé résonna dans l'appartement.

— Marine, tu peux aller ouvrir, s'il te plaît ? demanda Quentin sans se laisser distraire de sa lecture.

— Vas-y toi-même ! C'est sûrement ton copain. Il n'y a que les ploucs pour rester scotchés comme ça sur une sonnette !

En maugréant, Quentin se leva. Marine devait sûrement être très fâchée pour avoir parlé du gros comme elle l'avait fait. Car elle l'aimait beaucoup, au fond, Michel Le Fur…

— Prêt ?

Sur le paillasson du couloir, Michel Le Fur, en tenue de jogging, continuait à piétiner tout en haletant.

— Arrête ! Tu vas user mon tapis. Entre un instant, je n'ai pas fini mon petit-déjeuner. Si le cœur t'en dit, Marine a confectionné hier, pour son vieux père, un admirable pain de Savoie. Tu m'en diras des nouvelles !

Le mot lâché, Quentin observa, avec une pointe de sadisme, le visage poupin de son copain se liquéfier. Il le regarda à la manière d'un gréviste de la faim à qui on aurait proposé un plat de saucisses.

Depuis qu'il avait décidé de perdre du poids, Michel Le Fur agaçait prodigieusement Quentin. Non content de l'entraîner dans son jogging quotidien - le gros, craignant une crise d'hypoglycémie, sur le conseil d'un ami médecin, ne devait pas courir seul -. Chaque jour, à l'heure du déjeuner, dans leur petite gargote, il trouvait le moyen de gâcher l'appétit de Quentin en dévorant des yeux son assiette, avec la mine éplorée de la Pietà de Michel-Ange. Bref, depuis quinze jours, que durait ce cinéma, Michel Le Fur avait perdu 750 grammes et Quentin trois kilos, selon le principe bien connu des vases communicants et celui, plus subtil, qui prouve que la justice immanente n'est pas de ce monde.

— Tu es certain de ne pas en vouloir un morceau ? Il est bon, tu sais.

Postulant à la canonisation, Le Fur repoussa le gâteau offert et, en Jésuite consommé, se rua sur le paquet de biscuits biolight, acheté par Quentin à son intention. Il ignorait toutefois que son meilleur ami, hésitant entre le seigle, le son et le soja, avait pris soin d'implorer la vendeuse de lui choisir les plus mauvais…

— J'ai un service à te demander, Michel. Mon oncle désire me voir à Kermantec au plus tôt. Un problème. J'en ai un autre à régler avec Marine. Elle veut aller ce soir en boîte de nuit fêter l'anniversaire d'une amie. J'aime autant lui en donner la permission avant d'être mis sur le fait accompli. Tu quittes le commissariat à 23 heures, non ? Pourrais-tu venir la chercher et la conduire à sa discothèque ? Je lui donnerai de l'argent pour le taxi du retour.

L'intéressée montra alors son museau dans l'entrebâillement de la porte. Rouge de confusion, elle apostropha son père.

— Ah, non ! Papa ! Tu ne peux pas me faire ça !

— Quoi ? répliqua Quentin, étonné. Je croyais que mademoiselle voulait s'émanciper !

Au bord des larmes, Marine s'affala sur une chaise. Dodelinant de la tête, elle paraissait anéantie.

— Excuse-moi, Michel, mais tu ne peux pas m'amener. Je préfère encore payer mon taxi ou rester seule ici. T'es sympa, mais j'aurais trop la honte devant mes copines…

Les moustaches de Michel Le Fur s'offusquèrent.

— Ça c'est gentil… Je m'en souviendrai…

Marine prit la main du flic et la malaxa.

— Ne m'en veux pas, mon petit Michel. Mais, tu me vois arriver en boîte dans ta voiturette électrique ? J'aurais l'air d'un nain de jardin qui fonctionne sur piles !

Quentin se mordit les lèvres. Il avait oublié ce détail. Rédhibitoire, en effet, pour une adolescente soucieuse de son image.

La question réglée, l'heureux père suivit son alter ego dans son footing. Il finit par le précéder d'ailleurs bien vite, selon une stratégie fort simple. Au bout d'un kilomètre, Quentin dépassait Michel Le Fur et, mine de rien, accélérait la cadence. Le gros commençait alors à s'époumoner puis à suffoquer. Quelques centaines de mètres plus loin, il demandait grâce.

Depuis deux semaines, ce scénario rapportait à Quentin l'économie de trois kilomètres sur les cinq initialement prévus par Michel. Pas mal… mais pouvait encore mieux faire.

Assis sur un banc public, face à la Penfeld, Michel Le Fur épongeait son visage rubicond pendant que Quentin reprenait un souffle de croisière.

— C'est quoi le « blème » de ton oncle ? Il a reçu une autre lettre de menace ?

Une autre lettre ?… La question insolite de Le Fur raviva la mémoire de Quentin. Jean-Eudes avait effectivement subi la malveillance d'un corbeau mais le mot adressé était accusateur et non menaçant. Il en fit la remarque à son acolyte.

— Tu sais, « qui veut noyer le poisson, l'accuse de la rage ».

— Michel, tu devrais t'abstenir d'apprendre par cœur les proverbes… C'est de la salade russe là dedans ! répondit Quentin en tapotant le crâne de son copain. Pourtant, la réflexion n'est peut-être pas aussi bête qu'elle en a l'air. Et il pourrait bien s'agir, comme l'entend ton « poisson enragé », d'une manigance plus machiavélique encore que je ne le pensais.

Quentin Le Gwen extirpa de son léger sac à dos un crayon et un calepin. Il griffonna un mot et le tendit à Michel Le Fur.

— Observe bien cette phrase, mon gros. C'est le message qu'avait reçu mon oncle durant les vacances de Toussaint.

Michel Le Fur lut : « C'est toi qui l'as tué ».

— Ouais… Et alors ? Pas assez long pour faire une thèse…

Il redonna le billet à Quentin qui insista.

— Un corbeau peut simuler des fautes de grammaire pour faire croire qu'il manque d'instruction. L'inverse est impossible. Et ici, l'accord du verbe avec l'antécédent du relatif prouve que l'individu en question est, somme toute, cultivé.

— Bof…, tu sais, ma mère ne fixait pas le magnésium ; moi, c'est l'orthographe des mots.

Vexé du peu de succès qu'il venait de rencontrer, Quentin fourra dans sa poche, le billet en boule.

Un peu moins rouge, Michel Le Fur se leva du banc et entreprit une série de pompes peu heureuses du point de vue esthétique.

— Tu triches… Tu prends appui sur le ventre.

Maigris d'abord, avant d'essayer d'interpréter *La Lévitation de la Limace*.

Spirituellement dégonflé, Michel Le Fur laissa là ses prouesses techniques et les deux amis prirent le chemin du retour.

— Qu'est-ce qui tracasse alors sa Majesté ton oncle ? Lui et ses petits copains fomentent un putsch ? Ronan XIX, le retour ?

— Arrête, Michel, tu n'es pas drôle… Jean-Eudes est vraiment inquiet au sujet de Brigitte, la belle-fille d'Adrienne, ma cousine par alliance, si tu préfères. Elle est un peu sosotte mais gentille, au fond. Or, elle prétend avoir entendu, avant-hier, grincer l'essieu d'une charrette. Elle se baladait à cheval sur la lande. Quand elle s'est retournée, il n'y avait personne.

— Intéressant… commenta Le Fur. Vous êtes tous aussi graves dans la famille ? Parce que, dans ce cas, il faut arrêter la reproduction et tirer un trait sur l'espoir d'avoir un jour son clone à la maison.

— Sois sérieux, je t'en prie, même si l'histoire te paraît ridicule. Mon dernier séjour à Kermantec remonte à cinq semaines. J'ai mis ce temps à profit pour relire *La Légende de la Mort* d'Anatole Le Braz. Mon oncle l'a fait aussi ; il me l'a écrit…

— Et alors ?

— Entendre l'essieu de la charrette de l'Ankou, c'est un intersigne…

— Un quoi ?

— Un intersigne ! Une marque du destin, si tu

préfères. Dans les récits récoltés par Anatole Le Braz, les personnes qui ont le malheur d'entendre grincer cette maudite charrette meurent dans un délai de sept jours.

— Je vous savais arriérés dans votre famille, mais à ce point ! Eh, attention, Quentin ! Tu marches sur une crotte de chien ! Ça c'est de l'intersigne que ton pied va puer pendant sept heures…

Agacé, Quentin s'arrêta pour frotter sa chaussure contre une touffe de gazon, tout en maudissant les pollutions citadines. Maniaque quant à la propreté, il dut enlever sa basket afin de mieux la récurer.

— C'est de ta faute, aussi, Michel ! Avec ton prosaïsme de troufion de base ! Tu ne peux donc pas admettre, dans ta cervelle de palourde, que mon oncle craint le pire pour sa nièce et, à juste titre, d'ailleurs ? Un timbré se prend pour l'Ankou. Quoi de plus normal qu'il agisse comme lui ! Brigitte aussi rit de cette histoire. Elle ne montre aucune peur, bien qu'elle ait entendu le grincement avant-hier. Elle se moque même de son mari, de Jean-Eudes et d'Adrienne qui la suivent à la trace, tour à tour. Quelqu'un en veut aux habitants de Kermantec, c'est certain ! D'abord Tad Coz… Ensuite Brigitte…

— Te fâche pas, mon grand… Et remets ta godasse… Elle est impec. Bon, tu n'es pas d'astreinte ce week-end. Tu pars quand ?

— Après ce fichu marathon que tu m'imposes depuis deux semaines. Tu sais, en toute sincérité, je te préfère en gros… Tu auras l'air fin quand la poche de ton goitre va pendouiller pour te faire une besace de pélican…

*

* *

Pendant que les deux policiers brestois rivalisaient de joutes oratoires plus amènes les unes que les autres, Mado Riou, dans une rue de Quimper, faisait le pied de grue non loin de *Femme, Femme, Femme Institut*.

Elle s'était décidée, la veille, après une dispute avec son mari, à filer Jessica Bordénec.

Que valent les promesses ? Elle s'était pourtant juré de ne plus importuner son mari avec ses doutes, ses soupçons. C'était plus fort qu'elle. Sa jalousie la consumait, jour après jour, depuis cinq longues semaines où le désespoir côtoyait la raison. Parfois, l'un de ces sentiments l'emportait. Il était aussitôt balayé par l'autre. Sa vigilance, aiguisée par un doute chagrin, captait le moindre geste, le moindre mot de Laurent, les transformait en signes. Pourquoi, par exemple, avait-il choisi de porter sa jolie cravate mercredi dernier ? En quel honneur ? Mado avait appris, à ses dépens, combien un misérable bout de tissu pouvait anéantir les efforts surhumains de toute une journée pour retrouver une certaine quiétude. Cette cravate lui restait au travers de la gorge, c'était le cas de le dire. Il fumait plus qu'à l'ordinaire, aussi. N'était-ce pas un moyen d'échapper à la réalité ? De laisser vagabonder son esprit en compagnie des volutes bleues ?

Mado Riou détestait la femme inconnue qui hantait son corps et son âme. Elle voulait redevenir elle-même. La jalousie est destructrice car elle ne fait souffrir que soi. Elle glisse sur l'autre comme l'eau sur un imperméable. Elle ne l'imprègne pas. Tout au plus, l'autre est-il agacé par tant de pluie…

Jessica Bordénec travaillait ce matin. Mado Riou avait vu l'esthéticienne arriver à 9 h 35. Et elle ne se pressait même pas, bien que sa patronne eût ouvert la boutique cinq minutes auparavant et qu'aucune des autres employées ne manquât à l'appel. C'était bien un motif de renvoi ou elle n'y connaissait rien…

A la place de la patronne, elle aurait licencié *manu militari* cette mijaurée qui se dandinait dans la rue, attisait la convoitise des regards mâles. Dieu que les hommes étaient bêtes ! Une vie tout entière pouvait basculer, entraînée dans la dérive d'un postérieur… Dire que l'équilibre du monde tenait à ça !

Mado Riou claquait des dents. En ce mois de décembre, le froid était tombé rapidement. Pour se réchauffer, elle arpenta une fois encore la rue, prenant soin toutefois à ne pas se faire remarquer d'une employée de l'institut de beauté. Elle connaissait à présent presque par cœur les vêtement et les objets qui décoraient les vitrines, s'amusait, les yeux fermés à, deviner leur place, leur couleur, pour passer le temps. Elle n'avait pas pensé qu'une filature pût se révéler aussi fastidieuse. Elle aurait bien aimé prendre son tricot dans la voiture, un pull qu'elle confectionnait pour Laurent. Evidemment, il n'en savait être question. Les devantures s'étaient parées de mille feux pour Noël. En coquettes apprêtées, elles n'attendaient que le chaland. Il se faisait rare. Est-ce pour cette raison que Mado trouvait aux commerçants une mine renfrognée ? Une boulangère la toisa du regard lorsqu'elle repassa devant sa vitrine. Certain. Elle avait repéré son manège. Il valait mieux prendre le large avant que la mégère ne suspecte une tentative frauduleuse…

Mado avisa un café deux rues plus loin. Onze heures et demie. Un thé bien chaud réconforterait peut-être son âme vacante, qu'elle portait en bandoulière afin de moins souffrir.

Elle pénétra dans l'établissement enfumé avec la ferme intention de ne pas en faire son quartier général. La garce s'était permis d'arriver en retard à son boulot. C'était sûrement le genre à le quitter avant les douze coups de midi, telle une Cendrillon de roman à l'eau de rose. Mado commençait à comprendre le point de vue de la marâtre et des deux sœurs de cette bêtasse rebutée par le travail. Elle se serait mieux organisée, elle, pour empêcher l'Innocente au joli derrière d'aller au bal et de rencontrer le prince charmant, un homme marié, bien sûr… Tellement plus excitant !

Mado Riou interprétait Perrault dans le petit café, tout en longueur, imprégné de relents de vin blanc et de vapeurs tabagiques. Seule femme du lieu, elle attirait l'œil égrillard de quelques vieux poivrots accoudés au comptoir et qui usaient de plaisanteries de commis-voyageurs pour se faire remarquer d'elle. Stoïque, Mado ignora cette assemblée de ventres mous en partance pour la déconfiture, ces nez lie-de-vin luisants, ces histoires épaisses où il n'était question que de beaux culs et de cocufiage, ceci entraînant cela. A midi moins dix, elle déposa sa monnaie sur la table et se leva.

— Madame ! Vous oubliez quelque chose !

Malgré elle, l'éleveuse de chiens se retourna, sûre pourtant de son fait.

— Votre petite culotte ! Sur la banquette !

Rires gras des bedaines molles. Ouf ! Sortie !

Elle s'était trompée. « Cendrillon Bordénec » partit la dernière de la boutique. Un instant, Mado avait craint que l'esthéticienne ne lui volât le bénéfice de trois heures de patience en faisant sa pause-déjeuner à l'institut de beauté. Peu certaine, de toute façon, de voir ses efforts récompensés, mais pressée d'en découdre, Mado Riou suivit la démarche chaloupée à travers les rues piétonnes. Elle avait bien compulsé l'annuaire mais la belle devait être sur liste rouge. Or, le premier souci de l'éleveuse était de connaître l'adresse de cette enjôleuse. Ensuite, elle aviserait. La pauvre Mado obtint bien mieux que cela...

Jessica Bordénec, inconsciente d'être l'objet d'une filature, se rendit directement place au Beurre, chez la nourrice de son fils. « Doudou » déjeunait avec elle, dans son deux-pièces situé non loin de là, rue Elie-Fréron. Il serait content de voir son petit. Quand il lui avait proposé de l'installer à ses frais, elle avait un instant hésité entre un vaste appartement dans un quartier excentré ou celui-là, avec vue sur la cathédrale Saint-Corentin. Un magazine féminin avait corroboré sa première impression. Elle y avait lu qu'à Paris, les personnalités du gotha mondain optaient, sans atermoiement, pour un minuscule logement dans les quartiers chics, plutôt que d'aller se fourvoyer dans le vaste « nulle part » d'un arrondissement infréquentable par les branchés. Elle se demandait, encore aujourd'hui, comment elle avait pu tergiverser, ne serait-ce que l'espace d'une seconde.

La jolie rousse installa son bambin dans la poussette et, après quelques gazouillis de rigueur, prit la direction de la boulangerie. Il lui manquait juste une baguette. En femme accomplie, elle se targuait d'être organisée. Fin cordon bleu, mère attentive et surtout maîtresse hors pair, tel était son credo pour retenir un homme. Le reste, elle le laissait volontiers aux pseudo-intellos et aux féministes à tous crins.

Aussi, avant d'aller travailler ce matin, avait-elle disposé le couvert du déjeuner. Un haricot de mouton, préparé avec soin la veille, attendait dans la cocotte. C'était l'un des plats favoris de son Doudou.

La boulangerie, bondée, ne pouvait accepter la large poussette *design* de Jessica. A regret, la jeune femme dut laisser la voiture d'enfant sur le trottoir. Tout en faisant la queue dans le magasin, elle se retournait néanmoins souvent pour surveiller son fils. Quand arriva son tour, elle se laissa tenter par des choux à la crème. La boulangère la servait lorsqu'elle l'apostropha.

— Madame Bordénec, il y a une femme dans la rue qui regarde votre petit sous toutes les coutures. A votre place, je me méfierais. On ne sait jamais… Les voleuses d'enfants…

Sans prendre le temps d'emporter ses achats et de les payer, Jessica se rua vers la sortie, gênée par l'encombrement des clients qui la repoussaient et lui bouchaient la vue.

Son bébé suçait son pouce dans la poussette. Le cœur battant, Jessica inspecta les environs. Nulle trace d'une femme suspecte. Sur ses gardes toutefois, elle se dépêcha de récupérer son pain et de régler la commerçante.

Elle montait la rue Elie-Freron lorsqu'elle aperçut son Doudou devant l'entrée de l'immeuble. Il l'attendait pour l'aider à porter la poussette. Quel homme délicat ! Tout sourire, elle lui fit un signe. Il vint à sa rencontre, déposa un baiser furtif sur ses lèvres et prit aussitôt l'enfant dans ses bras.

Interloquée, Mado Riou vit le couple disparaître derrière la porte cochère. Le voile s'était déchiré. A présent, elle savait. Afin de reprendre ses esprits, elle s'adossa un instant contre le mur d'une maison et ferma les yeux.

— Vous ne vous sentez pas bien, madame ? Vous êtes toute pâle.

— Si, si… monsieur, ça va… Merci.

D'un geste de la main, elle coupa court à la sollicitude du passant et, encore flageolante, descendit la rue. Elle n'avait qu'une hâte à présent : rentrer chez elle. Elle devait récupérer sa voiture, garée à proximité de l'institut de beauté. Elle se mit à courir et, sous l'œil médusé d'un flâneur, éclata d'un rire nerveux.

Mado venait de vivre une rude épreuve, après cinq semaines d'angoisse. Elle avait cru mourir quand Jessica Bordénec était ressortie d'une maison en poussant une voiture d'enfant. A ce moment-là, l'esthéticienne aurait pu la voir. Mado s'apprêtait à noter sur son carnet le nom et le numéro de l'édifice, persuadée qu'il s'agissait là de l'adresse personnelle de sa rivale. Celle-ci était passée tout à côté d'elle. Le cœur faillit lui manquer… Il avait fait un enfant à cette putain ! Son ventre, à elle, serait à jamais sec ! Trahison totale… Il avait osé lui faire cette félonie !

Mado n'avait plus eu alors qu'un seul désir : examiner l'enfant. Retrouver, dans les traits de ce bâtard, ceux de Laurent. La chance avait tourné en sa faveur. La mère indigne avait abandonné son marmot devant une boulangerie. Elle ne méritait pas le droit à la procréation ! Hébétée, Mado s'était approchée du monstre vagissant…

Un enfant superbe… Le genre de garçonnet qui venait parfois encore peupler ses cauchemars, surtout au moment de Noël, quand l'absence de petits chaussons au pied du sapin se montre trop cruelle.

Elle avait croisé le regard méfiant de la boulangère. Décidément, ce corps de métier lui portait la poisse ! Juste le temps, pour elle, de se dissimuler à l'abri d'une porte cochère. La mère était repartie en poussant son enfant.

C'est alors qu'elle l'avait vu ! Il ne pouvait pas renier son fils, celui-là ! Quel choc, malgré tout !

A présent, elle savait. Elle était fixée sur son propre destin. Elle rentrerait à Kermantec et s'expliquerait plus tard, avec son mari. Il lui en voudrait sûrement de son côté inquisiteur, mais tant pis… Elle ne supportait pas le mensonge.

A l'intérieur de sa voiture, avant de mettre le contact, Mado Riou s'examina dans le miroir de courtoisie. Un soupçon de poudre atténuerait la fatigue de ses traits.

Elle devait rendre justice à Jessica Bordénec. C'était, certes, une briseuse de ménages, mais elle avait un très beau cul…

*

* *

Quentin arriva à Kermantec, comme convenu, à l'heure du déjeuner. L'austère salle à manger n'accueillait ce jour-là que quatre hôtes. Sans doute pour remercier son neveu d'être venu si vite, Adrienne avait préparé un excellent civet de lapin. Fait inhabituel au manoir, Quentin se servit deux fois et complimenta la cuisinière qui le gratifia d'un regard où l'on pouvait lire son dédain pour les plaisirs de la table. Ce mépris affiché n'empêcha pas le policier d'engloutir le bénédicité, le civet et la tarte aux pommes. Il était rassasié des régimes alimentaires…

Quentin trouva Jean-Eudes et Adrienne changés. Une ride soucieuse barrait le front de la tante. Elle avait perdu de ce mordant qui réjouissait tant Quentin. Son oncle, lui, paraissait préoccupé. Il avait maigri. Cela le vieillissait un peu. Quant à Brigitte, elle gardait fidèlement l'image que son cousin avait d'elle : une gentille sosotte.

— Raconte-moi, Brigitte, ce qui s'est vraiment passé avant-hier. Essaie de ne pas oublier les détails.

— Encore ! Mais je l'ai déjà dit vingt fois à ton oncle et ta tante. Il n'y a pas de quoi s'en faire un monde…

— Si, Brigitte ! l'interrompit Jean-Eudes d'un ton sévère. Justement, si. Et en accord avec ton mari et ta belle-mère, j'ai pris une décision. Tu vas me faire le plaisir de quitter Kermantec pour quelques jours. Ta mère, à Nantes, sera ravie de t'accueillir.

Téléphone-lui et préviens-la de ton arrivée. Je te réserve une place dans le TGV de ce soir…

Ahurie, Brigitte fixa tour à tour Jean-Eudes et Adrienne qui hochait la tête en signe d'acquiescement. Une petite flamme luisait malgré tout dans ses prunelles. Amusement ? Fierté d'être, pour une fois, l'objet de tant de sollicitude ? Quentin n'aurait su trancher… Toujours est-il que la jeune femme n'éprouvait visiblement aucune peur.

— Malgré le respect que je vous dois, je crois que vous devenez tous fous, ici… Si j'avais su, jamais je ne vous aurais parlé de cette histoire. C'est du délire !

— Pense ce que tu veux, Brigitte. Cela m'est égal. Mais tu partiras ce soir. Je l'exige.

Jamais encore Quentin n'avait senti à ce point la domination tutélaire de Jean-Eudes. Il était le patriarche devant lequel chaque sujet devait se plier. Le policier lisait dans son regard altier une sombre angoisse.

Brigitte haussa les épaules.

— Bon… Si vous y tenez… Après tout, ce n'est pas une mauvaise idée… Je suis curieuse de savoir si les collections de printemps sont enfin là. Nantes est une ville magique pour le shopping ! Au moins, je serai sûre de ne pas croiser dans les rues de Brest ou de Quimper une femme arborant le même tailleur que le mien…

Et, se tournant vers son cousin, elle ajouta, affairée :

— Cela m'est déjà arrivé, Quentin. Tu n'imagines pas le degré d'humiliation ! Qui plus est, dans un cocktail à la Préfecture. Je ne savais plus où me mettre ! Mais cela m'a servi de leçon ! Depuis, lorsque Ghislain et moi sommes invités à une réception, j'emporte toujours, dans la voiture, une tenue de rechange…

— Sage précaution ! coupa court Adrienne au comble de l'agacement.

Ce genre de fariboles lui étaient aussi familières qu'une tasse de verveine à un docker.

— Tu ne m'as toujours pas raconté, Brigitte, ton histoire, insista Quentin.

La jeune femme, ravie à présent de se sentir le centre d'intérêt de la tablée, irradiait de complaisance.

— Eh bien… comme tous les jours, je montais Azur, mon étalon. Nous sommes partis, tous deux nous balader sur le Menez-Hom. L'une de mes promenades habituelles. Le soir tombait. Tu aurais vu la lumière ! Magnifique ! Rose. Romantique à souhait ! Bref, Azur et moi regagnions le manoir quand, sur la lande, près d'un buisson, j'ai nettement perçu un bruit. Je me suis retournée. Personne aux alentours. Pourtant, le bruit continuait… comme s'il me suivait. C'était une sorte de grincement. J'aurais juré l'avoir déjà entendu… Et puis, soudain, la mémoire m'est revenue. L'essieu de notre char-à-banc qui coince… C'était ce crissement-là ! Fière d'avoir reconnu le bruit, je suis revenue au manoir. Voilà, c'est tout…

Quentin fronça les sourcils, atterré par tant d'inconséquence. Un coup d'œil furtif à Jean-Eudes lui permit de savoir que son oncle s'était forgé la même opinion à propos de Brigitte.

— Mais enfin… se racla-t-il la gorge, si ton histoire est véridique… tu n'as pas eu peur ? Tu n'as pas cherché à fouiller les buissons dans le but d'y trouver un magnétophone, ou… je ne sais pas, moi… une explication rationnelle à ce phénomène ?

— Non, pourquoi… J'aurais dû ?

Brigitte écarquillait ses grands yeux bleus, aussi expressifs que ceux d'une brebis.

Puis, comme le silence consterné de sa famille commençait à la gêner, elle tenta de se justifier.

— Nous sommes bien d'accord que l'Ankou n'existe que dans l'imagination des gâteux. Non ? Alors, de quoi aurais-je dû avoir peur ? J'ai pensé qu'une charrette, au loin, traversait la lande et que le vent en apportait l'écho…

Bienheureux les simples d'esprit, songea Quentin. Brigitte faisait partie de ces gens qui acceptent l'effet sans en rechercher la cause. Par paresse intellectuelle, l'éviction de tout problème était pour elle un acte de foi. Elle se leva de table.

— Bon, ce n'est pas que je m'ennuie… mais si vous pensez encore tous les trois que je dois m'en aller, j'ai une tonne de repassage à faire ! Ensuite, je sortirai avec Azur. C'est incroyable, les bêtes ! A quinze heures, tous les jours, il se met à piaffer. Il sent l'heure de sa promenade.

— Si tu tiens vraiment à cette sortie, décréta Jean-Eudes, je ne peux t'en empêcher… Mais c'est moi qui sellerai ton étalon. Adrienne et moi avons rendez-vous chez le notaire cet après-midi. Je ne pourrai donc pas te suivre mais Quentin t'accompagnera. Et tu vas me promettre, ma petite fille, de ne pas chercher à le distancer. Il n'a pas tes talents de cavalière. Tu changeras aussi d'itinéraire. Deux précautions valent mieux qu'une.

Brigitte rougit de plaisir. C'était la première fois que son oncle l'appelait « sa petite fille ». Il ne lui vint pas à l'esprit qu'il s'était laissé aller à cette privauté parce qu'il était réellement angoissé…

*

* *

— Alors ? Que t'ont dit les gendarmes ?

— Ils ont ouvert une enquête. J'ai l'impression qu'ils tiennent, eux aussi, à mettre la main sur ce fou dangereux. Mais ils m'ont prévenu : le monde des chasseurs est très fermé. Souvent, ils font la loi entre eux, protègent qui ils veulent ou dénoncent la bête galeuse. Quel est le nom, déjà, en Français, pour dire cela ?

Rose-May Simpson fit une moue pour exprimer son ignorance. La jeune Anglaise avait attendu le retour d'Helmut Müller de la gendarmerie dans la maison de son ami. Pensant que l'Allemand aurait faim, elle lui avait préparé une salade composée qu'elle s'apprêtait à lui servir.

— Hum ! Tu es un vrai cordon-bleu. Ça m'a l'air fameux. Tu sais, tu pourrais venir t'installer ici…

— Parce que je cuisine bien ? répondit Rose-May en riant. Attention, Helmut ! A force de vivre dans ce pays, tu commences à prendre les tics du Français de base. Et puis, n'oublie pas nos conventions… On ne s'attache pas trop… Je repartirai un jour chez moi.

— Dommage… répondit l'Allemand, en pointant sa fourchette sur la jeune fille. J'aurais bien aimé faire un bout de chemin avec toi…

— C'est là notre différence, Helmut. Toi, tu es un auto-stoppeur qui demande au conducteur de le déposer en cours de route. Moi, je suis ce conducteur. Je cherche la fin du chemin.

— C'est un cul-de-sac. Tu seras obligée de faire demi-tour. Les choses définitives sont ennuyeuses. Reprends-donc un peu de cette somptueuse salade.

Rose-May soupira. Elle savait d'avance que son aventure avec Helmut, aussi agréable fût-elle, serait sans lendemain. Cependant, elle aimait faire l'amour avec lui. Il la devina.

— Tu restes faire une petite sieste avec moi ? J'ai un client à voir à 15 h 30. Nous avons le temps…

— Non, j'ai trop de travail cet après-midi. Un point de ma thèse qu'il me faut éclaircir. Mais promis, juré… je reviendrai te voir ce soir, après dîner. Dis-moi… j'aimerais savoir une chose. Tu m'as raconté, l'autre jour, que ton père avait fait la guerre dans le coin. Aucun événement particulier ne s'est déroulé ici ? Simple curiosité…

Les yeux bleus d'Helmut interrogèrent le visage candide de la jeune fille. Il hésita un moment avant de répondre :

— A toi, je peux bien dévoiler un secret. D'une part, tu es une étrangère, comme moi ; d'autre part, s'il faut vraiment que tu t'en ailles, ce secret ira se perdre avec toi dans la perfide Albion ! Mais, attention ! Cela reste entre nous ! Il y a déjà eu trop de souffrance ici. Alors, voilà…

Ce fut une jeune fille bouleversée qui quitta la maison de son amant. Perdue dans ses pensées, alors qu'elle descendait le chemin pour revenir au manoir, elle faillit percuter le tracteur de Ronan Gannec qui débouchait de sa cour. Le jeune agriculteur stoppa l'engin et sauta de son siège.

— Je ne t'ai pas fait mal, Rose-May ? Excuse-moi. C'est de ma faute. J'allais un peu vite…

— Non, ce n'est rien. J'étais distraite.

Malgré elle, pourtant, lorsqu'il s'approcha pour lui serrer la main, elle eut un léger geste de recul. C'était idiot… elle le savait. Il n'était en rien responsable… Mais les révélations d'Helmut lui trottaient encore dans la tête.

Ronan Gannec, le farouche, sentit la réticence de

l'étudiante. Sa main tendue dans le vide se retrouva bien vite dans les broussailles de ses cheveux noirs. Rose-May voulut aussitôt rattraper sa bévue. Elle s'avança vers le jeune homme et lui fit une bise sur la joue.

— On se connaît maintenant ! On ne va pas se serrer la main comme deux étrangers…

Paroles et actes anodins par excellence. Véritable cataclysme pour Ronan. Néanmoins, il parvint à se maîtriser. Depuis qu'il l'avait rencontrée à la discothèque en compagnie d'Helmut, quelques semaines auparavant, il avait tout fait pour éviter l'amour de sa vie. S'il y a des limites à la souffrance, il en avait déjà plusieurs fois franchi les frontières. Excursions trop dangereuses pour sa santé psychique. De force, il avait choisi l'atone, le gris, la narcose de son âme. Et elle était à nouveau là, devant lui. Il pénétrait dans sa lumière… Tout ce travail sur lui-même serait à recommencer le lendemain. Plus dur encore. Qu'importe ! Avec la grâce d'un saint, il acceptait ces quelques gouttes de bonheur pur, en sachant que la pluie bienfaitrice ne tomberait jamais sur lui.

Ronan, par politesse, demanda à Rose-May des nouvelles d'Helmut.

— Oh ! Il est un peu énervé par l'incident de mardi dernier.

— Il lui est arrivé quelque chose ? Je ne suis pas au courant.

— Tu ne sais pas ? Pourtant les bruits courent vite

ici… Il a failli se faire tuer par un chasseur. Il partait en voiture à Plomodiern pour chercher ses journaux allemands. Dix heures du matin. Helmut est réglé comme du papier à musique. Il n'avait pas fait un kilomètre que sa voiture a été criblée de plombs. De la chevrotine. Il aurait pu y passer ! Heureusement pour lui, juste à ce moment-là, il se baissait pour attraper ses lunettes de soleil. Sinon, c'était la catastrophe… Il a tout de même fait une embardée. Sa voiture est partie dans le fossé. Il s'en tire bien. Les dégâts ne sont que matériels.

— On a retrouvé le chasseur ? demanda Ronan.

— Non. Mais les gendarmes enquêtent.

— Curieux… fit Ronan, perplexe. Tu es sûre qu'il s'agit de chevrotine ?

— Oui. Pourquoi ?

— Je ne suis pas chasseur, mais je sais que la chevrotine est réservée pour le gros gibier. Sanglier… Chevreuil…

— Et alors ? questionna la jeune fille.

— Le problème est, qu'ici, il n'y a que le lapin à tirer… Donc, du petit plomb suffit. Que diable faisait ce pignouf avec de la chevrotine ?

Ronan ne continua pas son raisonnement pourtant sensé. Une pensée venait de lui traverser l'esprit. Fulgurante. Rose-May, sa rose de mai, aurait pu se trouver aux côtés d'Helmut dans la voiture… Ce débile avait failli tuer son amour… Il réussit encore à se contenir, malgré sa gorge sèche.

— Tu as eu une sacrée veine, toi aussi. Si jamais tu l'avais accompagné…

— Tiens c'est vrai, je n'y avais pas pensé.

Ils parlèrent encore un instant, puis la jeune fille manifesta son désir de s'en aller. Elle avait beaucoup de travail.

— Il faudra qu'on aille prendre un verre quelque part ensemble, avant mon départ pour l'Angleterre.

— Quoi ? Tu pars ?

C'était à lui, à présent, de recevoir en plein cœur une mitraille de chevrotine. Elle lui labourait les chairs, en déchirait les moindres fibres, faisait éclater sa cage thoracique. Hébété, il dut s'appuyer contre son tracteur. Ses jambes ne le portaient plus.

— Ça ne va pas, Ronan ? Tu es tout pâle, s'inquiéta Rose-May.

— Tu pars… répéta simplement l'écho de son immense chagrin.

— Oui, mais je reviendrai dans un mois ou deux, pour soutenir ma thèse. Ma mère m'a téléphoné. Les analyses de sang de mon beau-père l'inquiètent. Elles ne sont pas fameuses. Rien de catastrophique toutefois. Mais je préfère rentrer, être à côté d'eux en attendant les résultats des examens complémentaires.

Cette fois-ci, le coup était trop rude. Ronan ne parvenait plus à prendre sur lui.

— Tu pars… Mais non ! Tu ne peux pas laisser Helmut. Il va en crever si tu le quittes, articula-t-il d'une voix blanche.

Très étonnée par la réaction de Ronan, la jeune fille chercha une réponse dans ses yeux… Il n'avait pas eu le temps de mettre de l'ordre dans son regard. Elle lut alors dans la prunelle noire l'incommensurable peine, la tyrannie d'une passion dévorante. Elle venait de comprendre…

Plus émue qu'elle ne l'aurait cru de se trouver ainsi l'objet d'un si grand amour, Rose-May toucha l'épaule de son compagnon.

— Explique-toi, Ronan, dit-elle d'une voix douce. Parle… Tu ne peux pas rester dans cet état-là… Parle-moi. Délivre-toi. Tiens, asseyons-nous un moment sur le mur. Je te prends la main. Je veux t'aider. Raconte-moi…

Mis en confiance par l'attention de Rose-May, Ronan rendit les armes. Au début, des bribes de phrases, trop longtemps refoulées, moururent sur ses lèvres. Puis, elles coulèrent, fontaine jaillissante, sublimées par son sacerdoce amoureux. Rose-May, l'écoutait sans mot dire. Elle captait l'onde salvatrice, comme un onguent bienfaisant sur une brûlure.

— Je n'y puis rien, Rose-May… Mon amour pour toi est fatal. Je crois que l'on s'est moqué de moi, là-haut ! Ce poison était destiné à un autre… Tout ce qui me détourne de ma fusion avec toi, m'ennuie. Mon travail… ma vie… Lorsque l'on me parle, un autre que moi répond, parce que l'on ne me parle jamais de toi… Je me débarrasse alors au plus vite de paroles vides de sens, vides de toi, pour mieux te retrouver dans une vision extatique... Je ne souhaite à personne de connaître cela. Pourtant, je ne donnerais ma place à personne... C'est comme ça. Tu es mon âme sœur, ma fille. Père. Mère. Enfant. Dieu... Je ne trouve pas un autre mot pour le dire. Si... Tu es ma moitié d'orange...

— Ta moitié d'orange ? murmura Rose-May.

— Oui, deux moitiés d'orange n'adhèrent jamais à la perfection si elles n'étaient pas unies auparavant. Et puis, l'orange recèle l'alchimie de la Terre. Sa chair s'abreuve de l'eau du soleil...

Ronan se tut alors. Terrassée par ce discours amoureux, Rose-May resta un moment à ses côtés, silencieuse. Quand elle se leva, elle s'approcha de son compagnon et lui caressa une joue.

— Je ne sais pas quoi répondre, Ronan.

— Mais je ne te demande rien, lui dit-il d'une voix apaisée.

Avant de regagner le manoir, elle se retourna vers lui.

— Donne-moi un peu de temps... Juste un peu de temps.

*

* *

Après avoir sellé le cheval de Brigitte, vérifié l'état des sangles, Jean-Eudes, tranquillisé, s'en alla en compagnie d'Adrienne chez leur notaire. Ils étaient déjà en retard.

Empêtré dans le harnachement de sa propre

jument, Quentin ne savait plus par quel bout prendre l'animal. Jean-Eudes, tracassé par sa nièce, n'avait pas eu le temps de s'occuper de lui.

Rose-May passa à point nommé près des écuries.

— Un problème ?

— Plutôt oui... C'est mon bidet. Il ne veut pas s'habiller... Brigitte n'est pas encore descendue et me voilà aussi perplexe qu'un scaphandrier désirant chevaucher un hippocampe.

Rose-May sourit. En moins de deux minutes l'affaire était réglée.

— Voulez-vous vous joindre à nous ?

— J'aurais aimé, mais j'ai trop de travail. Je vous verrai plus tard...

Après un salut de la main, la jeune fille s'éloigna. Quentin lui trouva un air triste. Il avait eu là l'occasion de lui poser la question qui lui avait trotté dans la tête depuis cinq semaines : où et comment avait-elle connu Anna Rostand, l'ex-épouse de Jean-Eudes ? Pourtant, il s'en était abstenu, car Rose-May semblait perdue dans ses pensées.

— Prêt pour la "Chevauchée fantastique" Quentin ? Oh ! Je vois que tu n'as pas perdu la main... C'est parfait.

— Merci, répondit Quentin avec modestie.

Il ne jugea pas utile de révéler à Brigitte le coup de la baguette magique...

Sa cousine par alliance, en tenue de cavalière, avait beaucoup d'allure. Il se demanda si, dans son simple jeans, il n'aurait pas l'air du brave écuyer suivant son chevalier parti guerroyer.

— Il faudra que tu pousses Zaza si tu tiens vraiment à me servir d'escorte. Surtout, ne lui permets pas de brouter ! Elle est indolente et gourmande, de surcroît.

— “Pas de zèle, ma cocotte”, murmura Quentin à l'oreille de sa rossinante. “Azur, c'est un frimeur ! Ne sois pas influençable”.

Le policier ne se rappelait plus combien c'est haut, le dos d'un cheval…

Ils partirent au petit trot. Tout petit… en ce qui concernait Zaza. On n'avait pas menti à Quentin. Zaza et lui formaient un bon couple, solide, insensible à l'épreuve du temps.

— C'est bien… Continue comme cela, ma belle, tu me plais, tu sais…

La mollesse de Zaza ne convenait pas au fougueux Azur. L'étalon noir piaffait, désireux de gloire. Il attendait, impatient, que sa cavalière lui lâchât la bride. Elle ne l'avait pas accoutumé à pareil train de sénateur.

— Quentin ! cria Brigitte. Tu la bouges un peu ! On va s'endormir !

— Cesse de tourner autour de nous. Tu vas finir par énerver Zaza. Les agités, ce n'est pas son type d'étalon.

Brigitte et son cheval rongeaient leur frein. Plusieurs fois, ils partaient à bride abattue, revenaient aussitôt piétiner dans les pattes Ronan XV de la haridelle.

A la fin, Brigitte n'y tint plus. A son corps défendant, la cousine de Quentin, sur un cheval, n'avait plus rien d'une potiche de salon.

— Écoute, Quentin. Azur est surexcité. Je vais le faire galoper pour le calmer un peu et je reviendrai. Passe par l'allée cavalière du bois. Ensuite tu trouveras un chemin qui mène directement à la plage, à travers champs.

— C'est ta promenade rituelle ? Tu sais que Jean-Eudes…

— Non, non… Ne t'inquiète pas, mentit Brigitte.

La jeune femme, pour son malheur, n'avait jamais eu l'intention de déroger à ses habitudes de cavalière. Son étalon appréciait particulièrement ce parcours. La sollicitude nouvelle de sa belle-mère et de Jean-Eudes, certes, flattait son ego, mais l'imagination étant l'apanage des gens curieux, donc intelligents, Brigitte manquait d'intuition. Jamais elle ne s'était sentie en danger.

Elle quitta Quentin dans un train d'enfer.

Resté seul sur son bourrin de base, le policier goûta enfin au charme de sa balade. En cette journée hivernale, la lumière ocrée fardait les arbres presque nus, gainait les champs labourés d'un nimbe violet, diaprait le vert des prairies. Il se retourna pour contempler, là-bas, le Menez-Hom, sombre sentinelle, noir comme un rêve de pierre.

Lorsqu'il pénétra dans le bois, l'air vif de la campagne se révéla moins piquant. Chargé d'humus, il était imprégné du parfum de la terre, humide et puissant. La jument s'engagea naturellement dans l'allée cavalière, avec cette humilité des bêtes de somme, nées pour servir. Le bruissement des feuilles foulées par ses sabots semblait répondre au chant occulte du monde, dans une totale harmonie. En communion avec l'évidence de la nature, Quentin leva les yeux. La voûte formée par l'entrelacs des branches dépouillées sertissait le ciel comme un vitrail où, seul, le bleu mystique aurait eu droit de cité.

Soudain, une détonation détruisit tout équilibre. Elle fut suivie d'un long cri et d'un hennissement effrayé. Même Zaza regimba. Quentin faillit se retrouver à terre. Il n'eut pas tout de suite conscience du drame. Il lui fallut quelques secondes pour calmer sa jument.

C'est alors qu'il comprit. Nom de Dieu… Brigitte… Il sauta de sa monture, attacha à la va-vite Zaza au tronc d'un arbre et courut comme un fou furieux vers l'endroit d'où, au juger, était parvenue la déflagration. Le cœur battant, il se traitait de tous les noms. Abruti ! Son oncle lui avait confié Brigitte ! et il était resté là, à muser, le bec enfariné, alors qu'on attentait à la vie de sa cousine… Car il en était sûr à présent… Flic de troisième zone… Pourvu que… Non… Pas ça… Le pire n'est pas toujours certain… Le pire n'est pas toujours certain.

Ces mots, il les martelait dans sa tête, à coups de détermination farouche. Une branche basse lui cingla le visage. Bien fait, crétin…

Hors d'haleine, il parvenait à la clairière quand un petit objet rouge capta son attention. Il le ramassa sur son lit de feuilles mortes et, sans prendre le temps de l'examiner, poursuivit sa course.

Il la découvrit une dizaine de mètres plus loin, affalée comme une poupée de chiffon qu'on aurait jetée en l'air. Immobile.

La peur au ventre, Quentin dégagea le visage de la jeune femme recouvert de débris de feuilles agglutinés par un liquide poisseux. Le sang coulait encore du cuir chevelu.

— Brigitte, si tu m'entends, réponds-moi !

Il ne reconnaissait même pas sa propre voix, étranglée par l'angoisse. Il colla son oreille contre la poitrine de sa cousine. Dieu… merci… Elle respirait encore. Sa jambe droite décrivait un angle bizarre.

— Brigitte ! Je t'en prie !

Il devait stimuler les sens de la jeune femme inconsciente, l'empêcher de sombrer dans le coma. Mais Brigitte ne réagit à aucune de ses tentatives.

Ivre de terreur, il se releva. Où trouver de l'aide ?

Comme un imbécile, il avait laissé son portable au manoir. La maison la plus proche… Laurent et Mado Riou… Vite ! Pas de temps à perdre…

Quentin fonça à travers bois. Il serrait toujours dans la main gauche le petit objet rouge.

Il savait maintenant de quelle façon on avait essayé de tuer Brigitte.

*

* *

— Je vous sers un verre ? proposa Jean-Eudes d'une voix fatiguée.

— Un whisky, volontiers, répondit Quentin. Et vous ? Mado ? Laurent ?

Le couple d'éleveurs venait de rejoindre la famille de Kermantec dans la bibliothèque du manoir. Ils avaient hésité un moment à entreprendre cette démarche, oscillant entre la peur de paraître indiscrets et celle de se faire taxer d'indifférence.

Laurent Riou accepta lui aussi un whisky. Mado refusa toute boisson d'un geste de la main.

Ils restaient là, debout, incapables de tromper leur attente. La nuit était tombée depuis longtemps.

— Adrienne aurait déjà dû appeler... Je crains que ce ne soit mauvais signe.

— Mais non, mon oncle... Brigitte n'est pas encore sortie du bloc opératoire, c'est tout. Ghislain ou Adrienne ne téléphoneront pas avant d'avoir pu parler au chirurgien.

Lorsque Quentin était accouru chez les Riou, Mado avait pris les choses en main en appelant le SAMU tandis que le policier, sur une autre ligne tentait de joindre, tour à tour, Ghislain et ses oncle et tante. Jean-Eudes et Adrienne, toujours à l'étude de leur notaire, avaient décidé pour l'un de regagner le manoir, pour l'autre de se rendre à l'hôpital de Quimper où serait transférée Brigitte. Ghislain, en déplacement chez un client du côté de Bénodet avait reçu la mauvaise nouvelle sur son portable. Il avait aussitôt fait le choix d'attendre sa femme à l'hôpital. Un détour par Kermantec eût été une perte de temps.

Quand la sonnerie du téléphone retentit dans la haute pièce de pierre, les quatre occupants se regardèrent un instant, sur le qui-vive. Jean-Eudes fut le premier à réagir. Il alla décrocher. Les Riou et Quentin, accablé par le remords, scrutaient le visage du baron, en quête d'un signe, pessimiste ou optimiste, c'était selon.

Jean-Eudes de Kermantec parlait à son interlocuteur par monosyllabes. Il écoutait surtout. Cependant, au bout de quelques secondes, ses traits se détendirent. Il reposa le combiné.

— Elle est sauvée. Mais d'après le chirurgien, il s'en est fallu d'un cheveu. Elle s'en tire avec une jambe et trois côtes cassées. Un léger traumatisme crânien aussi. Et, ajouta Jean-Eudes avec un piètre sourire, elle a repris conscience…

Souffle de soulagement presque palpable. Délivré d'un grand poids, Quentin alla embrasser spontanément Mado Riou. Maintenant, il pouvait parler.

Jean-Eudes sortit donner les ordres à la cuisinière. Laurent et Mado Riou resteraient dîner sur le pouce.

A présent, installés dans l'austère salle à manger dont les murs, suintant d'humidité, luisaient à la faveur d'un feu de cheminée, Jean-Eudes et ses hôtes discutaient autour d'un bouillon chaud. Rose-May venait de les rejoindre.

— Je m'en veux… ne cessait de répéter Quentin. Tout ça est arrivé par ma faute. J'aurais dû être plus vigilant. Mais je ne pensais pas que Brigitte suivait son itinéraire habituel.

— Je suis plus coupable que toi, décréta Jean-Eudes. C'était à moi, avant de partir, de te prévenir des circuits de Brigitte. Je lui faisais confiance. J'avais oublié sa tête de caboche…

— Le problème reste entier, dit Rose-May, soucieuse. Quelqu'un connaissait bien son parcours et a tenté de la tuer en jetant un pétard dans les pattes de son cheval. Je fréquente plus les chevaux que les gens, et je puis vous certifier que c'était du gâteau pour l'assassin. Azur est un étalon fougueux, à la limite de la nervosité…

— A propos, l'a-t-on retrouvé ? coupa Laurent Riou.

— Oui, sur la plage. Des promeneurs ont prévenu la gendarmerie. Ils ont dû faire appel à Kévin le Drézen pour tenter de le calmer. Azur est à l'écurie à présent. Kévin le soigne.

— Etes-vous tous persuadés, demanda Mado Riou que le sort de l'étalon intéressait peu, qu'on a vraiment voulu tuer Brigitte ? C'est grave… vous savez.

Quentin dévisagea la jeune femme. Elle pesait chacun de ses mots comme si elle se débattait à l'intérieur d'elle-même, partagée entre des sentiments contradictoires. Le policier eut alors l'intuition que l'éleveuse de chiens était au courant d'un fait qu'elle hésitait à livrer. Pourquoi ?

Jean-Eudes de Kermantec prit la parole.

— Pour moi, cela ne fait pas l'ombre d'un doute. J'étais angoissé depuis avant-hier, jour où elle a entendu l'Ankou. Et puis, choisir un bois pour faire éclater un pétard, c'est se donner toutes les chances pour provoquer un accident mortel. La preuve ! Brigitte a heurté un arbre.

— En tout cas, commenta Rose-May d'une voix étrange, votre Ankou d'opérette a au moins eu la délicatesse de lui envoyer son invitation de décès... Helmut, lui, a échappé au protocole d'usage... A présent, je suis certaine qu'on a voulu, le tuer...

Pressée par son auditoire, Rose-May raconta alors le coup de feu d'un chasseur plus que maladroit, et l'embardée de la voiture du jeune Allemand.

— Hum... commenta Quentin. C'est peut-être moins dramatique que vous ne le pensez, Rose-May. Epier l'arrivée d'une voiture et atteindre le conducteur de ce véhicule en marche tiendrait de l'exploit. Il faudrait pour cela être un tireur d'élite. Choisir de le viser à bout pourtant, soit... Mais ce n'est pas le cas.

Rose-May s'obstina. Elle fit remarquer que, si on

voulait se débarrasser d'Helmut en toute impunité, il fallait que cela eût l'air d'un accident. Une balle égarée faisait l'affaire. De plus, la perte de contrôle de son véhicule suffisait à elle-seule, à provoquer l'irréparable.

— Pourquoi aurait-on voulu tuer Helmut ? demanda Jean-Eudes.

La jeune fille se tut. Pourtant, elle connaissait la réponse à cette question. Depuis peu, d'ailleurs... La lumière avait lentement pénétré son esprit. Elle espérait encore s'être trompée... L'accident de Brigitte gênait à l'élaboration de sa théorie.

Les Riou prirent congé vers 21 heures. Alors que Jean-Eudes et Laurent s'entretenaient devant la porte d'entrée, insensibles au courant d'air glacial qui s'engouffrait dans la demeure déjà froide, Mado retourna dans la salle-à-manger. Elle avait oublié son écharpe... Seul à table, Quentin sirotait un cognac. Rose-May était partie fumer une cigarette sur le perron. Mado inspecta le dossier de sa chaise. L'écharpe ne s'y trouvait pas... Et pour cause... Avant de sortir de table, elle l'avait fourrée dans son sac.

— J'aurais pourtant juré, dit-elle à haute voix.

— Tu viens, Mado ? l'appela son mari du vestibule.

— J'arrive, une seconde...

D'un pas vif, elle s'approcha de Quentin. Le policier fut étonné par l'intensité de son regard. Elle avait presque les larmes aux yeux.

— Il est de mon devoir de vous donner ceci, quoiqu'il m'en coûte, chuchota-t-elle en déposant dans la main de Quentin un billet plié en quatre. Si on a vraiment voulu tuer Brigitte, ce nom, cette adresse vous seront peut-être utiles afin de découvrir la vérité… Je n'en sais rien… Mais suivez cette personne… Et surtout pas un mot à quiconque au cas où, je le souhaite de tout mon cœur, je me serais fourvoyée.

Mado Riou ressortit alors l'écharpe de son sac, l'enroula autour du cou et se sauva.

Perplexe, Quentin déplia le billet. Les mots avaient été griffonnés à la hâte par une main fébrile, celle de Mado. En fait, il y avait deux adresses… et un nom.

— Jessica Bordénec… murmura Quentin, avant d'enfouir le papier dans sa poche. Qui, diable, est cette femme ?

Un peu plus tard, il rejoignit Rose-May, toujours assise sur le perron de pierre, malgré la morsure de la nuit.

Jean-Eudes, épuisé par les événements tragiques de la journée, était monté dans la chambre. Adrienne ne rentrerait à Kermantec que le lendemain. Ghislain restait veiller sa femme à l'hôpital.

— Je peux vous tenir compagnie, Rose-May ?

— Bien entendu.

Pourtant, la jeune fille n'engagea pas la conversation. Elle restait-là, immobile, à fumer. Lorsqu'elle inhalait l'agréable poison, le bout incandescent de sa cigarette éclairait son visage.

Quentin, par intermittences donc, admirait la pureté de son profil, comme il aurait apprécié les lignes d'un sapin de Noël, soudain mises en valeur, par des guirlandes clignotantes. Il compta trois mégots écrasés, aux pieds de Rose-May. Nerveuse, la fille…

— Croyez-vous, Quentin, que je puisse rendre visite à quelqu'un à cette heure-ci ? Il est 21 h 30… Un peu tard, non ? En Angleterre oui… Mais en France ? Je ne connais pas trop encore les usages.

— Si vous désirez vous rendre chez Helmut, je ne pense pas que vous ayez besoin de carton d'invitation.

La jeune fille ramena derrière l'oreille une mèche brune que le vent avait plaquée contre sa cigarette. Une légère odeur de brûlé se dégagea d'elle.

— Je ne pense pas à Helmut mais aux Gannec.

— Les Gannec ? reprit Quentin, un peu surpris.

— Oui… j'ai besoin de parler à leur fils…

— Je crois que rien ne saurait lui faire plus plaisir, commenta Quentin malicieusement.

Le visage extasié du jeune cultivateur à la seule évocation de Rose-May, revenait à la mémoire du policier.

— Il ne s'agit pas de ça ! riposta l'étudiante comme si elle lisait dans les pensées de Quentin. Il me faut vérifier la véracité d'un fait.

Quentin fronça le sourcil. Les propos sibyllins de la jeune fille lui échappaient.

— C'est en rapport avec Helmut ? Tout à l'heure à table, vous sembliez si anxieuse à son sujet... Vous êtes toujours persuadée qu'on a voulu le tuer ? Que Ronan Gannec ne serait pas étranger à cette histoire ?

— Ronan, non. Sûrement pas... s'insurgea la jeune fille. Ecoutez... je ne peux rien dire pour le moment. J'ai donné ma parole. Ce secret n'appartient même pas à Helmut mais à son père... Helmut ne se rend même pas compte de...

— De quoi ? répliqua Quentin devant la phrase inachevée de la jeune fille. Ecoutez, Rose-May, je vous sens troublée. Si vous êtes au courant de certains faits... Qui plus est, si vous avez l'impression de pouvoir sauver la vie d'un homme, il est de votre devoir de parler.

La jeune fille leva sur lui des yeux implorants.

— Pas tout de suite, Quentin. Laissez-moi un peu de temps... Si je sauve sa vie, je tue quelqu'un d'autre... C'est grave. Je vais persuader Helmut de partir quelques jours avec moi. Il sera ainsi à l'abri... Du moins, si mes craintes sont justifiées. Encore une fois, je ne suis sûre de rien.

— Vous allez me promettre une chose, Rose-May. Où que vous soyez, vous me laisserez vos coordonnées.

— Promis, répondit-elle d'une voix douce.

Elle éteignit alors sa cigarette d'une manière très

particulière, en la tapotant par petits coups contre la pierre du perron, comme quelqu'un qui s'apprêterait à fumer et tasserait son tabac.

Ce geste en rappela à Quentin un autre. Qui, diable éteignait ainsi ses mégots ? Et puis, tout à coup, l'incroyable vérité se fit jour dans l'esprit du policier…

Il alluma son briquet et promena la flamme vacillante tout près du visage de la jeune fille. Comment avait-il pu être aveuglé tout ce temps devant l'évidence ?

— Je sais qui vous êtes, Rose-May, murmura-t-il… Et pourquoi vous êtes venue ici.

La jeune fille baissa la tête.

*

*   *

Le lendemain matin, après avoir téléphoné à sa fille et organisé l'emploi du temps de la journée, contre le gré de l'intéressée d'ailleurs qui refusait d'aller passer son dimanche chez les Le Fur, Quentin se prépara à quitter Kermantec. Il ne rentrait pas pour autant chez lui. Il mettrait à profit ses quelques heures de liberté pour suivre les conseils de Mado Riou : filer une certaine Jessica Bordénec…

Il espérait, sans trop y croire, que cette parfaite inconnue n'était pas une adepte du tiercé dominical : brunch-couette-télé, commun à tant de Français. Il aurait fait chou blanc.

Il venait de prendre son petit-déjeuner en compagnie d'un Jean-Eudes, aux traits dispos, et d'Adrienne dont les cernes violacés montraient à quel point sa nuit, passée au chevet de sa belle-fille, l'avait éprouvée.

Jean-Eudes s'apprêtait à relayer sa sœur, afin de soulager pendant quelques heures Ghislain, toujours auprès de sa femme.

D'un commun accord, la famille de Kermantec avait décidé de ne jamais laissé seule Brigitte.

— Vous êtes sûre qu'elle est hors de danger, ma tante ? insista Quentin.

— Combien de fois faudra-t-il te le répéter, mon cher garçon, répondit Adrienne d'une voix lasse. Evidemment, sa convalescence prendra du temps… Mais elle garde bon moral. Elle a même plaisanté avec moi ce matin. De plus, elle n'est pas inquiète. Figure-toi qu'elle est persuadée qu'un gamin du pays a voulu lui faire une mauvaise farce… Je n'y crois pas du tout, mais je ne l'ai pas détrompée.

— Vous avez eu raison, ma tante. Rien ne sert de l'angoisser.

Au moment de partir, Quentin demanda à Adrienne la permission d'emprunter le portrait de sa mère Ninon, photographiée le jour de ses vingt ans. Marine désirait vérifier sa ressemblance avec cette grand-mère qu'elle n'avait jamais connue. Quentin ne possédait de sa mère que de mauvais clichés, flous ou tirés de trop loin.

— D'accord, mais tu me la rapporteras après l'avoir photocopiée. Hein ? J'y tiens. Suis-moi dans la bibliothèque.

Adrienne ouvrit les battants de l'armoire en chêne à la recherche du vieil album. Elle fouilla un moment les étagères, déplaça des piles et se retourna vers son neveu.

— C'est bizarre… Je l'ai pourtant vu l'autre jour, à sa place. Sa couverture est en maroquin rouge. Il devrait être le dernier, sous la pile. Tu le vois, toi ? Zut… avec la manie qu'ont les gens de tout déranger sans rien remettre !

Un peu déçu, Quentin constata par lui-même l'absence de l'album en question. Cependant, il ne désirait pas entreprendre des recherches plus poussées. Une inconnue, qu'il espérait belle et énigmatique l'attendait, quelque part, à Quimper…

Un ravissant derrière… commenta Quentin.

Un peu plus tôt, l'adresse donnée par Mado Riou avait posé problème au policier. Il ne s'agissait pas d'une maison particulière mais d'un petit immeuble comprenant six appartements. Guetter dans la rue l'hypothétique sortie de Jessica Bordénec ? Soit ! Mais il ne connaissait pas les traits de cette inconnue. Il aurait pu tout aussi bien filer l'une de ses voisines.

Il avait alors décidé de prendre le taureau par les cornes et de sonner chez elle. Un bouquet de fleurs lui servirait de couverture…

Au deuxième coup frappé, une rousse pulpeuse ouvrit la porte.

— Excusez-moi madame. Est-ce bien ici qu'habite Emmanuelle Sévère ?

La jeune femme ne se méfia pas de cet individu dont le visage, à moitié caché derrière un paravent de roses, lui paraissait sympathique.

— Ah non, monsieur. Vous vous trompez d'étage. C'est au second, à gauche. Mais je ne suis pas sûre que vous la trouviez… Il me semble qu'elle est partie au Maroc. Attendez un instant, je vous prie. Je vais vérifier sur son répondeur…

Laissant Quentin sur le palier, l'aimable créature se retourna pour aller téléphoner. C'est alors qu'il remarqua la somptueuse démarche chaloupée. En fin connaisseur, un bébé d'environ deux ans s'accrochait aux pans de sa mini jupe.

Durant ces quelques secondes, Quentin examina les traits de l'enfant. Ils lui rappelaient vaguement quelqu'un. Jessica Bordénec, accompagnée de son garde du corps, revint à la porte d'entrée.

— C'est bien cela, monsieur… Elle est absente jusqu'à samedi en huit… Basile, mon chéri, laisse un peu maman tranquille.

— Je suis désolée, madame, de vous avoir causé tant de dérangement. C'est idiot… J'ai dû me tromper de semaine. Tenez, prenez ces fleurs… Je n'en ferai rien à présent.

Jessica Bordénec accepta le cadeau sans afféterie.

Revenu dans la rue, Quentin avisa un café face au petit immeuble. Il entra dans l'établissement, choisit une table tout au fond de la salle et attendit. Par la vitre, il avait une vue imprenable sur la porte cochère de Jessica.

Sa patience fut récompensée au bout d'une heure et demie et de deux bières…

Il faillit lâcher son bock lorsque l'homme poussa la lourde porte… Comme il comprenait à présent les réticences de Mado !

Il lui restait une chose à faire à Quimper. Rendre visite à Brigitte sur son lit d'hôpital, essayer d'avoir un tête à tête avec elle. Tout en conduisant, il se rappela les paroles d'Adrienne à propos de sa cousine. La pauvre sosotte n'éprouvait aucune peur. Elle imputait son accident à une farce de gosse… Yeux levés au ciel de toute la famille… Quentin y compris. Pourtant, c'est Brigitte qui avait raison… Il fallait qu'il en fût ainsi… Il s'agissait, au départ, d'une plaisanterie, sûrement… Une immonde farce…

*

*   *

Quentin revint chez lui, à Brest, fourbu. Cette journée avait mis ses nerfs à rude épreuve. En pénétrant dans son appartement des effluves de daube firent frémir de plaisir les vibrisses de ses narines. Il en conclut que sa fille lui avait désobéi. Elle n'avait pas passé son après-midi, comme convenu, chez les Le Fur. Pour se faire pardonner, elle essayait d'arrondir les angles à l'aide d'une sauce onctueuse…

— Marine !

— Je suis dans ma chambre, papa. Je fais du rangement…

De mieux en mieux, songea Quentin, inquiet. Si elle donne dans le ménage, à présent, c'est qu'elle a commis une bêtise, hier, en discothèque… Vais-je apprendre le nom du nouvel élu ? J'aimais bien Frédéric pourtant… C'est toujours la même chose… Juste le temps de s'habituer à un nom, un visage. Trois petits tours et puis s'en vont…

Marine, grimpée sur son bureau, enlevait les posters qui décoraient sa chambre.

— Tu n'es pas allée chez Michel et Colette ?

— Heu, non… Tu sais, Michel était de service… Alors, jouer les baby-sitters dans un jardin public, un dimanche après-midi, c'est la sinistrose assurée. J'aurais eu l'impression de préparer ma retraite… Tu peux m'aider à tirer cette affiche ? C'est trop haut. Pas grave si tu la déchires.

Quentin, un peu attristé, regardait s'envoler les souvenirs de sa petite fille.

— Mais tu adorais cette affiche ! Tous les soirs tu priais devant Saint Leonardo Di Caprio ! Tu me disais qu'à la proue de ce navire, il avait l'air de flotter dans les airs. Tu as même dû la rafistoler plusieurs fois et…

— Je ne suis plus une ado, papa. Ça fait vraiment trop bébé. Camille s'est fichue de moi l'autre jour quand elle est venue travailler dans ma chambre… Tu m'attrapes la pince, là, sur le radiateur ?

— …

— P'pa, tu m'attrapes la pince, s'il te plaît ?

N'obtenant toujours pas de réponse, Marine se retourna. Son père venait de s'asseoir sur son lit. Pâle, les traits défaits, il regardait dans le vide. Inquiète, la jeune fille sauta de son bureau et s'approcha de lui.

— P'pa ! Ça ne va pas ? Tu te sens mal ? lui cria-t-elle en le secouant par les épaules.

Les joues de Quentin se colorèrent un peu.

— Si, si, mon lapin. Mais toi et Leonardo Di Caprio venez de me donner un choc. Il flottait dans les airs… la déchirure… la photographie perdue… Il flottait dans les airs…

— Eh, p'pa ! Arrête ! Je te jure que tu me fiches la trouille.

Quentin se leva et fit les cent pas dans la chambre de sa fille. Tendu à l'extrême, il reconstituait mentalement les pièces du puzzle. Tout collait, sauf l'accident de Brigitte… Il savait à présent qui avait tué Rémi Moreau et Tad Coz… Qui était l'Ankou. Le mobile lui échappait encore… Le secret d'Helmut… Les enfants de la colonie…

— Ma bichette, fit-il en se raclant la gorge. J'ai un coup de fil à passer à Michel. Il doit être encore au commissariat. D'accord ? Ensuite, on goûtera ta daube. Ça m'a l'air fameux !

Marine ne put s'empêcher de suivre son père dans le bureau et d'écouter sa conversation avec Michel Le Fur. Elle n'entendit que quelques bribes. Il était question de commission rogatoire, de proc, de juge d'instruction… Tout le tintouin… Montreuil… Un certain Johan qu'il fallait interroger.

Elle ne comprit rien. Alors, haussant les épaules, elle partit mettre le couvert.

X

Mercredi 17 décembre.

Il était 19 heures lorsque Quentin, du commissariat, téléphona à son oncle et sa tante. Il avait tenu à les mettre au courant de ses démarches, notamment de son voyage-éclair à Montreuil, la veille, en avion, sans toutefois leur préciser le résultat de son entretien avec le médecin psychologue chargé d'interroger le petit Johan.

Lundi, il avait vu Helmut Müller. Tout était limpide à présent.

Ce fut Jean-Eudes qui décrocha le combiné.

— Allô ! Mon oncle ! Je sais qui est l'Ankou et pourquoi il a tué deux personnes. Puis-je venir ce soir à Kermantec ?

Ce que Quentin entendit à l'autre bout du fil le fit frémir.

Le matin même, Jean-Eudes, alors qu'il se rendait au manège, avait nettement perçu le grincement d'un essieu de charrette derrière lui. Il s'était retourné. Rien. Mais il avait peur…

Très ému, Quentin, avant de raccrocher, le rassura.

— L'Ankou ne vous fera pas de mal, mon oncle. Il est fini… j'arrive.

*

*   *

Ils s'enfuient tous, les lâches… Débandade des bourreaux. Et celui-là qui court… Il est grotesque avec son pantalon qui lui tombe aux genoux. Il n'a même pas pris le temps de le remonter. Mon Dieu… J'ai si mal ! Non, je ne souffre pas… Ce n'est pas vrai… Rien n'est arrivé. Rien n'arrivera plus… Je n'ai pas de corps, je suis parti sur les ailes du papillon. Il m'emmène voir maman, là-haut, où le bleu est si pur qu'on peut se laver dedans. Maman, tu laveras ton petit garçon, hein ? Juste avant de le prendre dans tes bras d'éther… Tu fais corps avec le monde, maman. Moi aussi, je le veux… Il fait si chaud… L'odeur du foin va me faire vomir. Est-ce que les petits anges vomissent aussi ? Le démon m'a souri dans le buisson, avant de prendre la fuite. Pourquoi a-t-il voulu ça ? Que lui ai-je fait ? Alain m'appelle… Il accourt avec l'officier Müller. Je ne peux pas te répondre, mon Alain… Le bâillon. Cette fois-ci, tu ne me sauveras pas… Trop tard. Je suis tout cassé. Mon Dieu… La roue de la charrette grince. Le cheval bouge. Il va m'entraîner ! Pas grave… Je suis déjà mort. Alain m'a toujours dit que personne ne pouvait faire souffrir un mort. Son âme s'envole avec les autres mouches vers le pays de l'Ahan. Mais je n'aime pas les mouches. C'est sale. Ai-je le droit de choisir de devenir papillon ? Dis-moi, Alain, ai-je le droit ?

*
* *

Lorsque Quentin pénétra dans la cour de Kermantec, un ballet de gyrophares zébraient la nuit.

— Merde ! s'écria-t-il en claquant sa portière.

Sur le perron, les pompiers enlevaient un corps recouvert d'un drap. Une femme échevelée que Quentin reconnut avec peine tant ses traits étaient altérés par le chagrin, l'apostropha dès qu'il accourut vers elle.

— Tu arrives trop tard ! hurla Adrienne. L'Ankou l'a eu ! L'Ankou l'a eu !

Elle repoussa un médecin qui tentait de la calmer.

— Laissez… docteur. Je me charge d'elle. Les gendarmes sont partis ?

— A l'instant, monsieur. Ils reviendront demain. Tenez… Voici un tranquillisant pour elle. Qu'elle prenne deux cachets tout de suite. Deux autres dans six heures, si besoin est.

— Comment est-il mort, docteur ? demanda Quentin très ému.

— Par strangulation. A mon avis, il s'est pendu lui-même mais, quand nous sommes arrivés, le corps était par terre. Il n'y avait pas de corde. Inutile de vous préciser que je n'ai pas donné le permis d'inhumer. A bientôt, monsieur.

Lorsque toutes les voitures partirent, emportant le corps de Jean-Eudes, Quentin, accablé, gagna la bibliothèque où sa tante venait de trouver refuge.

Des yeux étincelants de colère accueillirent le policier. Adrienne se grattait les avant-bras d'un geste nerveux. Un filet de sang jaillit sous ses ongles.

— Calmez-vous, ma tante. Il ne sert à rien de vous torturer ainsi.

— L'Ankou l'a tué ! cria-t-elle. L'Ankou a tué mon petit frère et tu n'as rien empêché !

Quentin regarda sa tante d'un air grave et doux.

— Vous savez pertinemment qu'il n'en est rien. J'ai laissé à Jean-Eudes le choix des armes… Il a préféré cette sortie. C'est peut-être mieux ainsi…

— Que dis-tu ? balbutia-t-elle.

— Mon oncle s'est suicidé parce qu'il savait que j'avais découvert ce qu'il avait tant désiré cacher. C'est une faute grave de dissimuler les preuves de son geste, ma tante. Il faudra le dire aux gendarmes demain…

Adrienne se leva, droite.

— Chez les de Kermantec, on ne se suicide pas ! articula-t-elle, haut et clair. C'est un péché, puni par Dieu.

Quentin lui prit la main. Il pleurait.

— Et dans notre famille, ma tante, le meurtre n'est

pas puni par Dieu ? Qu'est-il advenu de vos principes si chers ?

Adrienne s'effondra alors dans le canapé. Quentin s'assit auprès d'elle et lui caressa les cheveux, tout doucement. Elle hoquetait.

— Il n'a pas voulu tuer cet enfant. Je le crois... C'était un accident... Le petit a eu peur et il est tombé...

— Je sais, ma tante, je sais... Mais Tad Coz ? Il aimait tant Tad Coz, pourtant ! Il l'appelait p'tit père.

— Il a perdu la tête ce soir-là... renifla Adrienne. Il ne cherchait pas à le tuer... Juste à lui faire peur...

Quentin soupira.

— Je ne le crois pas... De plus, vous lui avez servi d'alibi lorsque vous avez prétendu que ni l'un, ni l'autre, n'aviez quitté le bureau où vous étiez supposés faire vos comptes. Mais passons, pour l'instant... Je vais vous raconter une histoire, celle de Jean-Eudes. Vous m'arrêterez si je me trompe.

Et Quentin rapporta à sa tante un épisode dramatique de la vie de son oncle, tel qu'il l'avait entendu de la bouche d'Helmut Müller.

Un été pendant la guerre. L'époque des moissons. Le manoir est occupé par les Allemands. L'histoire cruelle d'une vengeance sur un enfant de dix ans. D'un côté, les de Kermantec, des breiz atao, farouchement attachés à la terre bretonne, pour qui l'envahisseur est aussi bien le Français que le Teuton. Le baron de Kermantec se laisse convaincre de pactiser avec l'ennemi. L'Allemagne sera reconnaissante envers ces Bretons qui auront opté pour son camp. Du moins, le croient-ils ! Tout est une question de choix. Seule l'histoire donne raison ou tort, bien après les événements.

De l'autre côté, les Gannec. Résistants de la dernière heure. Le débarquement américain facilite chez eux, cette velléité à devenir des héros, à faire d'une vie un destin. Le fils Gannec, un jeune adulte, s'acoquine avec trois autres types de son acabit. Ils vont pouvoir, en toute impunité, jouer aux justiciers dans un climat propice aux règlements de comptes. Mais auront-ils le courage de s'attaquer au vieux baron de Kermantec, l'ennemi héréditaire ? Non. Ils ont trouvé leur victime expiatoire en la personne de son fils : le petit Jean-Eudes. Tellement plus facile… Un camarade de jeux de l'enfant, Eugène, second fils des Gannec, qui déteste son voisin que la vie a trop gâté et admire son grand frère, servira leur plan machiavélique. Cet après-midi-là, tous les hommes sont occupés aux foins. Eugène, sous un prétexte quelconque, entraînera Jean-Eudes dans un champ, à l'abri des regards indiscrets. Les quatre voyous les attendent. Ils vont s'emparer de l'enfant, le bâillonner, l'attacher à la roue d'une charrette tirée par un cheval. Eugène Gannec, qui s'était esquivé, se cache dans un buisson pour assister à la mise à mort de son ennemi. Les jeux du cirque vont pouvoir commencer… Pendant deux longues heures, les quatre salopards vont, tour à tour, violer le petit Jean-Eudes. La santé psychique de ce pauvre enfant vacilla ce jour-là.

Tad Coz et l'officier Müller, inquiets de l'absence prolongée de l'enfant, partiront à sa recherche, le retrouveront et le libéreront. Trop tard. Il n'y aura pas de représailles. Chaque camp a intérêt à se taire…

Au fur et à mesure que parlait Quentin, la colère d'Adrienne s'apaisait, se transformait en chagrin.

— Comment as-tu deviné ? murmura-t-elle.

— Deviné quoi ? Que Jean-Eudes, au fil du temps, incapable de se libérer de son histoire en la verbalisant, était devenu pédophile ?

— Il ne violait pas les enfants ! riposta Adrienne. C'étaient de simples attouchements, des caresses… Il ne pouvait pas s'en empêcher…

— Peut-être, ma tante. Mais arrêtez de vous voiler la face. Le seul fait de toucher un enfant de cette façon est un crime, un abus de pouvoir.

— Il aimait Johan… tenta de plaider Adrienne.

— Non ! s'insurgea Quentin. N'invoquez pas l'amour dans ce type de relations trop inégales. Jean-Eudes se trompait d'objet et de sentiment. Peu importait l'enfant. Il n'était qu'un miroir où il retrouvait le reflet de sa propre cassure. Il le désirait… tout au plus… Et encore, ce n'est même pas certain. C'est comme dans un palais des glaces où les miroirs sont interchangeables.

— Qu'est-ce qui t'a mis sur la voie ? demanda Adrienne.

— Vous n'auriez pas dû, vous ou Jean-Eudes, cacher l'album photos de vos souvenirs d'enfance… Cette disparition m'a alerté. Je rêvassais aux divers clichés que j'avais déjà vus et qui étaient peut-être perdus quand, tout à coup, l'un d'eux m'est revenu en mémoire. Il s'agissait d'une photographie de groupe. Vous posiez tous les quatre, enfants. Ma mère regardait ses aînés, admirative. Ils paradaient sur des échasses. C'est bien à cause de cette photo que vous avez voulu vous débarrasser de l'album, n'est-ce pas ?

Adrienne vaincue, opina du chef. Quentin poursuivit son raisonnement. Il s'était alors rappelé les propos du petit Jean-Philippe, après son escapade nocturne et son effrayante entrevue avec l'Ankou. L'enfant avait rapporté que le fantôme noir semblait flotter dans les airs. Quentin avait aussitôt fait le rapprochement avec les échasses. Afin de protéger ses rencontres illicites avec Johan, dans la clairière, Jean-Eudes avait imaginé ce stratagème. L'idée de se travestir en l'Ankou était née, dans cet esprit torturé, de la conjonction de deux rencontres.

Grégoire, se sachant très malade, avait voulu se moquer une dernière fois des superstitions de Tad Coz. Il lui affirme donc avoir entendu grincer la charrette de l'Ankou. Qu'évoque la charrette de la mort pour Jean-Eudes ? L'atroce rappel de ses rêves d'enfant assassiné. Le personnage de l'Ankou devient alors pour lui le symbole de sa propre déstructuration.

— Je reviens de Montreuil, poursuivit Quentin. Le petit Johan, malgré sa peur et sa honte, a bien voulu parler. C'est ce qui le sauvera, je suppose. Pour de l'argent, il se prêtait aux jeux pédophiles de Jean-Eudes. Ils se retrouvaient dans la clairière, la nuit. Kévin Le Drézen, ancienne victime de mon oncle lorsqu'il était en âge de lui plaire, lui servait de rabatteur. Il était chargé, moyennant rétribution, de convaincre les enfants de se laisser faire. Un soir, Jean-Philippe a suivi son copain Johan. Ce dernier, se sachant filé, a prévenu Jean-Eudes qui avait prévu, le cas échéant, pour éloigner les gêneurs, de revêtir les frusques de l'Ankou. Voilà…

— Il ne l'a pas tué… Il n'a pas tué non plus Rémi Moreau, fit Adrienne d'une voix lasse.

Quentin se leva pour se servir un large verre de whisky. Il avait un besoin impérieux d'alcool fort.

— C'est un fait, répondit Quentin. Mais Jean-Eudes est responsable de la mort de Rémi. Il a dû rattraper l'enfant quand il quittait Kermantec, lui proposer un tour sur le Menez-Hom dans son 4x4. Il embarque enfant et vélo puis, là-haut, c'est le drame. Rémi prend peur, dévale la lande, heurte une pierre et se tue. Si Jean-Eudes ne lui avait pas acheté si cher un dernier billet de tombola, personne ne se serait douté du drame.

— Comment cela ? demanda Adrienne en se passant la langue sur ses lèvres sèches.

Quentin rappela à sa tante la visite des gendarmes à Kermantec, le jour de l'enterrement de Grégoire et l'entêtement de Tad Coz à vouloir rendre des comptes précis.

Alors que tout le monde s'interrogeait sur le dernier acheteur du billet de tombola, le palefrenier avait, malgré lui, fourni la preuve de la responsabilité de Jean-Eudes. Un sou est un sou. Le vieux revenait de la coopérative agricole où il était allé chercher de l'avoine pour les chevaux. Là-bas, on lui avait remis un billet de cent francs, déchiré et scotché. Il rend la monnaie à Jean-Eudes et c'est ce fameux billet que l'on retrouvera dans les affaires de l'enfant…

Tad Coz n'a pas compris aussitôt l'importance de cette trouvaille. Lorsque la lumière se fera en lui, il en parlera à son maître qu'il aime tant. Il tentera de le persuader d'aller se dénoncer aux gendarmes. Ce sera là signer son arrêt de mort…

— Les derniers mots de Tad Coz à madame Gannec le prouvent, ma tante. Tandis qu'il va mourir, le vieux s'aperçoit de la duperie dont il est victime. Il essaie, dans un suprême effort, de la révéler à celle qui lui porte secours.

Quentin prit alors une inspiration et reproduisit les ultimes paroles de Tad Coz.

— Ce sont les silences qu'il faut écouter, Tante

Adrienne. Rémi... préviens... Jean-Eudes... le billet de... Le vieux est allé droit à l'essentiel. Il ne s'agissait pas, comme nous l'avons cru tout d'abord, de prévenir Jean-Eudes. Tad Coz fournissait le nom de son assassin et la preuve qui pouvait le confondre, à savoir le billet de cent francs.

— Que vas-tu faire, maintenant ? demanda Adrienne d'un ton détaché.

Quentin laissa retomber ses bras sur les flancs, en signe d'impuissance. D'une voix étranglée par l'émotion, il murmura :

— Rien... je suppose. Jean-Eudes vient de payer ses crimes. A présent Helmut Müller est hors de danger. Je m'en veux d'avoir évoqué, un jour à table, son identité. Seul témoin, via son père, du malheur de mon oncle, il aurait pu y passer.

Un éclair passa alors dans le regard d'Adrienne, un instant encore dénué d'expression.

— Mais Brigitte ! Jean-Eudes ne peut pas être responsable de son accident !

Quentin souffla dans ses mains, conscient du surplus de chagrin qu'il allait infliger à sa tante. Il ne la regarda pas, concentra toute son attention sur son verre d'alcool.

— Non... En effet ! A propos, vous êtes grand-mère...

— Quoi ?

— Ghislain a un fils, Basile, d'une liaison qu'il entretient depuis quelques années avec une esthéticienne de Quimper : Jessica Bordénec. Alors... Maintenant, vous allez m'écouter.

Les traits de Quentin se durcirent. Sa voix se fit sèche quand il poursuivit :

— A présent, vous voilà au courant. Si jamais il arrivait le moindre pépin à Brigitte, je vous en tiendrai personnellement responsable. Je vous charge de veiller sur sa sécurité.

— Tu veux insinuer que... murmura Adrienne prête à défaillir.

— Oui. Brigitte n'a pas d'enfant mais elle est l'héritière d'une immense fortune nantaise. Je suis passé la voir à l'hôpital. Comme je le devinais, elle s'est fait manipuler par son mari, sans même s'en rendre compte. C'est pour cela qu'elle n'avait pas peur de l'Ankou. Ghislain lui avait proposé, sous le sceau du secret, de faire une bonne blague à tout le monde : laisser croire qu'elle aussi, avait entendu le faucheur de vies... Vous comprenez, je suppose, la portée de cette sombre farce... Ghislain est un faible et Jessica Bordénec a les dents longues.

— Mon Dieu... réussit à articuler Adrienne, aussi pâle qu'une hostie...

— Dans notre famille, ajouta Quentin, on ne se suicide pas, on ne divorce pas mais, hélas, on tue...

Le policier se rassit à côté de sa tante. Il était exténué.

— Vous saurez faire comprendre à votre fils, j'en suis sûr, l'inanité de ses projets de remariage, d'autant plus que, s'il héritait de sa femme, il ne pourrait pas, malgré tout, jouer au châtelain en compagnie de Jessica Bordénec. Jean-Eudes a, lui aussi, une fille.

— Comment !

— Anna a quitté son mari alors qu'elle était enceinte de lui. De cette courte union est née Rose-May…

Adrienne, incapable de parler, se contentait de dodeliner de la tête. Le choc était rude. Quentin déposa son verre vide sur le guéridon et manifesta le désir d'aller se reposer dans la chambre de sa mère, havre de paix.

Avant de sortir, il embrassa sa tante sur le front.

— Jean-Eudes a laissé des aveux avant de se suicider ?

— Non… balbutia-t-elle. Juste un dessin.

— Un dessin ?

— Oui… Un papillon…

*

Au même moment, dehors, dans la cour du manoir, une jeune fille pleurait. Bouleversé par ces larmes, un garçon tentait de la consoler. N'osant pas la toucher, il l'enveloppait toute entière de son regard bienveillant. Ainsi, pas une parcelle de cet être tant aimé n'échappait à sa vigilance.

— Je t'en prie, petite rose de mai, cesse de te tourmenter. On n'a pas de prise sur le destin. Les choses sont telles qu'elles doivent être.

— Te rends-tu compte ? Pendant vingt-cinq ans je supplie ma mère de me dévoiler l'identité de mon père. Depuis que je suis enfant, je l'ai façonné selon mes désirs et mes manques… J'ai imaginé tant d'histoires sur lui où, tour à tour, il était un héros, quand j'avais peur, un grand cavalier si je ratais un concours équestre, un capitaine au long cours lorsqu'il m'est arrivé d'avoir le mal de mer. Ce père idéal répondait toujours présent parce qu'il était “l'absent”. Toutes mes frustrations peuplaient sa vacuité. Ma mère accepte enfin de me dire qui il est. Malgré ses mises en garde, je trouve un stratagème pour le côtoyer et je découvre que c'est un salaud.

— Ta mère s'en doutait, je suppose ? demanda doucement Ronan.

— Oui… Je lui ai téléphoné tout à l'heure pour lui annoncer sa mort. Elle m'a raconté, pour la première fois, sa vie auprès de mon père. Un jour, elle l'a surpris à embrasser un petit garçon. Elle était enceinte. Elle a craint pour moi et s'est enfuie… Lorsqu'elle a appris par les journaux la disparition de Rémi Moreau, elle a su aussitôt qu'il était coupable. Elle lui a même envoyé une lettre anonyme pour lui faire peur… Oh, Ronan ! Comment vais-je faire pour accepter ce calvaire ? Qui va pouvoir repeupler tout ce manque ?

Ronan Gannec effleura le poignet de Rose-May de sa grande main calleuse puis rompit ce bref contact, trop intense pour lui permettre de parler.

— Personne, Rose-May, personne ne peut répondre à toutes les attentes d'un autre être. Accepte la réalité… Même si elle est difficile, elle est toujours plus enrichissante et intéressante qu'un idéal inaccessible. Recueille dans le puits de ton désert l'eau salvatrice. Bien sûr, il y a ailleurs d'autres puits, mais tu seras morte de soif avant de les atteindre. Regarde… Petite fleur… De nos deux pères, qui est le plus salaud ? Le tien qui a perdu les rêves de son destin parce qu'il a trop souffert ou le mien ? Je me résigne à être le fils d'un homme dont la bêtise cruelle a conduit un jour ton père à l'abattoir. Il a été l'instrument de ma naissance mais je suis le fruit de ma propre force et de l'étincelle divine qui brûle en chacun de nous.

Rose-May appuya alors sa tête sur la poitrine de cet homme au regard farouche et le serra très fort contre elle. Il osa lui caresser la nuque et les épaules, pénétré de cet amour mystique qu'il irradiait.

— Ronan… Tu aimerais connaître le Canada ? chuchota-t-elle.

— Je suis maintenant dans les bras de mon pays…

FIN

Plogonnec, le 20 Août 2000.

Quadri Signe - Editions Alain Bargain
125, Vieille Route de Rosporden - 29000 Quimper
E-mail : editions.alain.bargain@wanadoo.fr

—

Dépôt légal n° 1 - 3e trimestre 2000
ISBN 2-910373-84-3 — ISSN 1281-7813
Imprimé en CEE

Françoise LE MER
est née à Douarnenez en …
Elle est l'auteur de plusieurs …
Après le succès …
Ouessant *et de* …
publie ici son …
Elle vit à Plogonnec et enseigne …

A l'occasion d'un décès, le lieutenant de police Quentin Le Gwen renoue des liens distendus avec sa famille. Il sera amené, de façon officieuse, à prêter main forte à son oncle le baron Jean-Eudes de Kermantec, hobereau sur les terres arides du Ménez-Hom, qu'une lettre anonyme accuse de la disparition d'un enfant. Fasciné par la beauté ascétique du lieu, Quentin apprendra aussi à connaître les proches voisins du manoir, dont les vies recèlent de bien lourds secrets…

Mais il est des vacances qui tournent au cauchemar. Que feriez-vous si, au détour de la lande, vous rencontriez le spectre de l'Ankou ? Affabulation, superstitions, fadaises, me diriez-vous ?

Chut… lecteur ! Ecoutez venir à vous la lancinante mélopée d'une charrette qui grince…

Prêt pour une ronde avec la Mort ?

Collection
ENQUÊTES & SUSPENSE

55 FTTC
8,40 Euros

9 782910 373849

Photo de couverture : Carl Bargain.